왕이
길들인
새

달

# 왕이 길들인 새 1

**초판 1쇄 인쇄** 2016년 3월 23일
**초판 1쇄 발행** 2016년 4월 8일

**지은이** 김민주
**발행인** 오영배
**기획** 박성인
**책임편집** 김다슬
**표지 · 본문 디자인** 권지연
**제작** 조하늬

**펴낸곳** (주)삼양출판사 · 단글
**주소** 서울시 강북구 도봉로 173
**대표 전화** 02-980-2112 **팩스** / 02-983-0660
**편집부 전화** 02-980-2116 **팩스** / 02-983-8201
**블로그** blog.naver.com/dan_gul
**출판등록** 1999년 3월 11일 제9-00046호

ISBN 979-11-313-0563-8 (04810) / 979-11-313-0562-1 (세트)

은 (주)삼양출판사의 로맨스 문학 브랜드입니다.

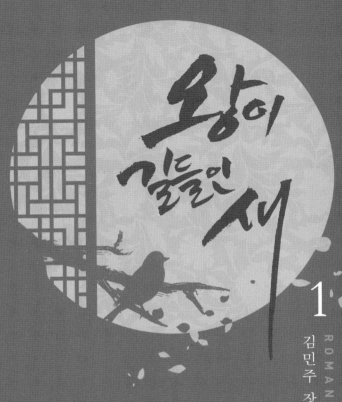

# 왕이 길들인 새

1

김민주 장편소설

ROMANCE STORY

단글

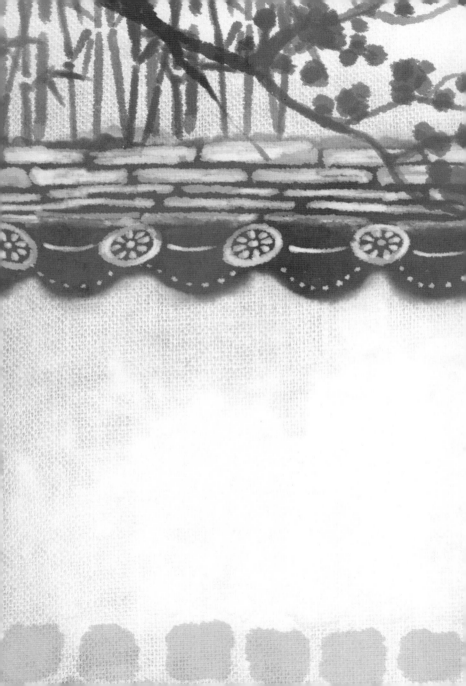

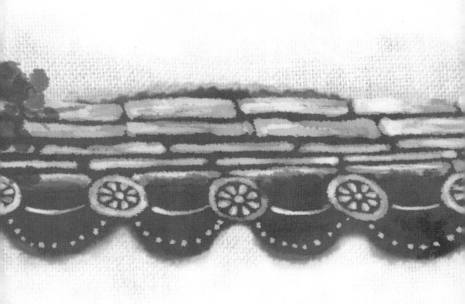

# 차 례

**序章**
# 살지어다

전령이 인정문을 헐레벌떡 뛰어들었다. 대궐의 정전, 인정전이 눈앞에 펼쳐졌다. 유난히 침착된 분위기에 전령은 마른침을 삼켰다. 궁가를 수비해야 할 금군은 물론 지밀을 지켜야 할 내관과 궁인, 누구 하나 보이지 않았다.

"그들이 어찌한다 하더냐?"

크고 쩌렁쩌렁한 울림이 고적한 사위를 뒤흔들었다. 자색 곤룡포를 걸친 월대 위의 왕은 거대하면서도 고귀해 보였다.

전령은 바닥에 납작 엎드렸다.

"홍제원에서 대오를 갖춰 곧바로 창의문으로 진격한다 하옵니다."

"몇이나 되더냐?"

"칠백으로 출병한다 하옵니다."

왕이 넓은 소맷자락을 펄럭이며 물러가라 했다.

전령은 물러나면서도 어디로 가야할지 누구의 명을 받아야 할지 몰라 혼란스러웠다. 대궐은 광활히 드넓었다. 사방이 툭 터져 먼 곳의 평야와도 같았다. 어디로든 갈 수 있으나 도리어 길을 잃었다.

왕은 막막한 정전의 뜰을 휘돌아보았다. 눅눅하고 차가운 야기(夜氣)가 지금 당장 무슨 일이 일어나도 이상하지 않을 듯했다.

"있느냐?"

어둠 사이로 인영(人影)이 모습을 드러냈다.

"훈련대장에게 일러라. 대궐의 문을 열어 저들을 맞이하라고 말이다."

"명을 받잡나이다."

왕은 숨을 깊게 들이쉬었다.

"그림자 하나 보이지 않게 숨어들 있어야 한다. 숨어서 저들이 오기를 기다려라. 사냥이다."

금군별장, 최이록이 물러나자 비로소 왕은 침전인 희정당으로 향했다.

\*　　　\*　　　\*

왕은 한동안 장지문에 난 불발기창을 노려보았다. 빛의 투영으로 불발기가 노랗게 물들었다. 문을 옆으로 밀어내자 좌등의 불빛이 영롱했다. 흑색의 융복이 서안 위에 단정히 개켜져 있었다. 은실로 수놓인 용보가 불빛을 받아 윤이 흘렀다.

"궐 밖으로 나가 있으라는데 어찌 말을 듣지 않느냐?"

문가를 지키던 내금위장이 옆으로 비켜 앉아 고개를 조아렸다. 왕을 지근에서 지키는 자였다. 모순되게도 잔약한 어깨가 되레 보는 이로 하여금 보호 본능을 일으켰다. 서안 뒤로 걸어가 앉은 왕은 좌등을 끌어당기며 내금위장을 자세히 비추었다.

"넓으나 넓은 육간대청에 너와 나, 둘뿐이로구나."

혼잣말처럼 중얼거린 왕은 내금위장을 골똘히 보았다.

굴곡짐 없이 평평히 흘러내린 목이 가녀렸다. 전대 밑에 바싹 조인 허리가 사내의 우악한 손아귀에 여지없이 잡힐 한 줌의 버들가지처럼 보였다. 수염이 수북이 난 거친 얼굴들 사이에서 유난히 하얗게 곱던 얼굴을 보며 왕은 흘리듯 말했다.

"이번에는 또 몇이나 죽어 나가려는지……."

몸을 편 내금위장이 왕을 지그시 보았다.

"전하께서 바라신 바가 아니시옵니까? 괴물이 되는 것, 광인이 되는 것 말이옵니다. 한데 어찌 상심하시옵니까?"

"어찌 상심하지 않겠느냐. 좋아서 행하는 것과 할 수밖에 없음이 엄연히 다르거늘."

"미치거나 괴물이 되지 않고서야 장인의 길로 들어서겠나이까?"

"뭐라?"

호기심으로 왕의 눈이 이채를 띠었다.

"도화서의 화원은 사물의 생김과 색에 빠져들고 사옹원 분원의 사기장은 백토에 집착하옵니다. 악공이 만물의 음에 귀를 기울이고 무희가 손끝 발끝 움직임에 유념하는 것과 매일반이 아니겠사옵니까?"

"재밌는 말이다."

"다를 바 무엇이겠나이까? 백성을 아끼시어 주야를 가리지 않으시고 가여운 자들을 살피시며 고뇌하시니 왕으로서 응연히 미치심이옵니다."

"허나 말이다. 화원이나 사기장, 악공과 무희의 고뇌는 아름다움과 생산을 향한 것이 아니겠느냐? 나의 고뇌는 파괴와 잔혹을 앞세운 것이니라."

"아름다움만으론 괴물을 잡을 수 없사옵니다. 이를 아시기에 전하께서 스스로 또 다른 괴물이 되시고자 하신 것 아니옵니까?"

내금위장은 숨을 죽이며 곤의 안색을 살폈다. 침묵이 흐른 뒤 다시 입을 열었다.

"본디 아비의 고된 밭일 뒤에 찾아오는 풍요와 충만은 아비의 것이 아닌 자식들의 몫일 터. 전하의 고뇌로 조선의 만백성은 태평성대를 누릴 것이나이다."

"꿈보다 해몽이 아니냐. 듣기 좋으면서도 서글프도다."

"기왕 정하신 길, 돌아보지 마시옵소서."

내금위장을 보는 왕의 눈빛이 모호했다. 어찌 보면 차고, 어찌 보면 뜨거웠다. 고개를 흔들어 복잡한 심사를 떨쳐 낸 왕은 서안 서랍에서 오래된 화각함을 꺼냈다. 여러 겹으로 접힌 화지가 그 안에 긴 시간 봉인되어 있었다. 왕이 서안 위에 놓여 있던 융복을 바닥에 내려놓고 그 자리에 조심스레 화지를 펼치자 앳된 소녀의 모습이 드러났다. 미처 채색되지 않은 미완의 그림이었다.

왕의 시선이 화지에 고정되었다. 그림 속 소녀에게서는 색 없이도 생기가 전해졌다. 나붓이 처진 옷고름이 여름 숲 미풍에 금방이라도 흩날릴 듯 사실적이었다. 또한 꿈속을 헤매는 넋인 양 아련했다.

"연옥아."

부름에 이름의 주인은 고개를 떨어트렸다.

"서연옥."

거듭 불러도 다문 입을 좀체 열지 않았다.

왕은 급기야 자리에서 일어나 내금위장 앞으로 성큼 다가섰다. 흰 버선이 내금위장의 눈앞에서 멈추었다. 둥그렇게 휘어진 버선코가 이지러진 그믐달과 같았다.

내금위장은 마음이 시렸다.

한구석 텅 빈 어심(御心 임금의 마음을 이르던 말)이 이와 같을까?

다리를 굽히고 앉은 왕이 내금위장의 턱을 잡아 자신을 보도록 했다. 수심 깊은 왕의 얼굴에 어둠이 내려앉았다. 내금위장은 당혹했다. 꽉 다문 입술 속에서 숨결이 포화 상태로 아우성쳤다. 시커먼 철릭 밑에 느껴지는 떨림이 고스란히 왕에게 전이되었다.

"너를 정녕 어찌해야 할까……."

왕이 순간적으로 뿜어내는 완력에 내금위장의 몸이 무너졌다. 벗겨져 나간 전립이 나동그라졌다.

속절없이 펄럭이는 철릭을 비집고 왕의 손은 갈 곳을 잃었다. 내금위장의 살과 살이 주는 안온함을 찾아 헤매는 손길이 정처 없었다.

왕의 숨결이 닿는 곳, 왕의 손이 머무는 곳마다 내금위장의 살결은 뜨겁게 타올랐다. 벅차오르는 숨을 토해 내며 내금위장의 입술이 벌어졌다.

틈을 놓치지 않고 왕의 입술이 내금위장의 입술을 덮었다. 입 안 구석구석 거침없이 파고들었다. 내금위장의 온기에 왕은 하염없이 빠져들었다.

문득 내금위장은 도리 없이 감겨들던 눈을 뜨고 왕의 어깨 너머를 보았다. 서안 너머 왕의 자리를 지키는 병풍을 마주했다. 거대하게 솟은 여덟 폭의 일월오봉병이 과장되게 보였다. 병풍은 불빛을 받아 야릇하게 너울댔다. 내금위장이 왕의 용포를 홈 켜쥐었다.

전하.

요연히 파고드는 부름이 흐릿해진 왕의 뇌중을 헤집었다.

"전하!"

또렷이 울리는 소리에 왕은 찬물을 뒤집어쓴 표정이 되었다. 옷깃을 부여잡고 안간힘을 쓰는 내금위장을 멍하니 보았다.

때도 모르고 내가 대체 무슨 짓을 하는 것인가…….

내금위장을 밀어낸 왕은 서안에 팔을 괴고 쓰러지듯 주저앉았다. 좌등의 빛이 격랑 치는 마음을 뚫고 심히 흔들렸다.

난군이 창의문을 향한다는 데도 심속에 꿈틀거리는 불덩이를 주체할 길이 없었다. 찰나, 왕이기에 앞서 사내였다. 고스란히 전해져 오던 내금위장의 떨림과 숨결에 왕은 사내이기를 원했다. 사내의 마음이 이리도 철이 없었다.

부스스 일어나 앉은 내금위장의 어깨 밑으로 철릭이 흘러내렸다. 흐트러진 옷을 여미는 손이 바들거렸다. 칼을 잡아 거칠어진 손이었다. 그럼에도 본래의 고운 선을 간직한 손이었다.

"그 손이 어찌 칼을 잡는 무관의 것이야! 어찌 사내의 것이야!"

왕이 윽박지르며 내금위장의 손목을 낚아챘다. 그는 때때로 내금위장에게 분노했다. 내금위장의 상투와 내금위장의 군복과 내금위장의 칼에 대고 허망하게 날려 버릴 분노를 토해 냈다.

"즉시 궐 밖으로 나가라."

왕은 내금위장의 볼에 대고 사납게 으르렁거렸다. 달아오른 열기가 미처 식지 않아 화끈거리는 볼이었다. 내금위장은 물러섬이 없었다.

"어찌 나가라 하시나이까? 전하를 지키는 것이야말로 내금위장의 소임일 것이옵니다."

"파직할 것이다. 궐 밖으로 내칠 것이야."

"전하, 서연옥은 없사옵니다. 오직 내금위장 무연만이 존재할 따름이옵니다."

"하!"

왕이 실소를 터트렸다.

"너는 무연이 아니다."

"무연이옵니다. 전하의 내금위장이옵니다."

"너는 연옥이다."

"전하."

"닥쳐라!"

왕이 내지른 고함에 내금위장은 말문이 막혔다.

"역도의 무리를 제압하고 나면 내가 너에게 진정한 성명을 찾아 줄 것이야. 내 손으로 거둔 이름, 내 손으로 내가 찾을 것이다. 허니⋯⋯."

왕의 목소리가 힘없이 가라앉았다. 내금위장이 제 이름을 찾게 될 일은 결단코 없으리라는 것을 왕도 내금위장도 알고 있었다. 왕은 잔머리조차 남기지 않고 틀어 올린 내금위장의 상투를 쏘아보았다.

"살지어다."

반드시⋯⋯ 그리할지어다.

"머리카락 한 올까지 온전해야 한다. 이는 어명이 아닌 사내로서의 부탁이다."

창의문 너머 아득한 곳에서 수를 헤아릴 수 없는 커다란 함성과 땅을 구르는 군홧발 소리가 들렸다. 하늘이 울리고 땅이 흔들렸다.

곤룡포를 벗어 던진 왕은 융복으로 환복했다. 지밀의 문을 활짝 열고 두연히 뒤를 돌아 내금위장을 보았다.

# 一章
## 마치 새와 같은

검은 하늘을 샛노랗게 그어 낸 벼락신장이 '우르릉 쾅쾅' 호통하자 상석에 앉은 여인이 뇌성에 움찔했다. 연약하게 흔들리던 촛불이 푸시시 꺼져 드는 것을 여인은 긴장한 눈길로 노려보았다. 이목을 피해 몰래 궐 밖을 나온 왕비, 보현이었다. 내재되어 있던 그녀의 두려움이 날을 세웠다.

"작야(昨夜)에 세자가 문호에게 다녀갔다 합니다. 아우가 보고 싶어 왔노라고 말이지요. 허나 누가 속을 줄 안답니까? 품에 능구렁이 열댓 마리는 족히 담고 있는 자입니다."

하늘을 나는 새도 떨어트린다는 권력자 김직언이 몸을 움직여 꺼진 초에 불을 붙였다. 나라의 재상이요, 왕비의 숙부 되는 자였다.

비로소 젊은 여인의 모습이 어둠 속에 드러났다. 너울로 가리어진 면부의 윤곽이 흐릿했다.

"대체 성상께서는 무엇 때문에 주저하신단 말입니까? 젖먹이를 안고 어르시면서 너에게 동궁을 내어 주마 하신 것을 잊으신 게지요."

보현은 감정을 이기지 못하고 주먹을 와락 쥐었다. 때로 그녀의 불안은 깊은 분노로 화했다.

지금의 왕은 선왕이 후사가 없자 조카들 중에 하나를 골라 뒤를 잇게 한, 적통이 아닌 최초의 군주였다. 방계(傍系)가 왕이 되니 왕권은 자연히 약화될 수밖에 없었다. 이를 한탄한 왕이 적통의 후계자를 간절히 바란 것은 당연한 일이었다. 때문에 왕은 후궁의 배를 빌어 태어난 아들이 있었지만 갖지 못한 적자에 대한 아쉬움으로 세자 책봉을 차일피일 미루었다. 왜가 나라를 침략하자 그때서야 산후풍을 앓다 죽은 후궁, 혜빈 강씨의 소생인 강의군 곤을 부랴부랴 세자로 책봉했다.

보현이 왕의 계비로 들어와 문호대군, 창을 낳은 것은 그보다 훨씬 뒤의 일이었다.

"세자에 대한 성상(聖上)의 노화(怒火)는 익히 알려진 바가 아니옵니까? 전란이 아니었으면 세자가 저위(儲位)에 오르는 일도 없었을 것이옵니다. 그토록 소원하셨던 적자인데 설마하니 성상께서 이대로 계시지는 않으시겠지요."

김직언이 그럴듯한 말로 달래 보았으나 보현의 시름은 걷히지 않았다.

"여태 아무런 하교가 없으신 것을 보면, 아무래도 불안하단 말입니다. 성상께서 유야무야 시간만 끄시니 어찌 대처해야 할지……."

전란 내내 우유부단하고 변덕스러웠던 왕은 후계를 명확히 하는 일마저 그의 습성대로 지지부진하게 굴었다.

보현의 목소리가 높아졌다.

"성상의 보력이 높으십니다. 근래 들어 옥후가 심상치 않아요. 아무 때고 자리보전하셔도 이상치 않을 상황이 아닙니까? 숙부님, 이대로 시간이 흐르면 문호가 불리합니다. 그 전에 뭐라도 수를 써야지요."

"수라 하시면 무엇을 말씀하시옵니까?"

"무엇이든 말입니다. 그것이 무어이든 간에……."

보현은 말꼬리를 흐리며 생각에 빠졌다. 김직언이 내밀히 물었다.

"찾아 계신 아이, 밖에 대령해 있사옵니다. 부르오리까?"

눈썹을 들어 올린 보현이 그렇게 하라는 듯 고개를 천천히 끄덕였다.

김직언이 장지문을 보았다.

"게 있느냐?"

문을 열고 칼을 찬 검객이 건넌방으로부터 스며들었다. 걸음이 바닥을 스치는 기척도 나지 않았다. 절을 하는 움직임에 빈틈이 없었다.

검객이 고개를 들어 정면을 주시했다. 검은 동자에 총기가 어렸다.

뽀얗고 촉촉한 피부가 목련화에 맺힌 새벽이슬에 비할 바가 아니었다. 보드랍게 휘어진 눈썹은 타고난 성품이 그악스럽지 않음을 상징했다. 높지도, 낮지도 않게 정갈히 솟은 코가 주인 되는 자의 단아함을 증명했다. 선홍빛 야문 입술이 천연 여름 날 지천에 깔린 산야의 붉은 열매를 닮았다. 도무지 칼을 든 검객의 모습이 아니었다. 미인도에나 나올 법한 수려한 계집의 자태였다.

"완연히 자라 몰라보겠구나. 네가 서자성의 여식이렷다?"

"서가 연옥이라 하옵니다."

검객은 제 이름을 서가의 연옥이라며 담담히 밝혔다. 연옥의 얼굴을 찬찬히 살핀 보현이 중얼거렸다.

"그리 생겨 어쩌누."

계집으로서 검객의 삶을 살아 내자면 빼어난 용모가 거추장스러웠을 것이다. 자리에서 일어난 보현이 연옥에게 다가와 앉았다. 그녀는 연옥의 손을 자신의 남색 스란치마위로 잡아끌었다.

"너에게 무엇을 주랴? 무엇을 주어야지 내 자식의 목숨 값으로 적당하다 하겠느냐?"

연옥은 절망과 분노에 관한 기억을 심연으로부터 끌어 올렸다.

세상에는 잊어지지도, 잊을 수도 없는 일들이 있었다. 상처가 되고 독이 되어도 하나하나 긁어내야 하는 일들이었다. 흩어진 부스럼들을 모아 실체를 보아야 할 일이었다.

연옥은 입안의 여린 살을 깨물었다.

"내 아들은 성상의 유일한 적자니라."

선언하듯 힘주어 말한 보현이 자세를 고쳐 앉았다.

"만일에 작금의 세자가 즉위한다면 내 아들이 무사할 성싶으냐?"

무사하지 못할 것이다. 세자는 그런 자니까.

연옥은 마음을 찌르는 고통에 입술을 깨물었다. 끝 모를 심연 속 중심에 세자가 있었다.

"세자는 서자다. 서자가 통치하는 나라에서 적통의 대군은 살아도 산목숨이 아니니라."

젊은 왕비가 생각할 수 있는 유일한 생존의 방식은 단 하나. 자신의 소생이 보위에 오르는 것, 단지 그것뿐이었다.

"옥새를 쥐어야 한다. 그래야 내 아들이 산다."

호시탐탐 자신과 아들을 위협하는 세자와 그를 따르는 무리들로 보현의 신경은 나날이 예민해졌다.

마침내 연옥이 입을 열었다.

"하루아침에 천애 고아가 되어 떠돌다 객사했을지도 모를 목숨을 거두어 주셨나이다. 망극한 은혜를 입었사온데 어찌 보답을 바라겠사옵니까?"

"자식의 생사를 염려하는 어미의 마음이다. 원하는 것을 말하라."

연옥은 보현에게 잡힌 손을 빼내 몸을 낮추었다.

"정히 그리 하문하시오니 감히 받잡나이다. 간곡히 바라옵건대 억울하게 죽은 아비의 누명을 풀어 주시옵소서."

자리로 돌아간 보현이 과단을 내렸다.

"세자 이곤을 죽여라. 나의 아들이 보위를 잇는 날, 전 병조판서 서자성은 신원될 것이다."

연옥은 대답 대신 고개를 깊이 조아렸다.

"선사 만종에게서 칼을 배웠다 하였느냐?"

"예."

"법명이 무엇이냐?"

"무연이옵니다."

"무연아."

"하교하시옵소서."

"죽기를 각오하여라. 네 이름을 잊어야 한다. 네가 서연옥이라는 사실을 잊어."

"……."

"어찌 답이 없느냐?"

"……잊은 지 오래이옵니다."

뒷걸음으로 물러난 연옥은 장지문을 닫고 돌아섰다.

밖으로 나오자 장맛비에 한기가 들었다. 칼을 쥔 손에 힘이 들어갔다.

여덟 해 전, 운명이 뒤바뀐 그날 밤에도 번개가 치고 굵은 장대비가 내렸다. 어린 계집아이였던 연옥은 추격을 피해 세찬 빗속으로 내몰렸다. 사력이 다하도록 달리고 또 달렸다.

섬돌 위에 가지런히 놓인 보현의 자홍색 유혜(油鞋)가 눈에 들어왔다.

그 밤, 잔인한 빗속에서 그와 똑같은 신을 본 연옥은 자신이 구원의 손길을 잡았음을 직감했다.

연옥은 갈모도 쓰지 않은 채 빗속으로 터덜터덜 사라졌다.


"무연이 과연 해낼 수 있을는지 모르겠습니다."

보현은 연옥이 가고 없는 빈자리를 보다가 뇌듯 중얼거렸다.

"저자에 잔뼈가 굵은 검계 놈들을 제 밑에 두고 부린 계집이옵니다. 다만……."

김직언이 미간을 좁히며 신중히 말을 골랐다.

"비루한 깜냥이나마 사람 볼 줄 안다 스스로 자부하였건만 저 계집의 속은 통 들여다볼 수가 없으니 그것이 조금 찜찜할 따름이옵니다."

보현은 연옥의 목을 떠올렸다. 하얀 목이 길고 가늘었다.

"어린 것이 참으로 지난한 인생이었겠습니다. 어미 잃고 길 잃은 짐승 새끼와 다를 바 없을 터……. 두려움에 떨던 경계심이

쉬 풀어질 리 없지요. 늙어 북망산을 넘을 때까지도 말입니다."

"마마의 어지심이 높고도 넓음이옵니다."

줄기차게 쏟아지는 비가 지창 너머 느껴졌다. 보현은 침묵에 빠져들었다.

*　　*　　*

도성 저잣거리를 활개치고 다니는 검계 무리 중에 단연 규모가 큰 무리는 객주를 겸하고 있는 단계였다. 단계의 본거지인 단계옥은 돈의문 밖, 삼개에 자리했는데 일층은 투전장과 색주로, 이층은 지방에서 올라오는 상인들을 위한 객방으로, 삼층은 육의전에 내다 팔 물품들을 보관하는 창고와 계원들의 공간으로 쓰이고 있었다. 조선에서는 보기 드문 형태의 삼 층짜리 화려한 와옥이었다.

해가 떨어져 홍등을 내다 걸면 사람들은 단계옥 안으로 꾸역꾸역 몰려들었다. 수일에 걸쳐 지방에서 올라온 상인들은 이곳에서 노정의 피로를 원 없이 풀었다. 한쪽에서는 거금을 건 투전판이 벌어졌고 다른 쪽에서는 창부(娼婦)를 품은 자들의 거나한 술판이 벌어졌다. 주향(酒香)과 고기 누린내, 몸을 파는 여인들의 짙은 분내가 뒤섞여 멀쩡한 정신을 가진 자라면 당연히 역겨워할 냄새가 났지만 이곳을 찾는 자들 중 그런 악취를 신경 쓸 자는 아무도 없었다.

"곱다. 고와. 계집인지 사낸지 죽기 전에 속살이나 한번 봤으면 좋겠네."

투전판에 끼어 있던 애꾸눈 구창이 단계옥 안으로 들어서는 연옥을 발견하고 지껄였다. 연옥은 젖은 몸을 대충 털며 곧장 목조 계단을 올라갔다.

옆을 지나가던 홍지가 구창의 말을 듣고 뒤통수를 냅다 휘갈겼다.

"싸가지! 아야, 니 시방 어따 대고 주둥이를 놀리냐?"

"이런, 씨! 내가 내 입 가지고 말도 못 해?"

느닷없이 얻어맞자 부아가 난 구창이 소리를 버럭 질렀다. 뒤질세라 홍지가 카랑카랑하게 쏘아붙였다.

"계주 어른이라고. 계주 어른! 니 같은 넘이 함부로 짖고 까불 상대가 아니란 말이지."

"얼씨구! 나라님이라도 되냐?"

"근다! 어쩔래?"

"꼴값을 떨어. 꼴값을. 나라님도 없는 데서는 욕이 한 바가진 걸 왜 네년이 나서서 난리야?"

구창이 투전 패를 던지며 위협적으로 일어서자 눈치를 살피던 투전꾼들이 후다닥 패를 챙겨 들고 뿔뿔이 흩어졌다. 투전장의 분위기가 급격히 얼어붙었다.

홍지가 입술을 비쭉대며 한발 앞으로 나섰다.

"니 인냐. 나라님 욕하다 걸리믄 어찌케 되는지 아냐? 딴 거 머가 있간디. 기냥 뒤지는 거여."

"그래서 뭐, 내 목이라도 치시게?"

"못할깨비 지랄이냐? 귓구멍 후비 파고 잘 들어라. 단계에서
나라님은 우리 계주 어른이다이. 근께 뒤지고 싶지 않으믄 걸리
지 말라고. 알아듣겄냐?"

금방이라도 한 대 날릴 듯 주먹을 들었다 내렸다 씩씩거리던
구창이 나무 의자를 발로 쾅 걷어찼다.

"둘이 붙어먹기라도 했나, 쌍심지를 켜고 난리여, 난리가! 내
참 더러워서. 퉤퉤!"

쿵쾅거리며 입구까지 걸어간 그가 문을 박차고 밖으로 나가
버리고 나서야 투전장은 아무 일 없었다는 듯 다시 시끌벅적해
졌다. 순간 욱해서 내지르기는 했지만 한 대 얻어맞을까 봐 속으
로 바짝 얼어붙어 있던 홍지는 가슴을 쓸어내렸다.

연옥을 향한 구창의 반발심이 날이 갈수록 심해지고 있었다.
원체 연옥이 단계의 계주라는 사실을 인정하지 못하고 겉돌긴
했지만 이제는 심히 걱정스러운 지경이었다.

저거 저러다 난중에 먼 사달을 내도 내고 말지.

본데없이 성미만 지랄인 놈이었다. 한번 불뚝성이 나면 말릴
수 있는 자가 아무도 없었다. 계원들 사이에서도 불만이 많았지
만 당최 어디로 어떻게 튈지 모르는 놈이라 함부로 뭘 어쩌기도
껄끄러웠다.

밤새 멈출 것 같지 않은 뇌성벽력이 아래층의 왁자한 소음과 어울려 괴괴한 분위기를 자아냈다.

혁주는 육의전 거리에 내다 팔 물목(物目)을 살펴보는 중이었다. 상인들이 물건을 맡기면 대신 팔아 주거나 흥정을 붙여 주고 이문을 나눠 갖는데 보통 이런 거래는 단계의 부계주인 혁주의 몫이었다.

누군가 목조 계단을 올라오는 소리가 들렸다. 귀를 기울인 혁주는 인기척의 주인이 누구인지 금방 알아차렸다. 문밖이 잠잠해지자 밖으로 나가 옆방의 문을 두드렸다.

잠시 뒤, 지친 모습으로 연옥이 문을 열어 주었다. 빗물을 미처 닦아 내기 전이었다. 혁주는 젖은 그녀를 가만히 보았다. 흉포한 빗줄기가 무자비하도록 밤을 지배하고 있었다. 갈모도 쓰지 않고 흠뻑 젖은 차림으로 돈의문을 빠져나오다니 고뿔에라도 걸리면 어쩌느냔 소리가 입안에서 맴돌았다.

"아따 니, 눈 찢어지겠다이."

시비조가 다분한 말에 뒤를 홱 돌아보았다. 어느 틈에 계단을 올라와 있던 홍지가 등 뒤에 바짝 붙어서 한심한 눈길로 혀를 끌끌 찼다.

"검계라는 놈이 사람 오가는 기척을 이라고 몰라서야, 어디 니 모가지나 지대로 챙기겠냐? 비켜! 들어가게."

혁주를 밀치며 방 안으로 들어간 홍지는 챙겨 온 마른 수건을 침상에 내려놓고 횃대에 걸린 옷가지 중 하나를 골라 들었다.

"아이, 니는 시방 뭐하고 섰냐? 애기씨 옷 갈아입으시게 얼른 문 닫아야."

무색해진 혁주의 얼굴이 붉어졌다. 눈을 흘긴 홍지가 그를 떠밀며 문을 쾅, 닫아 걸었다.

연옥은 축축하게 젖은 옷을 벗었다. 가슴을 압박하던 무명천을 풀자 온종일 짓눌려 있던 가슴이 자연스럽게 부풀었다. 홍지가 수건으로 몸에 묻은 물기를 닦아 주었다.

"애기씨 신세가 어째 이라고 되셨는가 몰라라."

한숨을 과장되게 내쉰 그녀는 주절주절 말이 많았다.

"진작에 시집을 가서서 아들 딸 낳고 떵떵거리며 사셔야 되는디 이라고 계시니까 지가 속이 쓰려가지고…… 에잇. 쳐 죽일 것들."

"그러는 너는 시집 안 갈 테야?"

새로 갈아입은 옷을 갈무리한 연옥이 슬쩍 화제를 돌렸다.

"애기씨보다 먼저 가믄 쓰간디요? 찬물도 우아래가 있는 법인디. 애기씨 시집가서 깨 볶고 사시는 거 보기 전까지는 이라고 살라요."

"대역 죄인으로 쫓겨 다닌 세월이 얼만데 너와 내가 다를 것이 있나. 허송세월 말고 마음에 차는 사내가 있으면 가야지."

홍지는 저가 괜히 서러워져서 눈물이 왈칵 솟았다. 울먹울먹하는 목소리가 문밖으로 새 나갔다.

"세상천지에 대감마님만큼 억울하신 분이 어디 있간디, 애기씨는 먼 말씀을 그라고 하신다요? 대역 죄인이라니 그런 말씀은 하시는 것이 아니지라."

밖에서 기다리던 혁주가 방문을 두드리며 열어 달라고 성화를 부렸다.

"염병도 해쌌네. 나가 애기씨한티 해코지라도 할깨비 그냐!"

문을 발칵 열어젖힌 홍지는 젖은 눈시울을 하고서 악을 바락 썼다. 그녀는 애먼 혁주를 한참동안 노려보았다. 휑하니 아래층으로 내려가 버리는 그녀를 혁주가 황당한 눈길로 쳐다보았다.

무슨 일이냐고 묻는 혁주의 시선에 연옥이 별일 아니라며 고개를 저었다.

"그렇지 않아도 네게 할 말이 있었어. 중궁마마를 뵙고 오는 길이야."

문기둥을 붙잡고 있던 혁주의 손이 움찔했다.

"건영헌, 대군아기씨 처소로 들어갈 거야."

강한 비바람에 지창이 덜컹거렸다. 덜컹이며 열린 지창 사이로 빗줄기가 후두두 들이쳤다.

터벅터벅 방 안을 가로질러 간 혁주는 지창을 거칠게 닫아 걸었다. 연옥이 등 뒤로 다가왔다.

"있지. 나는 네가 나를 막지 않았으면 좋겠어. 내가 무엇을 원하는지 너는 알고 있으니까."

격정에 몸을 돌린 혁주가 연옥의 어깨를 잡았다. 놀란 연옥이 그를 빤히 보았다.

왜 그리 스스로를 벼랑 끝으로 밀어내려 하십니까?

날카로운 혁주의 안광은 그가 하고자 하는 말을 진실 되고 명확하게 전해 주었다.

걱정과 상심 그리고…….

연옥은 혁주에게 잡힌 어깨를 풀며 뒷걸음질했다. 혁주는 이런 식으로 자신의 감정을 내보인 적이 한 번도 없었다. 연옥은 혁주의 태도가 무엇을 의미하는지 불현듯 깨달았다.

모시던 주인집은 폐문을 당하고 그 자신은 관을 피해 달아난 도망 노비였다. 당연히 제 몸 하나 건사하기도 힘겨웠다. 어차피 다 망한 집안의 겨우 하나 남은 자손이야 어찌되든 무슨 상관이랴. 더 이상 주종 관계도 아니었기에 연옥을 남겨 두고 제 살길 찾아 떠난다 해도 원망할 일이 아니었다. 그럼에도 그가 지금까지 한사코 곁을 지켜 준 것에 대해 연옥은 그저 옛 주인을 향한 정리이려니 했다.

아니. 그렇지 않아!

실은 혁주의 마음을 알면서도 애써 무시한 것이 아닐까, 스스로 의심이 들었다.

"혁주야."

절망의 기색이 그를 짙게 드리웠다.

"이제는 너를 위해 살아. 이미 오래전에 놓아 주었어야 했는데 혼자라는 사실이 두렵고 무서워서 차마 그러지 못했어. 왜 좀 더 빨리 너를 놓아주지 못했을까, 후회스럽지만 이제라도 너는 네

갈 길을 가. 그렇게 해.”

혁주는 입을 괴상하게 벌렸다가 다물고 말았다. 부질없는 행위였다. 멀쩡히 잘 들리는 귀를 가지고도 그는 말을 하지 못했다. 품속에 항상 지니고 다니는 필첩을 꺼내 들었다. 빠르고 격렬하게 글자들을 써 내려갔다.

「늘 아기씨 곁에 있었습니다. 전란을 피해 아기씨를 등에 없고 외가댁으로 피란하던 때부터 한시도 떨어진 적이 없습니다. 이놈은 그렇게 산 놈입니다.」

“이제는 그러지 마. 내게 얽매여 너에게 주어진 생을 낭비하지 마.”

혁주는 상처 받은 얼굴이 되었다.

「이놈의 마음을 아기씨께서는 아십니다. 언감생심 바라는 것은 아무것도 없습니다. 종놈으로 남겠다는 겁니다. 그것도 아니 되는 것입니까?」

“나를 버려. 나로 인해 매여 있던 김 대감과의 연 또한 끊어내. 자유롭게 네 삶을 살아. 어차피 나는 궐로 들어가면 살아 나올지, 죽어 나올지 모를 사람이야.”

혁주는 입술을 사리물었다.

「아시면서 고집을 하십니까? 나라의 세자입니다. 죽을 자리로 들어가시는 겁니다.」

“내가 중궁마마께 갚아야 할 빚이니까. 또한 세자에게 반드시 되돌려 주어야 할 원한이고.”

「그들은 멍에를 아기씨께 지우려는 겁니다. 모르시는 겁니까, 모르는 척하시는 겁니까?」

글자가 혁주의 손끝에서 정도를 잃고 흐트러졌다. 먹물이 여기저기로 튀었다. 감정이 홍수를 이루며 소용돌이쳤다.

"나는 상관이 없어. 세자 곁으로 갈 수만 있다면 아무것도 상관치 않아."

「누구나 살 권리가 있고 살고자 하는 바람이 있는 법입니다.」

연옥은 막막히 미소했다.

"죽음을 선택할 권리 또한 살 권리만큼 있는 거니까. 더구나 죽음의 명분이 확실하다면 머뭇거릴 이유가 있을까? 나는 세자를 죽여야 한다는 일념으로 산 사람이야. 아버님께서 신원되실 수 있다면…… 나는 뭐든 해."

「이놈이 아니라도 좋습니다. 아기씨를 살게 할 다른 무엇도 없는 것입니까?」

연옥은 죄책감을 느꼈다. 혁주의 절박함은 그녀를 향한 연모의 발로였다. 홀로됨이 두려워 그의 감정을 이용해 옆에 잡아 두었던 자신의 이기심이 죄스러웠다.

연옥의 결심이 바뀌지 않을 것을 안 혁주는 붓대를 꼭 쥐었다.

「죽어도 좋다는 생각은 마십시오. 이놈이 지켜 드릴 것입니다.」

혁주가 문을 박차고 나가자 혼자가 된 연옥은 나동그라진 필첩을 내려다보았다. 그에게 동기간의 정이 아닌 그 이상을 느낄 수 있다면 좋았을 것이다. 놓치고 싶지 않은 간절한 무언가가 있다면 음해, 배신, 고통, 분노 그리고 복수로 점철된 과거의 지옥으로부터 벗어날 수 있을지도 모른다.

혁주는 크고 다부진 신체와 시원한 이목구비의 소유자였다. 굵은 목에 목울대도 그러했다. 조화를 이룬 신체적 조건들이 그를 괜찮은 인물로 보이게끔 만들었다. 단 한 명을 제외하고.

밤을 두드리는 폭풍우의 횡포가 심해졌다. 육신은 피곤하나 정신은 맑아 잠을 잘 수 없었다. 연옥은 몇 가지 단편적인 것들을 끊임없이 생각했다.

어렸던 것들. 어려서 순수했던 것들. 그래서 설레었던 것들. 아무것도 몰랐기에 가능했던 어느 여름날의 기억들을.

기억이 밤을 날아 시간 속을 헤매었다.


一.


무술년 신월(칠월)

정유년에 재차 발발한 왜란은 보름 전이 되어서야 완전히 끝이 났다. 왜군은 닥치는 대로 불태우고 살육했다. 전란의 화마가 훑고 지나간 자리마다 잿더미가 산을 이루었다.

강화조약이 있기 이태 전, 함락 당했던 도성을 되찾고 피란길에 올랐던 왕이 돌아왔지만 그를 기다린 것은 흔적 없이 불탄 대궐이었다. 긴 노정으로 노고가 쌓인 옥체를 뉘일 곳이 없었다.

왕은 정릉동에 남아 있는 종친의 저택에 누추한 시어소(時御所)를 차렸다. 사람들은 그곳을 정릉동 행궁이라 불렀다.

왕이 돌아오자 양반들도 돌아왔다. 피란 갔던 반가의 식솔들이 하나둘 그들이 살던 북촌으로 모여들었다. 전란에 뼈대라도 남은 집은 보수공사에 열을 올렸다.

와중에 왕의 호종 공신인 병조판서 서자성이 전란 통에도 원형 그대로 보존된 계동의 저택, 수월재(水月齋)를 떠나 행궁이 정면으로 보이는 정릉동 초가집에서 침식(寢食)을 해결하자 그의 기행을 다들 의아하게 여겼다.

"대감마님은 머땀시 암시랑도 않은 고대광실(高臺廣室)을 두시고 이짝서 계신당가요?"

서자성의 고명딸, 연옥이 마침 제 아비의 초가를 다니러 왔다가 단출한 살림을 이리저리 살펴보는 중이었다.

"당최 대감마님 속은 알다가도 모르겠어라."

홍지는 연옥을 따라다니며 시중드는 네댓 살 많은 비자(계집종)였다. 생각 없이 나오는 대로 말을 내뱉다 종종 야단을 듣기도 하지만 본 심성이 응큼한 데가 없고 순박하여 연옥에게는 벗과 같은 존재였다.

"접때는 첩살림하시는 것이 아니냐는 소문도 돌았당께요."

부엌에서 젖은 손을 털며 나오던 성미 괄괄한 할멈이 사나운 눈초리로 홍지를 쏘아보았다. 일찍이 병사(病死)한 연옥의 모친이 시집 올 적에 데리고 온 교전비(혼례 때 새 색시들을 따라가던 여자 종)로 지금은 서자성의 초가 살림을 맡아 하는 이였다.

"저년의 주둥아리 경을 한 번 쳐 봐야 정신을 차리지."

"나가 그랬다는 것이 아니고 그런 말이 들린다 이 말이지라. 왜놈들한티 집칸이 불타 버린 것도 아니고 명색이 병조판서 대감이신디 여기 이라고 계신 것이 이상시러운께요."

"신소리 작작하고 가서 걸레질이나 해, 이년아. 대감마님 퇴청하실 시간인거 몰러?"

할멈의 타박에 홍지는 입술을 삐죽 내밀었다. 마른 걸레를 찾아 물동이가 있는 곳으로 터덜터덜 걸어가는 꼴이 마당에 내어키우는 암탉처럼 보였다. 맷돌을 돌릴 참인지 할멈이 불린 콩을 가져와 평상에 앉았다.

"애기씨, 오늘도 주무시고 가실랑가요?"

걸레를 빨아 들고 툇마루로 올라간 홍지가 그새를 못 참고 또다시 입을 열었다. 고민하던 연옥이 고개를 저었다.

"아니. 아버님 퇴청하시는 거 뵙고 돌아가야 할까 봐. 할머님께서 적적해하셔서."

"그믄 오늘 밤도 큰 마님 곁에서 수놓으신다고 애 좀 쓰시겠네요잉?"

"그러게."

"대감마님께 매파를 보내는 댁들은 애기씨 수놓는 재주가 메주인 것은 까맣게 모를 것이어라."

"당장 주둥이 닥치지 못해?"

할멈이 언성을 높이며 떠들어 대던 홍지의 말을 막았다. 아무리 주인과 임의로운 사이라 할지라도 종년은 종년이었다. 어찌 저리 조심성이 없누, 혀를 내찬 할멈은 주름이 자글자글한 눈을 와살스레 부라렸다.

"어휴 저년, 걸레질이랍시고 하는 꼴 좀 보게."

"사실을 사실대로 말허는디 머시가 어쨌다고 그런다요?"

"어느 안전에 대고 농 짓거리야, 농 짓거리가! 종년이 주제도 모르고. 쯧쯧쯧."

"치. 암만 머시라 해도 애기씨가 수놓는 것보다 활을 더 잘 쏘시는 건 부정 못 할 사실 아녀라?"

말 한마디 지지 않고 대거리하는 홍지를 향해

"안 되겠다. 오늘 너랑 나랑 날 잡자."

할멈이 짚신을 구겨 신고 호기롭게 평상에서 내려섰다. 담벼락에 세워 둔 대빗자루를 집어 드는 늙은 여인의 푹 퍼진 엉덩짝이 좌우로 넘실거렸다.

"아따, 참말로. 나가 뭐를 어쨌는디라!"

퉁퉁한 몸과 달리 동작이 잰 홍지가 걸레를 내던지고 뒤란으로 도망가 버리자

"저년이 날궂이를 하나? 푸닥거리라도 해야지 원."

할멈이 쫓아가며 질펀한 육두문자를 쏟아 부었다.

마당에 혼자 남은 연옥이 맷돌 앞에 자리를 잡고 앉았다. 할멈은 술술 잘만 돌리는 것 같더니 실제로 묵직한 맷돌을 돌리기

란 여간 힘든 일이 아니었다. 한 손으로 잡았던 손잡이를 두 손으로 모아 잡고 있는 힘껏 돌렸다.

"크흠! 게 있느냐?"

누군가 인기척을 내며 마당 안으로 들어섰다. 연옥은 맷돌 돌리기를 멈추고 사립문 쪽을 돌아보았다.

마당에 딛고 선 태사혜를 따라 시선을 올리자 초록색 도포 자락이 보였다. 그 위에 아청색 전복이 덧대져 있고 술대(허리띠. 술띠라고도 불림)가 찰랑거렸다.

연옥은 서둘러 평상에서 내려왔다. 술대의 색이 붉은 것으로 보아 지체 높은 이었다.

"지나는 길에 조갈이 나 염치불고하고 들렀다. 냉수 한 사발 마실 수 있겠느냐?"

옥음에 수염을 기르지 않은 턱밑이 매끈했다. 하얀 피부가 규방의 여인처럼 고왔다. 밤하늘을 연상시키는 까만 동자는 보고만 있어도 빠져들었다. 오뚝 솟은 코는 반듯하고 얇은 미소를 띤 입술은 연지를 바른 것도 아닌데 선홍빛을 띠었다.

연옥은 벌린 입을 다물지 못했다. 그녀는 한동안 눈썹만 깜박거렸다. 그러다 자신이 너무 노골적으로 상대를 관찰한 것을 깨닫고 휙 돌아섰다.

"잠시 계십시오."

마당에 손을 남겨 두고 부엌으로 들어온 연옥은 일없이 부끄러웠다. 애먼 치맛자락만 움켜쥐었다.

물독에서 냉수 한 사발을 떠 목반에 내려놓고 뒤란으로 나가자 담사리(소년 종) 혁주가 장작을 패고 있었다. 할멈과 홍지는 아직도 실랑이 중이었다.

혁주를 부른 연옥은 높이 자란 감나무를 가리키며 잎을 하나 따 달라 부탁했다. 부엌으로 돌아와 물 대접에 감나무 잎을 띄웠지만 그녀는 목반을 든 채로 머뭇거렸다. 벌어진 문틈으로 손을 살펴보기만 할 뿐 어쩐지 쉽게 밖으로 나서지 못했다.

한참이 지나 겨우 목반을 들고 나가자 마당을 한가로이 돌며 구경하던 손이 다가왔다. 목반 위에 물 대접을 본 그가 나지막이 웃었다.

"물에서 화향이 나다니 이상하구나. 여기 띄워진 꽃잎 덕이냐?"

"그저…… 감나무 잎일 뿐이옵니다."

"네가 틀렸구나. 이 잎은 꽃잎이다."

물을 마신 손은 목반에 빈 대접을 내려놓았다. 녹색 빛의 경옥을 꿰어 만든 갓끈이 손이 움직일 때마다 찰랑거렸다.

"어이해 꽃잎을 띄웠느냐?"

"급히 드시면 체하실까 저어되어 그리하였사옵니다."

"몇 살이더냐?"

"열두 살이옵니다."

"어린 소저가 이런 배려도 아느냐?"

"조모께서 들려주셨던 옛이야기가 생각나 교훈대로 행한 것이옵니다."

손이 허리를 숙여 연옥의 시선을 마주했다.

"그것 보아라. 너의 마음씨가 활짝 핀 꽃보다 아름답지 않느냐. 아름다운 마음에 아름다운 목적으로 띄워 준 잎이니 세상에서 가장 아름다운 꽃잎이다."

연옥의 고개가 자연히 숙여졌다.

"말해 보아라."

"무엇을……."

"너의 조모가 들려주었다는 이야기."

이분이 어찌 이러시나 연옥은 선뜻 대답치 않고 아랫입술만 잘근 깨물었다.

"어서."

"고려조 태조 왕건과 장화왕후에 대한 고사이옵니다."

"표주박에 띄운 수양버들 이야기로구나?"

"예."

손은 감나무 잎을 집어 햇빛에 비추었다. 제철이 아닌 잎이 쨍한 초록빛이다.

"이것은 내가 가져가마. 너의 재치로 체기를 모면하지 않았느냐."

"쓸모없는 것이옵니다."

"쓸모가 없다니. 물을 마실 적마다 교훈으로 삼을 것이야. 사내대장부가 되어 물 따위에 체할 수는 없지 않느냐."

농을 거는 것인가, 연옥은 미심쩍으면서도 고개를 주억거렸다.

"정히 그러시다면 뜻대로 하시옵소서."

비뚜름해진 흑립을 바로 쓰고 술대의 고름을 확인한 손이 짐짓 으스대며 뒷짐을 지었다.

"네 덕에 해갈을 하였으니 무엇으로 보답하랴?"

"조갈이 나신다기에 물 한 사발 드린 것이옵니다. 보답 받을 일이 아니옵니다."

"아니다. 화향이 나는 귀한 물을 얻어 마셨으니 나는 보답을 해야겠다."

연옥의 미간이 얕게 찌푸려졌다. 호기심과 겸양 사이에서 곤혹스러웠다. 문득 손의 등에 매인 화구통이 그녀의 관심을 끌었다.

"선비님 등에 매여 있는 것이 화구통 아니옵니까?"

손이 고개를 옆으로 기울이며 어찌 그러느냐, 되물었다.

"복색으로 보아 지체 높으신 댁 선비님 같으신데 서책이 아니라 화구통을 지니고 계시니 신기해서 그러하옵니다."

"내 이것저것 그리는 것에 취미가 있어 그러하다. 그건 그렇고 이제 그만 답을 하여라. 너의 호의에 무엇으로 보답을 하면 되겠느냐?"

연옥은 작은 머리로 도리질을 했다.

"괘념치 않으셔도 되옵니다. 정말이옵니다."

연옥의 말을 듣는 둥 마는 둥 손이 옳다구나, 자신의 넓적다리를 때리며 씩 웃음 지었다.

"내가 너의 초상을 그려 주마. 헌데 오늘은 긴한 일이 있어 가야 하니 명일은 어떠하냐? 가만 있자…… 그렇지. 오시(午時 오전 열한 시부터 오후 한 시 사이)에 대광통교에서 보는 것이 좋겠구나. 그리하겠느냐?"

연옥은 더럭 겁이 났다. 초상이고 명일이고 자고로 남녀칠세부동석이라 했다. 내외법이 지엄한데 이름도, 나이도, 사는 곳도 모르는 낯선 이었다. 집안어른들이 아시면 경을 치실 일이었다.

"내 그럼 그리 알고 가마."

연옥이 미처 거절을 하기도 전에 사립문을 나선 손은 문밖에 매어 두었던 말에 훌쩍 올라탔다. 그는 말고삐를 쥐며 사립문가에 선 연옥을 돌아보았다. 그리곤 환하게 웃음 지었다.

"나의 이름은 곤, 이곤이라 한다."

연옥은 가슴이 두근거렸다. 풍성한 치마 밑에 다리가 후들거렸다. 동구 밖까지 말을 달려 사라져 버린 손의 흔적은 뿌연 흙먼지가 전부였다.

이곤, 이곤, 이곤…….

잘생긴 손의 이름을 몇 번씩 뇌까렸다. 힘이 쭉 빠진 몸이 저절로 담벼락에 늘어졌다. 두 손이 저녁노을마냥 타오르는 동안을 가리었다.

참으로, 참으로 해괴한 일이었다.

　　　　　＊　　　　＊　　　　＊

　가회방 샛길로 들어서면 팔도의 파락호나 한량들이 문턱이 닳도록 드나든다는 조선 제일의 기방, 태평관이 있었다. 전란의 여파로 나라 안 백성들이 굶주리는 판에도 태평관의 주객들은 술과 여자를 위시한 향락에 빠졌으며 이는 전란이 한창일 때도 마찬가지였다. 한량이니 파락호니 하고 불리는 대가 댁 망나니 아들 종자들에게 나라의 운세란 크게 관여할 바가 아니었다.

　군량미를 뒤로 빼돌려 만든 싸구려 술이 동이마다 가득이었다. 적군에게 가부장을 잃은 과부들이 발에 채여 옆에 끼고 놀 계집도 충분했다. 나라야 서로 기울든 동으로 기울든 왕을 따라 가는 피란지마다 술도 있고 계집도 있으니 그것으로 족한 인사들이었다.

　왕의 피란길을 따라 노상이며 허물어져 가는 초가집에 술청을 차려 술과 계집을 제공하던 태평관은 이렇듯 아무짝에도 쓸모없는 놀량패들 덕에 불화살이 날아드는 전란 중에도 나날이 번창할 수 있었다.

　그렇게 모은 재산으로 전후 고관대작의 고대광실이 부럽지 않은 태평관의 고루거각(高樓巨閣)이 가회방에 세워진 것이다. 호사스럽기가 딴 세상이었다.

　해가 완전히 지기도 전에 기방 청지기와 노복이 솟을대문 밖으로 나와 부지런을 떨며 청사초롱을 달고 있었다. 때마침 곤을 태운 말이 기방 앞에서 멈추었다. 후다닥 달려와 땅바닥에 무릎을 꿇고 엎드렸다.

말에서 내린 곤이 말고삐를 건네주자 엉거주춤 일어나 받아든 청지기가 그것을 다시 노복에게 넘겨주었다.

"오셨나이까?"

마당으로 들어서자 성장을 한 여인이 버선발로 뛰어나왔다. 반색을 하며 허리를 둥글게 말아 숙인 그녀는, 미색이 조선 팔도 최고라 일컬어지는 태평관의 행수기생 설로화였다. 기생 나이 스물다섯만 넘어도 퇴물 취급인 까닭에 일선에서 물러나기는 했지만 만개한 미색이 시들기에는 확실히 이른 나이였다. 설로화를 찾아 각지에서 올라온 한량들이 기방 앞에서 여전히 장사진을 치는 실정이었다.

"어서 오르시옵소서."

"다들 모였느냐?"

"여부가 있겠사옵니까?"

"한 사람도 빠짐이 없으렷다?"

"모다 모였사옵니다."

그녀가 눈꺼풀을 들어 올리자 파르르 매달린 속눈썹에서 기생 특유의 색(色)이 묻어났다. 해어화이기에 태생적으로 드러날수밖에 없는 서글픈 색이었다.

"대사헌은?"

"당도한 지 한 식경은 되었나이다."

대청마루에 올라 헛기침을 하자 사분합 여닫이문이 활짝 벌어졌다. 저마다 가리개로 얼굴을 가린 대북의 정객들이 일제히 일어나 의관정제하고 읍했다. 곤이 느긋하게 좌중을 살펴보자 기에 눌린 자들의 고개가 슬며시 낮아졌다. 준비되어 있는 상석에 그가 앉은 뒤에라야 모두들 자리를 잡고 앉을 수 있었다.

"나라에 큰 경사가 생겼음은 들어 알고들 계시리라 믿소. 각설하고 대책이나 들어 봤으면 하오."

소생 없이 죽은 원비(元妃)를 대신해 전란 끄트머리에 왕이 새로 맞아들인 왕비가 회임을 했다는 소식이다. 곤은 왕비의 몸에서 왕자라도 생산되는 날에는 국본(세자의 다른 말)의 자리를 두고 일대분란이 일어날 것을 염려했다.

대사헌 심일강이 고개를 조아렸다.

"국본은 저하시옵니다."

곤은 자신의 장인이면서 대북의 영수인 그를 향해 실소했다.

"글쎄, 그것이 무슨 의미가 있겠소?"

"태중 용종이 공주인지 왕자인지 모르는 일이 아니옵니까? 아직은 심려치 마시옵소서."

곤의 눈초리가 치켜 올라갔다. 주병을 들고 일어선 그가 심일강의 면전으로 걸어가 앉았다.

"아직은이라…… 장인께서는 용종이 왕자라도 되면 이 사위의 입지가 흔들릴 것이라 말씀하시는 거요?"

일순 방 안이 긴장감으로 팽팽해졌다.

"저하, 오해시옵니다."

"오해고 뭐고 사실이니 어쩌겠소."

"심히 받잡기 민망한 말씀이시옵니다."

"사실이 그렇다는 거외다. 적자가 태어난 마당에 일개 서자 놈이 국본이 될 수야 있나. 어불성설에 기강이 흐트러질 일이오."

곤은 검어진 눈으로 모인 자들을 훑어보았다.

"따지고 들자면 내가 국본이 될 수 있었던 것도 여기 모이신 경들 덕이 아니겠소? 경들이 비호해 주지 않으면 이 사람이야 바람 앞의 등불 신세인 것을."

회합에 참여한 자들의 낯이 가리개 뒤에 숨어 허옇게 변색되었다. 당황해서 수군거리는 모습들이 퍽 아니꼽게 보였다.

곤이 갑자기 파안대소를 터뜨렸다.

"푸하하하! 농이요, 농! 선문답 한번 했기로서니 그리들 심각해지시는 거요? 하하하!"

눈물까지 찍어 내며 웃는 곤을 심일강과 신료들이 황망히 바라보았다. 함께 웃어야 할지 말아야 할지 가리산지리산 어쩔 줄 몰랐다.

그새 웃음기를 지운 곤이 정색을 하고 그들을 보았다.

"그렇지 않아도 부왕께서 나를 마땅치 않아 하시니 왕자가 태어나기라도 한다면 이는 문제가 될 거외다. 그리되면 나를 지지함에 경들도 곤란하게 되지 않겠소? 이는 경들이 넋을 놓고 있을 여유가 없다는 뜻이 아니고 뭐란 말이오?"

왕이 적을 피해 압록강을 건너 요동까지 도망하려 했던 것은 공공연한 비밀이었다.

왕과 반대로 곤은 턱밑이 매끄러운 지학(志學 열다섯 살)의 나이에 분조를 이끌고 참전한 자였다. 그는 전쟁을 지휘하며 무훈을 세우고 성난 민심을 달랬다. 민초들과 호흡하고 군졸들과 생사를 함께한 유일한 왕족이 그였다. 그는 태생적 한계에도 불구하고 자신이 왕의 재목임을 확고하게 입증했다.

그럼에도 세자로서의 위치는 위태롭기만 했다.

"전란도 끝이 났겠다, 나를 보시는 안정(眼精 임금의 눈)이 서늘하시니 대체 언제까지 저위에 있을 수 있을지 모르겠소이다."

곤은 주병을 소반 위에 거칠게 내려놓았다. 그리곤 술이 가득 찬 심일강의 술잔을 끌어당겼다. 상대를 흡뜨고 노려본 그는 술을 입안에 털어 넣었다.

"새로운 중궁의 연치가 열여덟, 나와는 연갑자(동갑)가 되오. 이번 회임에서 공주가 생산된다 하더라도 부왕께서 강건하신 이상 중궁이 젊고 어리시어 재차 회임하시면 될 것이니. 아니 그렇소?"

"송구하오나 저하! 성상의 옥체가 강건하시다 하지만 보력이 올해로 이순(육십 세)이 아니시옵니까? 왕자가 생산되어도 성상의 보력은 높기만 하시고 왕자는 아이에 불과하옵니다."

곤은 빈 잔에 술을 따라 심일강 앞으로 밀었다.

"장인, 나는 말이오. 확신도 없는 기다림과 초조함이 싫소이다."

심일강이 고개를 돌려 술잔을 비웠다. 곤은 하던 말을 마저 이었다.

"김직언을 필두로 소북의 움직임이 심상치 않소."

남인이나 서인이 왕의 피란길을 호종하며 후방으로 물러나 있을 때 전지에서 곤을 도운 이들이 북인이었다. 당시에는 순수했을지 모르나 전후, 남인과 서인이 실각을 하고 조정에서 권력을 잡고 나자 북인은 서로의 정치적 이에 맞게 둘로 갈라졌다.

"중궁이 소북을 등에 업고 있는 한 김직언과 그의 당여(黨與)들은 두고두고 걸림돌이 될 것이외다."

우려대로 적통의 왕자가 생산된다면 그들의 위세와 방자함이 하늘을 찌를 터였다.

"허니 이쯤해서 기세를 한번 꺾어 주는 것도 나쁘진 않겠지."

자신의 자리로 돌아간 곤은 입가에 옅은 미소를 지었다. 출처 모를 바람이 조용해진 방 안을 휘돌았다.

＊　　＊　　＊

회합이 끝나고 홀로 남은 곤은 너울거리는 호롱불을 노려보았다. 새로 내온 주안상에는 손도 대지 않았다.

툭. 툭. 툭!

의미 없이 상을 두드리는 소리만이 고요한 어둠을 배회했다. 그러다 그마저도 켜켜이 쌓인 침묵 밑으로 소멸되어 버릴 즈음 죄 없는 주안상을 확 밀어트렸다. 유기에 먹음직스럽게 담겨져 있던 정과며 생실과나 전들이 본래의 생김을 알 수 없을 정도로 낭자하게 흩어졌다. 바닥을 흐르는 두견주의 향이 어두운 방 안을 침식해 들어갔다.

"들어가오리까?"

설로화가 문밖에서 물었다. 창호지에 비친 여인의 검은 그림자가 호롱불에 스며들어 기괴하게 일렁거렸다.

"됐다."

그림자가 뒷걸음질로 사라지고

"들라."

누구를 향한 것인지도 모를 명이 허공에 흩어지기도 전에 문이 열렸다. 백색 도포와 흑립 차림의 사내가 들어와 읍을 하고 옆으로 비켜 앉았다. 전형적인 선비의 차림과 달리 왼쪽 허리춤에는 삼 척이 넘는 칼을 찬 것이 흡사 무반으로 보이는 자였다.

"여기 있는 줄 어찌 알고?"

세자익위사 좌익위 최이록의 임무는 세자를 그림자 호위하는 것이다. 그가 조선 천지에서 자신을 놓칠 리 없다는 것을 알면서도 곤은 괜한 질문을 내려놓았다. 아니 보이시면 으레 이곳에 계실 줄 안다고, 한 마디 아뢸 성도 싶은데 이록은 묵묵했다.

"나는 아무도 믿지 않는다. 세상에는 믿을 자가 없는 탓이다."

곤은 뜬금없이 중얼거렸다.

"저 늙은 것들은 호시탐탐 나를 조종할 생각만 하는구나."

적게는 이립(서른 살)이요, 많게는 지천명(쉰 살)을 넘어 희수

(일혼 살)에 가까워지는 늙고 노회한 정객들을 호령하던 냉철한 세자의 모습을 벗어 던졌다. 누구도 몰라야 할 나약한 소년의 모습이 되었다.

"그들에게는 순수함이 없다. 권력의 맛을 본 자들이다. 인간이란 애당초 그러한 것이더냐, 사대부라는 종자들이 그러한 것이더냐."

자리를 박차고 일어난 그는 제 분에 겨워 방 안을 배회했다.

"전장에 나가 서로를 위로하던 인정은 사라지고 비인정만 남았음이다."

바닥에 흩어진 음식들이 버선에 묻어 축축해지고 지저분해졌다.

"나라와 왕에 대한 충절은 간 데 없고 제 잇속만 차리기에 바쁜 괴물들이 되어 버렸다. 누가 그들을 순수하다 할 것이냐? 정치란 충도 의도 없는 것들이 하는 것이다."

두서없이 주절거렸다.

"하여 죽이면 되는 것이다. 나와 다른 것들은 죽여 없애 버리면 되는 것이야. 오늘은 저것들을 죽이기 위해 이것들과 손을 잡지만 다음엔 이것들을 죽이기 위해 다른 것들과 손을 잡는다. 그래야 정치다. 누구라도 할 수 있는 짐승의…… 정치."

잠시 침묵한 곤은 이록의 귀에 대고 음울하게 속삭였다.

"나는 내가 말한 짐승의 정치에서 벗어날 수가 없구나. 그것만이 내가 살길이기 때문이다. 아느냐? 나는 저 늙은 것들보다 탐욕스러워지고 잔인해져야 한다. 반드시 그리해야 한다."

돌아서며 쓰게 웃었다.

"저것들이 나 역시 괴물로 만들고 있지 않으냐. 후후후."

누가 보면 실성했나 싶을 정도로 곤의 감정 기복은 심했다.

문득 선명한 화향이 코끝으로 흘러들었다. 신경이 낯선 화향에
집중되었다. 곤은 코를 킁킁거리다 지창을 훨쩍 열었다. 야음 특
유의 음산한 습내만 났다. 정작 찾고자 하는 향기의 정체는 알 수
없었다. 기이한 실망감이 찾아와 지창 옆에 주저앉았다. 멀거니
방바닥에 굴러다니는 유기 사이로 흐르는 술을 보았다. 단순히
주향이었을지 모른다. 두견주이니 진달래 향일 게다. 그럼에도 무
언가 더 찾기를 바라는 이상스러운 욕망에 심장이 두근거렸다.

이록이 인경을 칠 시각이 다가오고 있음을 고했다.

흐트러진 의관을 정제하는 곤의 손길이 거칠었다. 소매 안에
서 팔랑이며 무언가 바닥으로 떨어졌다. 신랄하게 터트리던 분
통은 싹 잊어버리고 입술에 장난 어린 미소가 걸쳤다.

"이록아, 너는 이것이 무엇으로 보이느냐?"

문갑 옆에 세워 둔 화구통을 챙기던 이록이 곤의 손에 들린 시
푸른 잎을 보았다.

"감나무 잎이옵니다."

"맞다. 허나 아니다."

감나무 잎이 맞다 하면서 아니다 하였으니 당연히 물어볼 일
이었다. 그러나 이록은 곤의 화구통만 챙겨 들고 뒤로 물러난 것

이 전부였다.

멋쩍어진 곤은 이맛살을 찌푸리고 감나무 잎을 도로 소매 속에 넣었다.

이상한 일이다. 기껏해야 여염집 소녀였다. 입성(옷을 이르는 말)이나 깨끗하게 가꿔진 초가의 상태로 보아 빈한하게 자란 것은 아닌 듯하지만 그래 봐야 양인이거나 양반이래도 허울뿐인 집안의 여식일 터인데 내훈이나 삼강행실도를 익힌 궁가의 성숙한 여인들보다도 기품이 흘렀다. 어린아이 같지 않은 미모가 신비로워 대뜸 초상을 그려 주마 생각 없이 약조를 하고 말았다. 덕분에 명일에도 세자관속(세자시강원과 세자익위사가 속한 관청)을 피해 잠행에 나서게 되었다. 그렇지 않아도 세자가 종종 북촌 일대 저자거리를 잠행한다는 소문이 행궁 내에 파다했기 때문에 언제 부왕에게서 불호령이 떨어질지 모를 일이었다. 가뜩이나 위태위태한 세자 자리건만 어린 소녀에게 홀려 물색없이 굴었구나, 헛웃음이 나왔다.

*　　*　　*

행궁 안에 마련된 처소로 돌아오자 왕의 승전 내관(임금의 뜻을 전달하는 일을 하던 정사품의 내관)이 마당을 서성이며 초조한 기색으로 기다리고 있었다.

"부왕께서 찾아 계시느냐?"

"기다리신 지 오래되셨나이다."

"인경이 지났다. 침수 아니 드셨느냐?"

"아직 을람(임금이 책을 읽는 일) 중이시옵니다."

"의관정제하고 찾아뵈올 것이다."

"서두르소서."

내관을 뒤로하고 침방(寢房)으로 들어선 곤은 세자빈 심씨와 맞닥뜨렸다.

"주인 없는 방에 계셨소이다그려?"

내관 박 가원이 곤복을 대령했다. 세자빈이 주변을 물리고 손수 곤의 환복을 도왔다. 머리 위로 익선관을 씌워 주는 손길이 조심스러웠다.

곤이 세자빈의 손을 잡아 내렸다.

"하실 말씀이 있어 기다리신 것이 아니오?"

세자빈은 쉽사리 입을 열지 못했다. 곤은 잡았던 그녀의 손을 놓아주었다.

"딱히 하실 말씀이 없다면 이만 처소로 돌아가시구려. 나는 부왕을 뵈어야 하오."

"저하!"

돌아서는 곤을 세자빈이 다급한 목소리로 붙잡았다. 문턱을 넘다 말고 멈칫한 곤이 세자빈을 돌아보았다.

"부왕께 무조건 잘못하였다 비시옵소서."

"무엇을?"

"무엇이건 비셔야 하지 않겠사옵니까?"

세자빈의 안색이 어두웠다. 가례를 올리기 전부터 세자는 자주 부왕의 노여움을 샀다고 했다. 이러다 큰일이 날 것이라는 흉흉한 소문이 안팎으로 나돌았다.

"빌어야 한다면 응당 빌 것이나 그렇지 않다면 무엇이 문제겠소?"

평소와 같으면 이쯤에서 입을 다물 세자빈이었다. 그녀는 웅얼거리며 말을 이었다.

"아뢰기 송구하오나 어심이 갈대와도 같사옵니다."

"일국의 대왕이시오. 아무려면 왕의 심법이 갈대와 같을꼬."

세자빈은 연분홍 당의의 노란 옷고름만 만지작거렸다. 그녀는 한참만에야 가까스로 말을 이었다.

"바람이 불어와 흔들어 댈 때마다 추풍낙엽마냥 쓰러지는 갈대이옵니다. 그것이 어심이옵니다."

"빈궁께서는 말씀을 삼가도록 하시오."

"저하, 저하께오서는 저하의 명운만이 아니라 저하를 따르는 자들의 명운도 함께 짊어지고 계시나이다."

곤은 건조한 눈길로 세자빈을 응시했다.

"장인께서 다녀가셨나 보군. 멋대로 날뛰는 사위 놈 단속이나 잘하라, 야단이라도 하신 거요?"

말문이 막힌 세자빈은 입술을 깨물었다. 일전에 심일강이 다녀가면서 주의를 준 일이 있기는 했다. 세자가 왕의 진노를 사면

화가 세자에게만 미치는 것이 아니라 친정까지 멸문지화를 당할 것이라며 몇 번이고 되새김을 시킨 것이다.

"처가가 걱정이 되시는가 보오."

"출가한 자식이라고 하나 어찌 친정 부모를 염려하지 않을 수 있겠사옵니까? 우매하다 나무라지 마옵시고 통촉하여 주시옵소서."

"빈궁은 둘도 없는 효녀구려. 이제나저제나 처가만 애틋한 모양이니 말이오."

"무슨 그런!"

세자빈의 입에서 새된 비명이 터져 나왔다. 아비의 으름장에 나서기는 했지만 세자는 그녀의 지아비였다. 입 밖으로 내지 않을 뿐 친정을 염려하는 만큼 세자의 처지도 염려스럽기는 마찬가지였다. 당연한 것을 두고 어깃장을 두는 곤의 말에 세자빈은 무어라 반박할 말이 떠오르지 않았다.

"빈궁은 효녀일지 모르나 사내를 은애할 줄은 모르는 것 같소."

당혹한 세자빈의 얼굴이 새파랗게 질렸다.

"이 사람도 잘은 모르지만 누군가를 진정으로 은애하게 되면 훈계하고 인도하려 하는 것이 아니라 그에 앞서 이해하고, 공감하고 그런 것이 아니겠소?"

"소, 소첩은……."

"빈궁. 빈궁의 말씀엔 틀림이 없다오. 다만 차갑고 멀게 느껴지는 것이 그대와 내가 합이 들지 않기는 않은 모양이오. 하기야

좋아서 한 혼인이 아니라 어명으로 마지못해 맺어진 연. 은애의
마음이 있을 리 없지."

세자빈은 곤의 발밑에 엎드려 쓰러졌다. 가체를 장식한 떨잠
의 떨새가 파르르 떨렸다.

"소첩이 우둔하여 저하의 심기를 거슬렸사옵니다. 성심으로
살펴 드리고자 하였으나 부족하나이다. 헤아려 주시옵소서."

세자빈이 앉은 자리는 꽃방석이되 가시방석이었다. 세자의 입
지에 따라 왕비가 되기도 전에 천 길 낭떠러지 밑으로 떨어질지
도 모르는 그런 자리였다. 친정아비의 언질이 아니더라도 시아비
왕의 이유 모를 노화는 우선 피하고 보시라 배우(配偶)로서 간언
하였을 뿐, 세자빈은 곤의 반응이 이해되지 않았다. 허약한 심신
에 어지럼증이 일었다. 숨이 가빠지면서 몸이 저절로 기울었다.

곤이 문밖의 상궁을 불렀다.

"빈궁을 처소로 모셔라."

세자빈 처소의 내관이 세자빈을 둘러업고 부랴부랴 물러났
다. 상궁이 내의원 어의를 찾는 소리가 수선스레 들렸다.

\*     \*     \*

왕의 처소로 향하는 곤의 발걸음이 무거웠다. 이록과 박 내관
이 뒤를 따랐다. 저만치 떨어져서 수행하는 궁관(내관과 궁인)들
의 행렬이 꼬리처럼 길었다. 비좁은 행궁 내를 다니는 일에도 부

득불 격식을 따지는 이들이었다.

박 내관이 흘끔거리며 곤을 훔쳐보았다.

"입술만 오므렸다 폈다 할 것이 아니라 하고픈 말을 하거라."

"아, 아니옵니다."

"아니기는."

갈등하며 이마를 긁적거린 박 내관이 한숨을 푹 내쉬었다.

"실은 저하께옵서 잠행에 나가 계시는 동안 빈궁 마노라(왕실의 웃전을 이르는 옛말)의 심려가 컸사옵니다."

"그러했더냐."

"성상께오서 저하의 잠행을 아시어 진노하실까 두려웠던 까닭이 아니겠사옵니까? 그도 그럴 것이 근래에 대전 분위기가 워낙 심상치 않사옵니다."

"언제는 아니었더냐."

"그렇기는 하옵니다만 저하를 향한 빈궁 마노라의 마음은 진심일 것이옵니다."

"헌데 어찌 그토록 곱고 현숙한 빈궁을 박대하느냐, 이 뜻이렷다?"

"송구하옵니다."

걸음을 멈춘 곤이 박 내관을 돌아보았다.

"가원아."

"예, 저하."

"나는 사람이더냐 세자이더냐?"

박 내관이 답을 하기도 전에 곤은 멈췄던 걸음을 옮겼다.

"세자는 세자니라. 모두들 내게 바라는 것은 세자로서의 일 뿐이다. 감정이 앞서는 사람으로서, 사내로서가 아니라."

소환(小宦) 시절부터 곤의 수족 노릇을 한 박 내관이었다. 그는 전부는 아닐지언정 어렴풋이나마 곤의 말이 이해되었다. 안쓰러움에 박 내관의 어깨가 축 늘어졌다.

"내가 세자면 빈궁 또한 빈궁일 터. 당연지사 그래야 할 것이다."

                    *          *          *


왕의 성정은 날로 괴팍해졌다.

오랜 전란을 다스릴 만한 지략도 전지를 돌며 의병 활동을 할 패기도 왕에겐 없었다. 지략이나 패기는 곤의 것이었다. 왕은 하필 자신의 대에 이르러 힘겨운 국난이 일어났는지 비감에 젖었다. 자신의 아집으로 전세가 어려워져 도성을 버리고 피란을 떠날 수밖에 없었을 때, 자존심이 상한 그의 울증은 심화되었다.

왕은 잘난 아들이 부담스러웠다. 자신의 치세에 무너져 내린 나라의 존엄을 찬란하게 복원할 아들의 빛나는 능력과 완고한 젊음이 부러웠다. 열등감은 그를 늙고 추한, 뒷방의 심술궂은 노인네로 만들었다. 왕의 분노는 노상 세자를 향했다.

"상선(종이품의 대전내관)은 저놈을 국본이라 할 수 있겠느냐?"

왕의 하문이 늙은 내관을 곤혹스럽게 했다.

곤은 자신의 익선관을 내려다보는 왕의 눈빛이 가늠되지 않았다. 겨울철 마른 나뭇가지의 무미건조함 같기도 하고, 끓어오르는 용암의 활활 타오르는 화화인 것도 같았다. 곤은 등골을 흐르는 오싹함에 몸을 떨었다.

"아바마마 소자, 미거하여 성심을 헤아리지 못하나이다. 부디 꾸짖어 주시옵소서. 조석으로 배우고 정진하겠나이다."

무엇을 잘못했는지 잘못을 하기는 했는지 엎드려 비는 곤도 타박하는 왕도 알지 못했다.

왕은 승정원에서 올린 상소문들을 뒤적거렸다. 왕이 둘둘 말린 상소문을 펼쳤다가 훑어보기를 반복하는 동안 곤은 꼼짝없이 부복하고 있어야 했다. 마침내 마지막 상소문을 왕이 신경질적으로 내던졌다. 각지에서 올라온 상소문과 장계의 내용은 궁핍한 나라 살림으로 무리하게 대궐을 중건하는 일에 대한 규탄이 대부분이었다.

왕이 두통을 호소했다. 상선이 어의를 부르리까? 하자 되었다 했다.

"근시에 강의(곤의 군호) 네가 툭하면 행궁 밖으로 잠행을 나간다지?"

"함부로 바깥출입을 하여 성려를 샀음이 송구하나이다."

"화구통을 메고 백성들 사이를 다니며 그들의 생활상을 그린다고?"

그린다는 것은 기록이다.

폐허가 된 민가와 굶주림에 타령 부를 힘도 없는 거지들, 파리 날리는 주막과 한숨을 쉬어 대는 찌든 주모, 길바닥에 나앉아 손가락만 빠는 전쟁고아들과 활기를 잃은 시전들, 고리대금업자에게 딸을 뺏기는 무력한 부모, 스스로 기적에 오를 수밖에 없는 한스러운 처녀, 여물이 없어 굶어 죽은 가축들. 늙어 힘없는 이의 움푹 팬 회색 눈. 철모르는 어린아이의 커다랗게 까만 눈.

곤은 전란에 살아남은 백성의 모습을 일일이 그림으로 그려 냈다. 차가운 달이 뜨면 처소에 좌등도 일체 꺼 놓고 초 하나에만 의지해 그것들을 들여다보았다. 그럴 때마다 자신이 깔고 앉은 비단 보료의 푹신함이 이질적으로 느껴졌다. 입고 있던 야장의의 가벼움이 참을 수 없는 무게로 다가왔다. 부드러운 비단이 사포가 되어 살갗을 쑤셔 댔다.

가난한 자들에게서는 비릿한 냄새가 났다. 그들은 먹을 수 없고 씻을 수 없었다. 백성은 자신들에게서 나는 비린내가 숙명인 줄 알고 일평생 안고 살았다.

수라간에서 올리는 칠첩반상에 곤은 헛구역질을 했다. 적(炙)이나 탕 속의 고깃덩이에서 백성의 냄새가 났다. 가난한 백성의 비린내가 진동을 했다. 백성의 비린내를 처음 맡은 날, 곤은 고기에 저를 대지 않았다.

"도화서 화원들이나 할 것을 그림은 그려 무엇에 쓰려고 하느냐?"

왕의 나무람은 일방적이고 장구했다.

곤은 익선관 위로 내려치는 왕의 호통을 받아 냈다.

"네가 지난 법강에서 대궐의 중건이 그렇지 않아도 어려운 백성을 더욱 곤궁케 하니 옳은 일이냐 하였다지. 보라. 환도하여 보니 대궐이 모조리 불에 타 소실되었다. 이에 민가를 빌렸거늘 일국의 왕이 거하는 곳이라 하겠느냐? 네놈은 왕이 집도 절도 없이 남의집살이를 해야 마음이 편타 할 것이구나!"

"아바마마, 소자가 자식 된 도리로 부모의 곤경을 어찌 편타 하겠나이까?"

"아니라고 할 수 있느냐?"

"맹자는 백성의 삶을 안정시키는 것이 정치의 근본이라 하였사옵니다. 군주가 조세를 취함에 있어 절제가 있어야 한다 하였나이다. 당대의 제후들은 자신의 영욕과 전쟁을 위하여 무분별한 조세를 거두어 백성들을 도탄으로 빠트렸사옵니다. 도탄에 빠진 자들에게 떳떳한 마음이 있겠나이까? 백성이 도탄에 빠지면 나라의 질서가 흐트러지옵니다."

무자비한 왕의 눈빛이 곤의 익선관과 흑룡포를 차례로 찔렀다. 곤은 이마를 바닥에 대었다.

"네가 영발하여 나라를 구하고 백성들까지 돌보려 하는구나. 가상하도다. 그러니 나는 이제 상왕으로 물러나려 한다."

왕은 전란 막바지에 선위 교서(왕이 살아서 임금 자리를 물려줌을 증명하는 교서)를 내렸다 물리기를 반복했다. 새털만큼 가벼운 선위 교서였다. 곤은 매번 산발을 하고 소복 차림으로 석고대죄를 청하며 통곡했다. 그러면 왕은 만고에 없을 그의 효심과 충심에 감복하여 대신들 앞에 이를 치하하고 교서를 거두었다.

선위 교서로써 세자의 충심을 확인하는 것은 왕의 습벽이었다.

"아바마마! 소자를 불효자로 만들려 하시나이까? 불초소자 미거하나이다. 어명을 거두어 주사이다."

"네가 군주의 도리를 그리도 잘 아니 하는 말이다."

왕은 어린아이가 되어 돌아앉았다.

곤은 왕의 살찐 등을 몰래 바라보았다. 불현듯 고기 누린내가 났다. 왕의 목은 두툼했고 왕의 손도 두툼했다. 살은 여러 겹으로 포개져 왕의 주름진 얼굴만 둥둥 떠받치고 있었다. 고기 누린내는 왕에게서 나는 것이었다.

"아바마마, 조선은 도처에 굶어 죽는 이와 헐벗은 이가 넘쳐나고 있사옵니다. 그들부터 살피소서. 백성이 가진 것이 없어 굶주리면 원성이 아바마마와 왕실로 향할 것이옵니다."

"닥쳐라, 이놈!"

성마르게 외친 왕은 기침을 했다. 왕의 사레 들린 기침 소리가 방 안을 가득 채웠다. 상선이 대령한 모시 수건으로 입을 틀어막았다. 살찐 어깨가 들썩였다.

"들자 하니 네놈이 나를 가르치려 하느냐? 하여 잠행을 다닌 것이구나. 백성들의 참상을 그려 나를 비웃으려 함인 게지. 후대에 남겨 자식 놈이 나를 욕되게 하려는 게야!"

"소자는 백성의 처지를 헤아려 보고자 함이었나이다. 백성의 고통을 화려한 수사나 거짓 없이 나라의 국본으로서 교훈을 삼아 뼛속까지 각인시키고자 그랬나이다."

"듣기 싫다, 이놈!"

왕이 축축해진 수건을 바닥으로 내던졌다.

"나는 백성을 사랑함이 너에 이르지 않고 백성의 추앙도 너에 미치지 않아 물러나겠다는데 어찌 그러느냐? 물러가라! 승전 내관은 도승지를 들라 하라. 내가 선위 교서를 내릴 것이니!"

상선이 당장에 읍소했다.

"전하, 어명을 거두어 주사이다."

"승전 내관은 뭐하고 섰느냐? 승정원으로 달려가지 않고!"

승전 내관이 갈팡질팡 발만 구르며 상선을 쳐다보았다.

"저하, 전하께 용서를 구하시옵소서."

상선도, 세자빈도 용서를 빌라 하는데 무엇을 빌어야 하나. 단순히 잠행이 문제라면 엎드려 빌 것이나 어심은 지리멸렬했다. 왕이 터트리는 분노의 실체를 곤은 알 길이 없었다.

"아바마마, 군왕은 만백성의 어버이시옵니다. 백성들더러 고아가 되라 하시나이까?"

"흥. 네가 말은 잘 하는구나."

"백성이 없는 나라가 있나이까, 나라 없는 왕이 있나이까? 백성을 굽어 살피소서. 대궐을 중건하는 일은 훗날에……."

"이놈!"

왕은 기어코 자신의 포악성을 드러냈다. 상소문을 담은 목 상자가 곤의 이마로 날아와 부딪치며 튕겨져 나갔다.

곤은 정신이 아득했다. 통증에 이를 악물었다. 목 상자에 담긴 상소문들이 사방으로 날아갔다. 눈썹에 대롱대롱 맺힌 핏물 사이로 그것들이 흐릿하게 보였다.

붉은 핏줄기가 이마와 볼을 타고 떨어졌다.

저하, 저하!

상선이 달려와 부르는 소리가 귓가에 웅웅거렸다. 문밖을 지키던 대령상궁이 뛰어 들어와 급한 마음에 자신의 옷고름으로 이마를 닦아 주었을 때야 곤은 바닥을 흥건히 적시는 진득하고 비릿한 액체가 피였음을 깨달았다.

"예학(왕세자가 배우는 학문)을 수양함이 평생을 하여도 부족할진데 너는 이미 모든 것을 통달하였구나. 오만이 하늘을 찔러 예도 겸양도 모르는 너를 누가 왕의 재목이라 한단 말인고! 내 너를 다시 보지 않을 것이니 그리 알라!"

왕은 도승지를 부르라 더는 고집하지 않았다. 나인들이 황망히 들어와 핏자국을 닦았다.

\*　　　\*　　　\*

곤은 상선과 대령상궁의 부축을 받아 대청마루로 나왔다.

피가 낭자한 곤의 상처에 박 내관이 소스라쳤다. 아이고, 저하이를 어찌하옵니까? 울먹거렸다.

이록이 엎드려 등을 내밀었다.

"됐다."

이록의 등을 물리친 곤은 섬돌을 터덜터덜 내려왔다. 제등을 든 내관이 앞장서서 길을 열었다. 한걸음씩 내디딜 때마다 이마의 통증이 느껴졌다.

박 내관이 훌쩍이며 제 옷소매로 피를 닦아 주었다.

피는 끝이 긴 박 내관의 울음만큼이나 계속해서 흘렀다.


二.


인적 드문 인왕산 깊은 계곡에서 뻗어 나온 물이 도성을 가로지르는 개천으로 흘러들었다. 개천을 사통팔달로 이어 주는 대광통교(광통방廣通坊에 있던 규모가 큰 다리)를 중심으로 물건을 파는 이들과 사는 이들이 구름처럼 모여들었다. 조선의 물산이 전부 모여 성시를 이룬 이곳을 사람들은 운종가(雲從街)라 불렀다.

그러나 그도 이제는 옛말이 된 지 오래였다.

몇 년간 지속된 전란으로 더 이상의 활기를 찾아볼 수 없는 거리는 적막하기만 했다. 불러 주는 곳 없는 사당패가 지친 걸음을 쉬어 가고자 퀭한 눈으로 아무데나 쓰러져 앉았다. 비쩍 마른 아이들이 배만 볼록 나와서 시전을 돌아다니며 구걸했지만 이 빠진 바가지에 들어오는 음식물은 없었다. 어렵기는 상인들도 매한가지였다. 상품 구하기가 하늘의 별따기와 다름없었다. 어찌어찌 품목을 구해 진열대 위에 놓아 봤자 파리 떼만 들어왔다 나가는 처지였다. 입성 번지르르한 자가 지날라치면 호객 행위에 열을 올려 보지만 그마저도 얼마 없었다.

운종가의 쇠락은 조선의 쇠락을 단적으로 보여 주었다.

"대광통교 앞에서 보자 하였더니 어찌 보이지를 않나. 설마하니 아니 오지는 않겠지?"

중얼중얼, 혼잣말을 하며 거리를 살피던 곤의 눈에 패랭이꽃을 닮은 석죽색 치맛자락이 들어왔다. 쓰개치마로 얼굴을 가려 생김을 자세히 볼 수는 없지만, 언뜻 보이는 옆얼굴이나 자그마한 체구와 움직임에 석죽색 치마의 주인이 작일에 보았던 정릉동 초가의 소녀임을 단박에 알아차렸다.

가만 보니 희한한 일이었다.

낡은 짚신짝을 신은 여러 개의 발들이 소녀를 경중경중 쫓고 있었다. 버선조차 신지 않은 맨발들이 거무죽죽했다. 발목 위로 돌돌 말린 바지 또한 땟국이 줄줄 흘러 꾀죄죄한 차림들이었다.

소녀가 길을 지나고 시전에 들러 물건을 살 때마다 뒤를 따르는 일행은 많아졌다. 모두 어린아이들이었다. 길바닥에 축 늘어져 애먼 손가락이나 옷고름을 빨던 아이들이 '와아아─' 환호성을 지르며 무리에 가담했다. 아이들은 신이 나서 목청껏 장타령을 불러 댔다.

흑립을 깊숙이 내려 쓴 곤은 멀찍이 떨어진 채로 그들을 따라 걸었다.

신분이 천한 자들만 통행한다는 운종가의 뒷골목인 피맛골 안으로 아이들을 인도한 연옥은 허름한 밥집 앞에서 멈춰 섰다. 울타리나 앉을 자리도 없이 길가에 붙어 솥단지 하나 내어 놓고 장사를 하는 곳이었다. 아이들은 연옥이 뭐라 말하기도 전에 부뚜막에 걸린 솥단지 앞으로 우르르 몰려갔다.

홍지가 고개를 설레설레 혼들었다.

"이라고 맥이시는 것도 한두 번이지라."

"전란에 부모 잃은 고아들이잖아. 불쌍한 애들, 어쩌다 밥 한 번 먹이는 일이 뭐 그리 어려울까."

밥집 쪼그랑 노파가 늘 있는 일이라는 듯 주문도 받지 않고 아이들에게 장국밥 한 그릇씩을 떠 주었다.

"대감마님 전대가 머시냐, 화수분도 아니고 베푸시는 것도 엔간치 하셔야제 한도 끝도 없으니께요."

몇 날은 족히 굶었던 듯 아이들은 부뚜막 앞에 선 채로 국밥을 허덕허덕 퍼먹었다.

"처먹는 데 정신들이 팔려 갖고 언놈 하나 고맙단 말 한마디가 없네. 애기씨는 속도 좋아라."

홍지의 말을 듣고 국 사발에서 얼굴을 든 아이들이 건성으로 고개를 까닥거렸다. 아이들은 다시 먹는 일에 집중했다.

구시렁구시렁 말 많은 홍지를 흘겨 본 연옥이 밥집 노파에게 아이들 밥값을 치렀다. 볼일을 다 보았으니 대광통교로 돌아갈 참이었다.

사나흘에 한번 운종가에 나와 불쌍한 고아들을 돌아보는 것이 그녀의 유일한 운종가 나들이지만 금일은 예정에 없는 날이었다. 얼떨결에 하게 된 곤과의 약조를 지키기 위한 핑곗거리로 잠시 아이들을 돌아보자 한 것이 그만 시간을 지체하고 말았다.

뵙지 못한대도 어쩔 수 없지. 법도대로라면 이럼 안 되는 거니까.

머리와 달리 연옥의 마음은 길이 엇갈려 곤을 만나지 못할까 봐 조바심이 났다.

"넌 마치 새 같구나."

아이들을 뒤로하고 돌아선 연옥은 어느 틈에 길을 막고 서 있는 곤을 보고 놀란 눈을 동그랗게 떴다. 그녀는 머리에 둘러쓴 쓰개치마를 꽉 움켜쥐었다. 새 같다니. 속뜻이 궁금했다.

냉큼 앞으로 나선 홍지가 곤을 훑어보았다.

"선비님은 뉘신디 넘의 앞길은 막고 그러신다요? 우리 애기씨 아시는 분이시당가요?"

"알다 마……."

"아니야!"

강하게 부정한 연옥은 곧바로 곤의 눈치를 살폈다. 부정을 하려고 한 것이 아니라 저도 모르게 튀어나온 말이었다.

대번에 쌍심지를 추켜올린 홍지가 본격적으로 캐묻기 시작했다.

"알도 못 함시롱 머던다고 넘의 집 애기씨한티 말은 걸고 그래 싼다요?"

"그럼 아니 되는 것이냐?"

곤이 들고 있던 합죽선을 살랑살랑 부치며 느물거렸다. 그는 연옥을 보며 눈썹을 익살스레 들썩였다.

"그라지라. 시집도 안 간 애기씨한티 함부로 아는 체 해불믄 안 되지라. 볼일 없으시믄 우리 애기씨 지나가시게 저짝으로 비켜 주쇼잉."

소매를 걷어붙인 홍지가 손을 휘휘 저어 곤을 밀어냈다. 연옥은 밥집까지 오는 길에 사 둔 약첩과 주전부리들을 뒤편에 떨어져 있던 혁주의 손에서 빼앗아 홍지에게 억지로 떠넘겼다.

"이거 가져다주고 너 먼저 돌아가."

"모르는 선비님이라고 하지 않으셨어라?"

"그, 그게 아니다."

"예?"

"아주 모르는 분은 아니란 말이다."

그러자 허리에 손을 턱 얹은 홍지의 목소리가 결연해졌다.

"아시는 분인가, 모르시는 분인가 모르겠지만 지 혼자서는 못 가지라. 이년 혼자 가불믄 큰 마님께서 경을 치실 것인디 어찌고 혼자 간다요. 안 되어라."

"혁주가 함께 있을 게야."

홍지의 시선이 꿔다 놓은 보릿자루 같은 혁주를 향했다. 잡일로 몸이 단단하게 다져진 녀석이었다.

"아따 그거이 안 되는 것인디……."

미더워하지 않는 홍지를 향해 곤이 활짝 웃었다.

"무엇이 걱정이냐? 나 그리 나쁜 놈 아니다. 소저는 늦기 전에 고이 돌려보낼 터이니 너는 심부름이나 가거라."

홍지의 심장이 쿵 내려앉았다. 세상에 태어나서 저토록 잘난 인물을 맹세코 본 적이 없었다. 그래도 혁주 정도면 잘생긴 것이 아닐까, 종종 훔쳐보곤 했는데 여기 이 양반에 비할 바가 아니었다. 호기롭던 홍지의 목소리가 급격히 기어들었다.

"혁주 니 인냐. 애기씨 잘 모셔야 한다이. 먼 일 나믄 니 죽고 나 죽는 것인께."

우물우물, 혁주에게 다짐을 한 그녀는

"그, 그믄 애기씨. 지는 이만 먼저 갈라요."

맥없는 부끄러움에 도망이라도 치듯 허둥거리며 자리를 떴다.

홍지가 사라지자 옆으로 성큼 다가온 곤이 연옥과 나란히 걸었다.

"들려 보낸 것들은 누구에게 가져다주는 것이냐?"

"필요로 하는 이들이 있어 가져다주는 것이옵니다."

"저 아이들에게 어찌 국밥을 사 주었느냐?"

"저 아이들 역시 필요로 하기에 사 준 것이옵니다."

곤은 연옥이 다리 밑에 사는 걸인들을 안쓰럽게 내려다보던 것을 떠올렸다. 비자가 보따리를 들고 어디로 갈지 짐작되었다.

"오셨으면 기척을 하시지 그러셨사옵니까?"

"네가 하도 바삐 돌아다녀서 말이다. 뒤에 오는 저놈은 내 기척을 알아채더구나."

연옥이 걸음을 멈추고 혁주를 돌아보았다. 그가 아무런 내색도 하지 않았다는 것은 곤에게서 수상한 기운이 느껴지지 않았다는 뜻이다. 호기심을 이기지 못하고 약조한 장소로 나오기는 했지만 몹쓸 인사면 어쩌나, 은근히 걱정이 되었던 연옥은 내심 마음이 놓였다.

"헌데 저놈은 누구냐?"

"혁주라고 하옵니다."

"가노더냐?"

"예."

"작은 살림에 가노가 둘이나 된단 말이냐?"

연옥이 말없이 길을 재촉했다.

"남들에게 저리 베풀고 나면 살림이 남아나겠느냐?"

몇 걸음 떼다 만 연옥이 이번에는 혁주가 아닌 곤을 보았다.

"어찌 그리 보느냐?"

자신을 보는 연옥의 맑은 눈빛에 곤은 큼, 하고 괜스레 헛기침을 했다.

"선비님께서는 소녀에게 하대를 하시는 연유가 무엇이옵니까?"

곤은 태어난 순간부터 내관과 궁인들에게 받들어진 존재였다. 세자에 책봉된 이후로는 권세를 자랑하는 조정의 중신들마저 그의 발밑에 엎드렸다. 왕과 왕비, 종친부의 어르신들을 제외하면 사람들을 향한 곤의 반 존대 혹은 하대는 당연한 것이었다.

반면 곤의 정체를 모르는 연옥은 양민도 천민도 아닌 반가의 여식으로 응당 할 수 있는 항의였지만 곤은 당연하게 여기고 살던 것을 지적받아 당황했다. 그는 고작 열두 살짜리 소녀를 멍청히 내려다보았다.

"선비님께서는 소녀의 이름을 아시옵니까?"

"모른다."

연옥이 입술을 한 일 자로 굳혔다.

"허면 소녀가 어느 집 여식인지는 아시옵니까?"

"이름자도 모르는데 집안이라고 알겠느냐."

"그러기에 드리는 말씀이옵니다. 사람의 겉을 보고 판단하면 실수가 있기 마련 아니옵니까? 다리 밑 걸인 패나 집안의 노비라 할지라도 사람에 대한 최소한의 정도는 지켜야 하는 것이온데 하물며 소녀가 누구인지도 모르시고 그리 쉬 하대를 하시옵니까? 보잘것없는 초가에 산다 할지라도 말이옵니다."

연옥은 마지막 말에 유난히 힘을 주었다.

"내가 너에게 하, 하대를 하였느냐?"

곤은 어디 하나 모자란 것처럼 되물었다. 저 잘났다고 으스대거나 빤한 속내를 숨기는 꼴같잖은 인사들 앞에서는 그 역시 냉철함으로 가장할 수 있었다. 그러나 아무런 계산 없이 이토록 순수하게 자신을 나무라는 어린 소녀를 상대로 곤은 어찌 반응해야 할지 당혹스럽기만 했다. 더듬거리는 투라니 세자 체통이 말이 아니었다.

"처음 보셨을 때부터 쭉 하대하셨사옵니다."

"그, 그러하냐?"

"물론 지금도 그러하시옵니다."

곤은 혁주를 흘끔거리며 돌아보았다. 한참 나이 어린 소녀에게 길 한가운데 서서 야단맞는 꼴이 낯부끄러운 탓이었다. 저놈이 속으로 웃고 있는 것이 아닌가, 혁주의 낯빛을 유심히 살폈지만 기우였다. 설사 그렇다 한들 야단치기에도 꼴불견이었다. 그나마 합죽선이 있어 얼굴을 가릴 수 있었다.

"이거 내가 시, 실례를 했구나."

주위를 두리번거린 곤이 다소 불퉁스럽게 사죄했다. 습관이 들어 도무지 공대가 나오지 않았다.

"소녀가 어린지라 기왕 말씀을 놓으셨으니 하시던 대로 하십시오. 허나 다른 이에게도 그리하시면 덕 있으시다 칭송받지 못하실 것이옵니다."

"내 명심하마."

냉큼 대답한 곤은 연옥이 빙싯 웃어 주자 잘못을 용서받은 아이처럼 마음이 안도되었다.

"헌데 우리 지금 어디로 가는 것이냐? 초상을 그리려면 앉을 곳이 필요한데……."

"선비님 가시는 데로 가는 것이 아니옵니까?"

도리어 반문하는 연옥에게 곤은 어깨를 으쓱이며 모른다 했다.

"허면 어디로 가야 하옵니까?"

몰래 행궁을 빠져나올 궁리만 했지 정작 어디로 가야할지 곤은 난처해졌다. 그와 연옥은 목적지도 없이 피맛골을 나와 운종가를 한참이나 걸었다.

"아!"

고민하던 곤이 희색을 띠었다.

"자하골로 가자꾸나. 그곳 계곡이 한창 절경일 때지. 무성한 상수리나무와 느티나무가 시원한 그늘을 만들어 줄 것이고 계곡물 흐르는 소리가 여간 청량한 것이 아닐 테니 얼마나 좋으……."

말을 하다 말고 연옥을 제 편으로 확 끌어당긴 곤은 그녀를 등 뒤로 숨기고 정면을 주시했다. 옆으로 다가온 혁주 역시 긴장해서 앞을 보았다. 무슨 일이냐며 연옥이 두 사람 사이로 고개를 들이밀었다.

"대체 무슨 일이옵……."

연옥의 목소리가 슬며시 잦아들었다.

그들의 앞을 가로막은 자들은 시전 상인들에게 자릿세니 보호세니 하는 것들을 받아 등쳐 먹고 사는 왈패꾼들이었다. 비가 오면 비가 온다고, 눈이 오면 눈이 온다고, 더우면 더워서, 추우면 추워서 시전 상인들을 쥐어 패는 낙으로 사는 자들이었다.

개중에 무리의 대장으로 보이는 자가 저고리 밑으로 불뚝 솟은 배를 득득 긁으며 앞으로 나섰다. 누런 이를 내보이며 히죽 웃더니 손톱 밑에 때를 후, 불었다.

"귀한 댁 아기씨께서 거참. 말을 못 알아듣는 거요, 아니면 이놈을 무시하는 거요?"

다짜고짜 곤과 혁주를 밀어낸 왈패꾼은 연옥의 팔을 잡아당겼다. 곤이 놈의 팔을 합죽선으로 툭 치면서 연옥을 가로막고 끼어들었다.

"할 말이 있거든 게 서서 정중해야 할 것이다. 강상의 법도가 엄연하거늘 네놈 따위가 감히 어느 안전이라고 나대는 것이냐?"

한결 의젓해진 목소리와 태도로 일침을 가했지만 상대는 전혀 위축되는 모습이 아니었다. 오히려 비죽이며 킬킬거리는 것이 제 눈앞에 있는 이를 변변찮은 서생 나부랭이쯤으로 보는 눈치였다.

"때깔을 보아하니 글줄이나 읽는 양반 댁 샌님 같으신데 낄 데 안 낄 데 구분은 하셔야지. 이놈은 여기 이 아기씨한테 볼일이 있으니 호기 부리시다 다치지 마시고 비키시구려."

세상에 무서울 것 없이 기세가 등등한 자였다.

"이보오, 아기씨! 이놈이 말 했소, 안 했소? 강상의 법도가 있으면 상도의도 있는 법이지. 상인들한테 세 받아먹고 사는 처지에 그마저도 받지 못하면 우리네 불쌍한 작자들은 뭐를 처먹고 살란 말이오?"

왈패꾼은 연옥을 향해 삿대질을 하며 험상궂은 표정으로 소리를 바락바락 질렀다.

"아무리 천지 분간이 어려워도 그렇지. 만나는 상인들마다 힘을 합쳐 왈패를 몰아내야 한다느니 자릿세는 줄 필요가 없다느니 이런 소리들을 지껄이고 다녀서야 우리 같은 놈들이 어디 살겠냔 말이오!"

왈패꾼의 말을 듣던 연옥이 코웃음을 쳤다.

"멀쩡한 사지육신을 가지고 다 큰 사내들이 얼마나 못났으면 구걸을 해서 배를 채운단 말이냐? 부끄러운 줄 알거라."

예상치 못한 반응에 내내 당당하던 왈패꾼이 당황해서 말을 더듬었다.

"구, 구걸? 이 아기씨 지껄이는 말씀 좀 보게? 구걸이 뭐, 뭐 어쨌다고?"

"구걸이 아니면 무엇이더냐? 일하지 아니하고 나의 것이 아닌데도 내어 달라 강요하면 그것이 바로 구걸이지. 달리 구걸일까."

"그것이 어찌 구걸이야? 못된 놈들로부터 지켜 주고 자릿세랑 보호세 조금 받는 것이 그렇게 잘못 됐남? 우리도 하는 일이 있다고. 밥값은 한단 말이지!"

"보호세라니 누구로부터의 보호를 말하는 것이냐? 내가 보기엔 네놈들만 나타나지 않으면 이곳의 상인들은 만사가 태평할 것이다."

"듣자듣자 하니 아기씨 싸가지가 영 그렇구만?"

"네 이놈! 여기 이 거리의 시전 상인들은 새벽 별을 보고 나와 하루 온종일 시전을 살피며 일을 하는 자들이다. 밥값도 하지 않는 자들이 열심히 벌어 지은 남의 밥 그릇 위에 수저를 올리다니 심보가 아주 잘못된 자들이 아니냐. 일전에 나를 붙들고 겁박할 적에는 오죽 살길이 막막하면 그럴까 넘어가 주었다만 이제 보니 개과천선하기는 애초에 그른 심성들이구나. 내 관에 가서 네놈들의 비행을 낱낱이 고할 터이니 그리 알거라!"

주변을 빙 둘러싼 왈패꾼들의 분위기가 험악스러운데도 연옥은 기가 죽기는커녕 안채를 빛내며 또랑또랑한 목소리로 그들을 꾸짖었다. 왈패 인생에 이러한 경험도 별스러운 일일 터였다. 왈패꾼이 기가 막힌 눈초리로 입술만 벙긋거리며 씨근덕거렸다. 익히 보아 온 장면이라는 듯 혁주는 표정 변화 없이 허리춤에 찬 목검을 지그시 쥐었다.

구경꾼들이 하나둘 모이기 시작하자 곤은 난감했다. 여기서 일이라도 벌려 관군들이라도 들이닥치면 이보다 난처한 일이 없었다. 세자 신분으로 호위도 따돌린 채 거리를 누빈 것도 뒷말이 나올 것인데 패싸움에 휘말리다니, 부왕의 미운털이 천 배 만 배는 더 박힐 터였다. 호시탐탐 저위에서 그를 끌어내리려는 자들한테 빈틈을 보일 수는 없었다.

그렇다고 위험에 처한 소저를 두고 갈 수도 없으니 어쩐다?

겁이 없는 것인지 겁을 모르는 것인지 제 몸의 서너 배는 족히 나갈 것 같은 덩치들을 상대로 한 치도 밀리지 않고 따박따박 제 할 말을 하는 연옥의 모습에 곤은 흥미를 가지면서도 짜증스러웠다. 조용히 무마하고 빠져나가야 할 것인데 순순히 협조할 것처럼 보이지 않았다.

분명 수줍음에 고개도 제대로 들지 못하더니 하루 새 성격이 바뀌기라도 했단 말인가. 어찌 하대하느냐고 나라의 세자를 나무라질 않나, 왈패꾼들을 상대로 시비를 붙질 않나 야물다 할 것인지 무모하다 할 것인지…… 날씨는 또 왜 이리 더운 것인가.

합죽선을 크게 펼쳐 들고 펄럭인 곤은 한발 물러나 사태를 관망했다.

구경꾼들이 많아지자 왈패꾼은 어린 계집아이와의 기 싸움에 사활을 걸기로 한 모양이었다. 여기서 물러나면 운종가를 무슨 낯짝으로 지난단 말인가. 필시 시전 상인들에게까지 얕보여 자릿세나 보호세를 걷기 힘들어질 것이기 때문에 왈패꾼으로서도 절대 물러날 수 없는 일이었다. 왈패꾼이 그렇지 않아도 나온 배를 더욱 내밀었다.

"이봐 아기씨, 얌전한 체통에 금갈 거 뭐 있어? 상인들 시켜 우리랑 맞서게 한 것, 거리 애들 국밥 사 먹이면서 우리 패에 못 들어오게 꼬드기는 일 따위 그만하겠다고 하면 곱게 보내 준다니까?"

"부모 잃은 것도 서러운데 왈패질이나 배우라는 것이냐? 시작이 열악하여 어려울 뿐이지 네놈들과 달리 아직 옳고 그름을 깨칠 기회가 있는 아이들이다. 그러니 나는 네놈 말대로는 못 하겠다!"

탁!

합죽선을 접은 곤은 눈을 질끈 감았다. 왈패꾼이 제 무리를 향해 신호를 보냈다. 혁주가 앞으로 튀어 나가 달려드는 그들을 목검으로 막아 냈다.

곤은 꼼짝하지 않고 서서 왈패꾼을 노려보는 연옥의 손을 잡았다. 그녀가 어찌 그러시느냐, 묻는 눈길로 그를 올려다보았다. 손가락을 입에 대고 조용히 하라며 미간을 찌푸린 곤이 천천히 뒷걸음질 쳤다. 손을 잡힌 연옥이 저도 모르게 그에게 이끌리면서 주춤주춤 걸음을 뗐다.

"가기는 어디를 가는 게야!"

곤과 연옥이 막 사람들 사이로 숨어들려고 할 때 왈패꾼이 사납게 외쳤다. 그곳에 있던 시선들이 일제히 그들을 향했다.

"오호라. 이제야 겁이 나서 도망을 치는 모양이지? 흥, 어림없다. 오늘은 아주 끝장을 봐야 할 게야!"

두어 발짝 물러난 왈패꾼이 이를 악물고 도움닫기를 하더니 육중한 몸으로 날아올랐다. 소도둑 발처럼 커다란 발바닥이 곤의 얼굴을 후려치기 직전, 연옥을 옆으로 밀어낸 곤은 몸을 굴러 아슬아슬하게 왈패꾼을 피할 수 있었다.

땅바닥에 그대로 곤두박질치는 왈패꾼을 보고 구경꾼들이 손가락질하며 박장대소를 터트렸다. 자존심이 상한 왈패꾼이 벌떡 일어나 좌중을 노려보자 웃음소리가 쏙 들어갔다.

"글쎄, 어디를 가냐니까?!"

엉거주춤 일어나 연옥의 손을 잡아끌고 도망가려는 곤을 향해 왈패꾼이 부랴부랴 짧은 팔을 뻗었다. 곤의 등에 매여 있던 화구통이 손에 걸리자 요놈, 잘 걸렸다! 헤벌쭉 웃으며 화구통을 확 잡아당겼다.

등을 활처럼 젖힌 곤은 몸을 새끼줄처럼 꼬아 손쉽게 화구통을 벗어 버렸다. 그는 왈패꾼의 턱을 발등으로 크게 후려쳤다.

"커헉!"

왈패꾼이 숨통을 부여잡고 맥아리 없이 쓰러지자 곤은 지체하지 않고 연옥의 손을 낚아채 달렸다. 연옥은 속수무책으로 그를 따라 달리는 수밖에 없었다.

겨우 정신을 수습해 비틀비틀 일어난 왈패꾼이 혁주에게 붙잡혀 고전을 면치 못 하는 제 무리를 불렀다. 얻어맞은 충격으로 목소리조차 나오지 않아 꺽꺽거렸다. 손짓 발짓을 섞어 도망친 곤과 연옥을 쫓으라며 닦달했다.

*　　*　　*

얼마나 달렸을까. 무시무시한 협박을 쏟아 내는 왈패 무리에 쫓기던 곤과 연옥은 갈림길에서 갈팡질팡했다.

이록은 무엇을 하느라 여태 나타나지 않는단 말인가!

몰래 행궁을 빠져나올 때는 언제고 곤은 죄 없는 이록을 탓했다. 성미대로 하자면 칼만 한번 휘저어도 모조리 요절이 날 테지만 일을 키웠다간 오히려 저가 부왕 앞에 끌려가 된서리를 맞을 판이었다. 성미대로 하지 못하니 답답한 노릇이었다.

다급해진 곤은 연옥을 데리고 당장 눈에 보이는 아무 시전이나 골라 안으로 숨어들었다. 다행히 왈패꾼 무리에게 상납을 강요당하며 맺힌 것이 많았던 시전 주인이 그들을 고방에 숨겨 주었다.

주인이 문을 닫는 소리를 들으며 곤과 연옥은 가슴까지 차오른 숨을 토해 냈다. 호흡이 진정되면서 들썩거리던 어깨가 차분해지자 고방 안의 전경이 눈에 들어왔다. 그들이 뛰어든 시전은 비단을 파는 선전이었던지 호화로운 비단들이 횃대에 걸려 방안을 가득 메우고 있었다. 종류도 색도 다양한 비단이 광창을 통해 들어오는 빛을 받아 윤택이 났다.

저무는 해의 마지막 발광처럼 은은함 속에 강렬함이 물든 치자색.

맑은 하늘의 깨끗함을 담은 천청색.

물 젖어 비린내가 날 것 같으면서도 오랜 세월 풍랑을 이겨 내고 살아남은 바위섬의 이끼 같은 고풍스러운 뇌록색.

가는 겨울을 뚫고 봄맞이하러 나온 연약한 첫 순의 싱그러움을 닮은 연두색.

낡은 구리 등잔 밑 녹슨 자리의 푸르스름함을 담은, 낡았으나 기품 있는 벽청색.

검고 붉은 기운이 하늘의 상서로움을 상징한다는 자색.

……그야말로 진풍경이었다.

홀린 듯 횃대 사이로 들어간 연옥은 제 몸을 스치는 비단의 감촉에 한동안 매료되었다. 그녀의 석죽색 치마가 횃대 사이를 거닐 때마다 천청색이나 뇌록색 혹은 연두색과 벽청색의 비단에 어울려 조화롭게 보였다. 그녀는 빛을 받은 비단보다 윤택했고 비단이 가진 것보다 다양한 색을 가지고 있었으며 선명했다.

"겁도 없지. 저리 무지막지하게 생긴 놈들을 상대로 대거리할 생각을 하다니 목숨이 몇 개라도 되더냐?"

곤은 송골송골 땀 맺힌 연옥의 이마를 물끄러미 바라보았다. 연옥이 당연한 것을 묻느냐며 눈을 곱게 흘겼다.

"목숨이 몇 개가 되어야지만 불의를 보고 싸울 수 있는 것은 아니옵니다. 만일 그렇다면 우리가 사는 땅은 악인의 세상이 되어 버리고 말 것이옵니다. 목숨이 몇 개나 되는 사람은 없으니 말이지요."

곤은 겸연쩍은 미소를 지었다. 영특해 뵈는 연옥의 얼굴을 살피며 말을 이었다.

"구태여 질 싸움에 맞불을 놓아 화를 자초할 필요가 없지 않느냐? 싸움은 이길 수 있을 때 하는 것이다."

"질 싸움이라고 누가 그러하옵니까?"

"연약한 소저인 너와 한낱 담사리 하나가 왈패꾼 무리를 이길 수 있다고 보느냐?"

곤은 때아닌 소란으로 지쳤다는 듯 나른히 벽에 기댔다.

"선비님께서 소녀를 붙잡고 도망치지만 않으셨어도 혁주가 왈패꾼들을 제압하는 모습을 보셨을 것이옵니다."

언뜻 보아도 움직임이 꽤 괜찮아 보이기는 했다. 미처 완숙된 솜씨는 아니지만 잘만 훈련시키면 제법 쓸 만해질 자질이었다.

연옥의 말에 동의하면서도 곤은 부러

"내가 너를 데리고 괜한 도망을 쳤다는 것이냐? 곤란에서 구해 주었더니 도리어 탓을 하는구나."

퉁명스레 쏘아붙였다. 도와주려던 이에게 외려 타박을 한 꼴이 되자 연옥은 어쩔 줄 몰라 하며 횃대 사이를 빠져나왔다.

"그것이 아니옵니다. 시비는 소녀 때문에 붙었사온데 혁주만 두고 도망친 꼴이 아니옵니까?"

"담사리 녀석이 왈패꾼들을 제압할 거라지 않았느냐?"

연옥은 곤과 나란히 서서 벽에 몸을 기대었다. 고개를 숙인 그녀는 맞잡은 손을 꼼지락거리며 웅얼거렸다.

"그런 이야기가 아니지 않사옵니까? 혁주는 소녀가 저만 버려두고 도망친 줄 알 것이옵니다."

남겨 두고 온 가노에 대한 미안함으로 어찌할 바를 모르는 것이 이제야 제 나이답고 귀여워 보였다. 곤이 몸을 일으켜 세우며 중얼거렸다.

"그리 마음 쓰이면 돌아가야지."

지금쯤이면 이록이 상황을 정리했거나 담사리 녀석이 왈패꾼들을 쫓아 보냈을 것이다.

"저…… 선비님."

즉시 따라나설 것 같던 연옥이 머뭇거리며 곤을 불렀다.

"정히 뭐하시면 예서 좀 더 계시다가 나오시지요. 소녀는 혼자서 가겠사옵니다."

나무문을 열다 말고 곤이 연옥을 돌아보았다.

연옥은 머뭇거리며 도톰한 입술을 잘근거렸다. 최대한 말을 고르고 골라 신중히 입을 열었다.

"선비님께서는 글을 읽으시고 그림으로 취미를 삼으시는 분이 아니시옵니까? 아무래도 길바닥 거친 싸움이 품위에 맞지 않으실 것이옵니다. 공연히 싸움에 끼어들어 낭패 보지 마시고 예서 잠시 머무르시다 나오시는 것이 나을 듯하옵니다."

상대의 자존심이 상하지 않도록 제 딴에는 조심스럽게 말을 한다고 했지만 이미 심사가 꼬인 곤의 입술은 지세히 경련했다. 몸을 똑바로 세운 그가 제 허리께나 올까 싶은 연옥을 거만하게 내려다보았다.

"그러니 네 말은 먹물이나 묻히는 서생은 얌전히 숨어 있으라는 말이렷다?"

"각자 가진 재주와 역량이 다르니 드리는 말씀이옵니다."

"네가 나를 아주 겁쟁이로 보았구나."

곤은 밉살스러움을 느끼면서도 웃음이 미어져 나왔다. 어린 계집아이일 뿐인 연옥이 장정인 자신을 진지하게 걱정해 준다는 사실이 마냥 우스꽝스러웠다.

머리를 산발한 혁주가 고방에 얼굴을 불쑥 들이밀었다.

"혁주야!"

기껏 차 한 잔 마실 시간 떨어져 있어 놓고 수 년 만에 피붙이라도 찾은 듯 연옥은 유달리 반색하며 혁주에게 달려들었다. 흠칫 놀라 뻣뻣하게 굳어 버린 혁주의 목을 부여잡고 혼자 도망쳐서 미안하다며 몇 번이고 사죄했다.

"괜찮은 거지? 다친 것은 아니지?"

연옥은 저보다 훌쩍 큰 혁주의 몸을 이리저리 살피며 안절부절못했다. 곤은 어쩐지 언짢은 기분이 들었다. 굳이 붙어 있는 두 사람 사이를 가르며 고방을 터덜터덜 나왔다.

"아기씨께서 혼자 나서신다고 되실 일이 아닙니다요. 오늘은 그렇다 치더라도 내일이면 도로 나타나 배로 행패를 부리니 아기씨 말씀이 옳다 했다가도 자릿셈인지 머시긴지 안 내놓을 수가 있어야 말입지요. 적선하는 셈 치고 몇 푼 던져 줘야 그나마 운종가에서 버티지 안 그럼 장사 접어야 합니다요."

가판대에 놓인 물품을 정리하던 시전 주인이 구시렁거렸다. 그의 말을 들은 연옥의 얼굴이 어두워졌다. 그녀는 시전 주인의 말을 듣지 못한 척 고맙다는 말만 남기고 밖으로 나왔다.

말없이 지그시 쳐다보기만 하는 곤의 시선에 시전 주인의 등이 점점 굽었다. 나중에는 옹송그린 모양이 되어 저가 무엇을 잘 못했느냐고 물었다.

"아니다. 타고 나기를 못나게 난 것을 타박해서 무엇하랴."

냉소한 곤은 소매 밑에서 엽전 꾸러미를 꺼내 가판 위로 던졌다.

"덕분에 곤란을 면하였으면 사례는 해야지."

엽전 꾸러미를 집어 든 시전 주인이 사례치고 너무 많다며 어안이 벙벙한 얼굴로 곤을 올려다보았다.

"자릿세도 내고 보호세도 내려면 그 돈도 부족할 터인데 넣어 두어라."

"예?"

"한 번 주면 두 번도 주어야 하고 그러다 보면 기약 없이 주기만 해야 할 것이다. 너희는 금일만 참으면 될 줄 알지만 금일 참는 것이 때로는 명일의 짐을 하나 더 얻는 것과도 같을 것이니라."

"그렇게 말씀하셔도 도리가 있어야지요."

엽전 꾸러미를 전대에 꿰며 시전 주인이 주절거렸다. 가늘게 뜬 눈으로 시전 주인을 훑어 내린 곤이 잠연히 가라앉은 목소리로 말했다.

"나 또한 이기지 못할 싸움은 피하는 사람이다만 승산을 위한 궁리 정도는 해 볼 수 있지 않느냐? 매번 당하고 사는 삶이 좋은 것이 아니라면 말이다."

그러나 이리 말해도 시전 상인들의 삶은 같을 것이다. 오지 않는 손님을 기다릴 것이고 얼마 벌지 못한 푼돈마저 왈패꾼들에게 빼앗길 것이다. 당하는 것이 익숙한 자들. 차라리 당하는 것이 편한 자들이었다. 빤한 세상의 법칙을 뻔히 아는 자들의 선택이었다.

곤은 화를 억눌렀다. 빤한 세상의 법칙을 와장창 깨부수고 싶었다.

길가에 서서 기다리고 있던 연옥이 곤이 있는 쪽을 돌아보았다. 표정을 숨긴 곤은 과장된 미소를 지으며 그녀에게 다가갔다.

"자, 그럼 일단락되었으니 자하골로 가 보자꾸나. 가서 약조한 초상을……."

말을 하다 말고 어깨와 등을 더듬어 본 그는 혀를 차며 애꿎은 소맷자락만 홱 치댔다. 왈패꾼 놈에게서 벗어나느라 화구통을 벗어던진 것이 생각났다. 종이나 붓, 안료는 그냥 봐도 구하기 힘든 고급품들이었다. 누가 가져가도 진작 가져갔지 아직까지 그 자리에 있을 리 만무했다.

"화구통을 잊어버리셨으니 어찌하옵니까?"

연옥이 눈치 빠르게 물었다.

"산지와 물명을 알려 주시면 아버님께 여쭈어 구해 보도록 하겠사옵니다."

"아니다. 신경 쓸 거 없다."

"그래도 혹시 모르니 잃어버리신 장소를 한 번 더 찾아보는 것이 좋을 것 같사옵니다."

말을 하며 연옥이 혁주를 돌아보았다.

"되었다는 데도 그러는구나."

달려가는 담사리를 보며 곤이 사양하는데 골목 모퉁이에 숨어 있던 이록이 그를 향해 고개를 숙였다. 행궁으로 돌아가야 함을 말없이 종용하고 있었다.

기껏 잠행을 나와 정작 한 것이라고는 왈패꾼들을 피해 도망친 것밖에 없었다. 그려 주마 약조한 초상도 그려 주지 못하고 소녀와 헤어질 것이 아쉬웠다.

곤은 무언가 생각하는 척하다가 거창한 투로 말했다.

"이렇게 하면 어떻겠느냐? 기왕지사 초상을 그려 주기로 약조하였으니 지키지 않고서는 앉은 자리가 편치 않을게다. 나는 약조를 아주 잘 지키는 사람이니라."

"약조를 지키지 않으신 것이 아니라 지킬 수 없으셨던 것이니 이는 선비님의 허물이 아니옵니다. 오히려 소녀 때문에 화구까지 잃으셨으니 이쪽에서 송구하옵지요."

"아니다. 선비가 되어 약조를 지키지 아니할 수 있느냐? 그러니 명일에 다시 한 번 보자꾸나. 대광통교에서 오시에 말이다."

"명일에도 말이옵니까?"

눈을 동그랗게 뜬 연옥이 눈썹을 깜박였다.

"나는 약조는 필히 지켜야 하는 사람이다. 너와의 약조이니 너역시 내가 약조를 지킬 수 있도록 협조해야 옳은 일일 터. 다른 말 말고 명일에 보는 것으로 알고 있으마."

화구통을 찾으러 간 혁주가 빈손으로 돌아와 고개를 저었다. 그것 보라며 구태여 가더니 헛수고를 하였다고, 곤은 시큰둥히 중얼거렸다.

혁주라…….

괜스레 주는 것 없이 밉게 보였다.

*　　*　　*

왈패꾼들과 한바탕 실랑이가 벌어졌던 이튿날, 연옥은 집안 사람들 몰래 대문 밖을 빠져나왔다. 이번에는 홍지도 혁주도 없 이 혼자였다. 누구의 눈에라도 띌까, 숨소리를 죽이며 조심스레 솟을대문을 닫은 그녀는 쓰개치마를 재빨리 머리에 둘러썼다.

남녀가 유별한 세상이었다. 다행히 운종가에서의 일이 어른 들 귀에까지 들어가지 않아 망정이지 만일 자초지종을 알았다면 불호령을 면치 못했을 것이 분명했다.

간밤에 잠을 설쳐서 오수(낮잠)에 들 거라고 말해 놨으니까 한 동안은 아무도 별당에 오지 않겠지.

핑계가 아니었다. 합죽선을 펼쳐 들고 바람을 이는 곤의 모습 이 밤새도록 눈에 삼삼했다. 그 덕에 잠을 이루지 못한 것이 사 실이었다.

한 번만. 이번 딱 한 번만이야.

남에게 자신의 초상을 맡겨 본 적이 없었던 연옥은 다른 이의 눈에 자신이 어떻게 비쳐질지, 종이 위에 어떤 식으로 드러날지 몹시 궁금했다.

운종가 쪽으로 걸음을 내디딘 연옥은 몇 걸음 걷기도 전에 누군가의 인기척을 느끼고 몸을 돌려 확인했다. 혁주가 주춤하더니 고개를 숙이고 가만 서 있었다.

"뭐 하러 따라 나서? 금방 돌아올 텐데. 하여간 어쩔 수 없다니까."

연옥은 고개를 절레절레 흔들며 다시 길을 서둘렀다.

\*    \*    \*

개천 주변으로 여름 들꽃이 흐드러졌다. 삭막한 거리 풍경에도 때를 기다린 들꽃은 향기를 퍼트리며 고개를 내밀었다. 투박한 돌다리에 걸터앉아 지나는 행인들 사이에서 연옥을 찾던 곤은 자신의 손을 내려다보았다. 길가에 핀 이름 모를 꽃이 그의 손에 들려 있었다.

온다. 안 온다. 온다. 안 온다. 온다. 안 온⋯⋯.

노란 들꽃의 꽃잎이 하나씩 다리 아래로 낙화했다. 마지막 꽃잎을 남겨 두고 저만치 걸어오는 연옥의 모습을 확인한 곤은 입꼬리를 말아 올리며 씩 웃었다.

온다!

아니 올 것이면 말라지. 어린 것을 상대로 무엇을 하는가. 사
랑 놀음을 하자는 것도 아니고 당최 이러고 있는 연유를 모르겠
다, 면서도 곤은 슬그머니 벌어지는 입술이 다물어지지 않았다.
가녀린 줄기에 꽃잎 하나 남은 들꽃이 곤의 손을 떠나 개천 위로
내려앉더니 물 따라 하늘하늘 떠내려갔다.

"왔느냐?"

"약조를 또다시 마음대로 정하시는 바람에……."

"아무려면 어떠냐. 날이 이리 좋은 것을."

힐끗 혁주를 본 곤이 다리 위에서 훌쩍 뛰어내렸다. 그는 합죽
선을 펼쳐 들고 느긋이 부쳤다.

"어허, 거참 덥구나. 어서 가자. 하절의 더위는 차디찬 계곡 물
이 적격이니라."

길을 앞장서는 곤의 펄럭이는 옷자락이 멋들어졌다. 누가 보
아도 글공부는 관심 없는 한량이었다.

\*     \*     \*


자하골 계곡은 북촌에서도 그리 멀지 않은 곳에 백악산 자락
을 끼고 있었다. 계곡 초입, 황토 빛 흙길을 걸어 올라가던 곤이
묵묵히 쫓아오는 연옥을 돌아보았다.

"힘들지 않느냐?"

"괜찮사옵니다."

곤이 내미는 손을 연옥이 도리머리하며 거절했다.

"작일에는 손 부여잡고 장바닥도 뛰어 다녔으면서 새삼스레 구는구나."

"그거야 피치 못할 사정이라서 그러한 것이지요."

"이번에도 피치 못할 사정이니라. 힘들면 도움 받는 것이 당연하거늘. 내외도 때와 장소를 가려야지."

말은 그리 하면서도 이번에는 합죽선을 접어 연옥에게 내미는 곤이다.

"만만한 산세가 아니지 않느냐?"

그는 합죽선을 고갯짓으로 가리키며 연옥을 재촉했다. 피부를 맞대는 것이 아니니 무방하다는 이야기였다. 머뭇거리며 연옥이 합죽선을 잡자 곤은 그녀의 보폭에 맞추어 완만히 산길을 올라갔다. 그가 내밀어 준 합죽선을 붙잡고 걷는 연옥의 발걸음이 훨씬 가벼워졌다.

길옆에 우거진 수풀이 세상을 온통 초록빛으로 보이게 만들었다. 키 큰 소나무 사이로 맹렬하게 쏟아지는 햇빛에 그들은 간혹 이마를 찌푸렸다. 연옥의 치맛자락이 수풀에 스적스적 스치며 쓰르라미 울음과 비슷한 소리를 냈다.

계곡은 기하학적이면서 곡선의 미를 간직한 한 폭의 산수화였다. 크고 작은 바위들이 수풀 사이로 얼굴을 삐쭉 내밀었고 높다란 상수리나무와 느티나무가 쉬어 갈 그늘을 만들어 주었다. 거대한 바위틈으로 흘러내린 계곡물이 줄지어 선 너럭바위들을 타고 졸졸거렸다. 햇빛에 반짝이는 물비늘이 보고만 있어도 얼음처럼 차가웠다.

곤은 평평한 바윗돌에 앉아 주막에서 받아 온 탁주를 벌컥벌컥 들이켰다. 일반 백성들이나 마시는 막술이었지만 개의치 않았다. 소매로 입을 쓱 닦자 말가니 보고 있던 연옥이 눈썹을 내렸다. 곤은 주전부리 삼아 사 온 떡이며 약과를 연옥에게 내밀었다.

"예까지 올라오느라 힘들었을 것이다. 요기라도 하자꾸나."

연옥이 받기를 꺼려하자 곤이 농을 걸었다.

"내외하기엔 이미 늦었대도 그런다. 먹지 않으면 초상을 그리지 않을 것이야."

곤과 마주 앉아 음식을 먹는다는 것이 왜 그런지 모르게 창피한 연옥은 주저했다.

"아니 먹겠느냐? 초상을 그리지 않으면 예서 내려가지 않을 것인데도?"

성화에 못 이겨 약과를 하나 받아 든 연옥이 혼자 먹기 미안해 혁주를 보았다. 곤이 그에게도 약과를 내밀었다. 그 역시 연옥과 마찬가지로 약과를 얼른 받아들지 않았다. 턱밑으로 들이밀어진 약과에 움찔하며 어찌할지 묻는 시선으로 연옥을 돌아보았다.

"냉큼 받지 않고! 네놈에게 미안하여 네 아기씨가 시장기를 면치 못하지 않느냐. 오시에 만나 예까지 올라왔으니 얼마나 시장하겠느냐?"

연옥이 약과를 대신 받아 혁주에게 내밀었다. 그제야 받아 들기는 하나 혁주는 약과를 손에 꼭 쥐고서 먹을 기미를 보이지 않았다.

연옥은 곤에게서 받아 든 약과를 입에 살짝 대었다. 시장기가 느껴졌다. 한입 베어 물고 오물거렸다. 곤은 연옥이 먹는 모습을 보다가 화구를 꺼내 들었다.

옅은 바람에 느티나무 잎이 흐느적거렸다. 나붓이 앉은 연옥은 자연에 완벽히 동화되었다. 곤은 선연한 그 모습을 넋을 놓고 바라보았다. 흰 화선지에 먹물이 스며들었다. 붓끝이 종이 위를 유람하며 노닐었다. 연옥의 봉긋한 이마에 곤의 눈길이 한동안 정지되었다. 붓을 쥔 손에 힘이 들어갔다. 붓은 어느 순간부터 저 혼자 종이 위를 날아다녔다.

"이름이 무엇이냐?"

돌연 화선지에서 붓 끝을 뗀 곤이 물었다.

"서가 연옥이라 하옵니다."

"어느 집안이냐?"

연옥은 미미하게 웃었다. 산들바람이 그녀의 귀밑머리를 날렸다. 곤은 잠깐 쉬었던 붓 끝을 도로 세웠다. 붓은 연옥의 귀밑머리를 그렸다.

"어찌 소녀더러 새 같다 하셨사옵니까?"

물음에 답은 아니 하고 연옥은 저가 궁금한 것을 물었다.

"뜬금없구나. 내가 먼저 물었느니라."

"그리 말씀하시지 않으셨사옵니까? 소녀더러 새 같다고 말이옵니다."

"너부터 답해 보거라. 어느 집안이냐?"

"제 부친께서는 서 자자, 성자를 쓰시옵니다."

붓 끝이 굳었다.

"혹 병조판서 서자성을 이름이더냐?"

곤의 목소리가 침착되었다.

"소녀의 부친을 아시옵니까?"

한순간 이유 모를 불길함이 주변을 에워쌌다. 심상치 않은 기색을 감지한 연옥의 미소가 얼어붙었다.

곤은 화선지 위에 그려진 소녀의 얼굴을 보았다. 봉긋한 이마, 앙증맞은 콧마루, 갸름한 뺨과 작고 도톰한 입술, 그리고 바람에 날리는 귀밑머리…….


"죽여야겠소."

"뉘를 이르심이옵니까?"

"병판 서자성 말이오."

"성상의 은권이 깊은 자이면서도 병권을 가진 소북의 실력자이옵니다."

"너무 올곧은 것이 탈인 자이지. 그것이 그가 죽어야 할 이유요. 소북의 실력자이기 이전에 너무 올곧은 것 말이오."

"누구보다 적자 계승의 원칙을 중시하는 자이기도 하옵니다."

"눈치 없이 고지식한 인사니 왜 아니 그렇겠소? 저 스스로는 올바른 것을 행한다 믿겠지만 옷자락에 티 하나 묻히지 않으려는 그 결백함이 종묘사직을 뒤흔들고 말 것을 어이하여 모른단 말인가……."

곤은 붓을 내려놓았다.

서자성은 곤과 대북이 찾은 첫 번째 탄핵 대상이자 왕비와 김직언을 겨냥한 경고이면서 선전포고였다. 장차 불어닥칠 바람 앞에서 서자성은 살아남지 못할 것이다. 목전에 아무것도 모른 채 말가니 앉아 있는 연옥도 마찬가지였다. 가부장이 대죄에 걸리면 집안은 멸문지화였다.

살아남아도 노비 신세를 면할 길이 없으니 그 앞길을 내다본 곤은 연옥을 차마 바로 보지 못했다. 그는 화구를 주섬주섬 챙겨들었다.

"이만 가자."

붙잡을 새도 없었다. 휑하니 길을 나선 곤을 따라잡기 위해 연옥이 황망히 일어섰다. 당혜가 한 짝 벗겨진 것도 모르고 버선발로 뛰는 그녀의 뒤를 혁주가 따랐다. 곤을 향한 연옥의 물음이 계곡을 허무하도록 부유했다.

*어찌 소녀더러 새 같다 하셨사옵니까? 어찌 소녀더러…….*

*     *     *

짧은 보폭의 연옥이 성큼성큼 앞서가는 곤의 발걸음을 따라잡기란 불가능했다. 치맛자락을 무릎 위까지 끌어올리고 잰걸음으로 뒤쫓아 보지만 이내 놓치고 말았다.

"혁, 혁……."

거친 숨을 게워 내며 사위를 휘돌아보았다. 사방의 풍광이 낯설었다. 산길을 올라올 때 보았던 풍색이 아니었다. 몸을 돌려 걸어 온 길을 보았다. 있어야 할 혁주가 보이지 않았다. 사처를 둘레둘레 보았으나 가파르게 기울어진 산비탈과 키 큰 나무들만 무성했다.

"혁, 혁주야!"

소리쳐 혁주를 불러보지만 아무런 답도 돌아오지 않았다. 오는 길도, 가는 길도 모르겠는 연옥은 나오는 눈물을 참으며 입을 앙다물었다. 거연히 바뀐 곤의 태도에 어찌할 바를 모르고 본능적으로 뒤쫓은 것이 길도 잃고 혁주도 잃어버렸다. 해가 기울기 시작하면서 여태 나지 않던 산짐승 소리가 스산하게 들렸다.

산비탈을 타고 돌멩이 하나가 굴러떨어졌다. 하나가 둘이 되고 둘이 여러 개가 되더니 시커먼 야생 곰이 포효를 하며 나타났다. 가파른 비탈을 미끄러져 연옥을 향해 돌진하는 짐승의 속도가 전광석화였다.

먼지를 일으키며 달려드는 곰의 맹기에 기겁을 한 연옥은 바들바들 떨다가 엉덩방아를 찧고 말았다. 기진해 일어서지 못하고 뒤로 주춤주춤 엉덩걸음했다.

* * *

곤은 소녀의 말간 눈을 바라보고 있을 자신이 없었다. 조만간 끝이 날 아비의 운명도 모르고 해사하게 웃는 동안이었다. 자신을 부르는 연옥의 외침을 무시하며 그는 걸음을 빨리했다. 그녀의 집안을 아는 순간부터 시작된 죄의식은 끝맺는 데 없이 아득했다. 등에 맨 화구통이 세상에서 가장 무거운 짐처럼 느껴졌다.

"꺄—악!"

날카로운 비명이 산중을 울리며 메아리치는 소리에 곤은 걸음을 멈추고 귀를 기울였다. 잘못 들었나 했지만 이곳은 백악산이다. 수시로 호란이 일어나고 멧돼지나 반달곰 같은 맹수는 물론 온갖 산짐승이 시도 때도 없이 출몰했다. 해가 지면 산속은 네 발 달린 짐승들의 세계였다.

"아—악!"

비명이 재차 들렸다. 곤은 왔던 길을 되돌아 빠르게 달렸다. 숲길을 지나 툭 터진 곳에 다다르자 제 몸보다 수 배는 큰, 발광하는 야생 곰을 맞닥뜨린 연옥을 발견했다.

"아, 아무 짓도 하지 않을게. 널 괴롭히지 않을 거야. 그, 그냥 넌 너대로, 난 나대로 가면 되는 거야. 알겠지? 어, 어서 가. 어서…… 저리로 가란 말이야! 저리 가!"

포악한 곰 발바닥에 짓밟힐지 모르는 위기일발의 상황이었다. 연옥은 겁에 질린 얼굴을 하고서 곰을 설득했다. 두려운 와중에 목청껏 고함을 질러 야생 짐승과 기 싸움을 벌였다.

"하나도 겁나지 않아. 무섭지 않다고!"

"크아앙!"

주저앉아 있던 연옥은 본능적으로 튀어 올랐다. 위기의식에 무작정 뛰기 시작한 그녀는 목전을 살필 여유도 없이 발길이 이끄는 대로 달렸다. 둔탁하고 거대한 덩치에 맞지 않게 곰은 날렵했다. 어마어마한 짐승의 발바닥이 땅에 닿을 때마다 발밑이 쿵쿵거리며 울렸다. 점차 곰과의 거리가 좁혀졌다.

벼랑 끝에 아슬아슬하게 멈춘 연옥은 어깨 너머로 까마득한 밑을 보고 숨을 훅 들이켰다. 검은 물이 넘실대고 있었다. 도리없이 곰에게 잡아먹히나 보다, 공포에 사로잡혀 몸이 굳었다. 곰이 일격을 가하기 위해 앞발을 치켜들었다. 연옥은 치마를 머리 위로 뒤집어쓰고 눈을 질끈 감았다. 그 순간, 어디선가 나타난 굵은 돌멩이가 곰의 귓가를 '휙' 스치고 날아갔다.

"크아아앙……."

효포만 들리고 실지적인 공격이 없자 치마를 머뭇머뭇 내린 연옥이 실눈을 떴다. 모가지를 쭉 비틀어 내밀고 사납게 으르렁대는 거대한 짐승이다. 돌팔매를 당하고 흥분한 곰이 또다시 발을 쳐들었다. 맹수의 발바닥이 연옥을 후려치기 직전 기민한 동작으로 달려온 곤이 연옥을 부둥켜안고 벼랑 밑으로 뛰어내렸다. 고요하던 물이 그들을 순식간에 집어삼켰다.

*    *    *

물살에 실린 곤과 연옥은 협곡까지 떠밀려 내려갔다. 유구한 세월, 풍화와 침식을 거듭한 기괴한 형상의 돌기둥이 사방에 절벽을 만든 곳이었다. 겨우 정신이 돌아온 곤이 힘겹게 눈썹을 밀어 올렸다. 옆자리를 손으로 더듬은 그는 화들짝 놀라 몸을 일으켰다.

그 애는!

있어야 할 연옥이 없었다. 어둠이 몰아친 숲이 까맸다.

헤엄을 쳐 본 적은 단 한 번도 없었다. 박 내관이 알기라도 하는 날에는 차기 지존이 되실 분, 옥체 귀한 줄 모르신다고 잔소리가 장할 일이었다. 연연하기 그지없는 체구로 흥분한 곰을 상대하는 어린 계집의 모습에 그는 아무런 생각도 들지 않았다. 사나운 곰의 발바닥으로부터 애오라지 연옥을 구해야 한다는 본능이 전부였다. 물살이 흐르면 흐르는 대로 출렁이면 출렁이는 대로 휩쓸리면서도 그녀를 절대 놓지 않았는데…….

연옥이 보이지 않자 곤은 당황해서 주변을 여기저기 훑어보았다. 조금 떨어진 곳에서 실신한 상태로 물가에 반쯤 걸쳐 있던 연옥이 신음을 흘렸다. 부리나케 달려가 그녀를 안아 들고 평평한 땅을 찾아 조심스레 눕혔다.

눈을 흐릿하게 뜬 연옥이 그를 보았다.

"정신이 드느냐?"

어둠이 눈에 익기를 기다린 연옥은 그를 밀치고 벌떡 일어나 앉았다. 그녀는 어리둥절하며 협곡 언저리를 두리번거렸다. 얕은 물웅덩이에, 위에서 쏟아져 내리는 물떨어지도 없는 호젓한 곳이었다.

"이곳이 어디옵니까?"

"글쎄다. 물이 가자는 대로 온 것을 내가 알 리 있느냐. 너는 괜찮은 것이냐?"

멍해 있던 정신이 맑아지면서 연옥은 저보다 집에서 기다리고 있을 사람들이 염려되었다. 그녀가 여태 귀가하지 않았다는 사실이 어른들의 귀에 들어갔을 것이고 혁주와 홍지는 필경 거하게 혼이 나고 있을 것이 자명했다. 엄한 조모의 성정에 멍석말이나 당하지 않으면 다행한 일이었다.

"소녀는 괜찮사옵니다. 그보다 길을 찾을 수 있겠는지요?"

"어둠이 짙어서 쉽지 않을 것이다."

"부친과 조모께서 걱정을 하실 것이옵니다. 소녀 때문에 홍지와 혁주도 야단을 들을 테고 말입니다."

"심정이야 알겠다만 이곳에서 날이 밝기를 기다려야 할 것 같구나."

"하지만……."

"야심한 산중은 움직이지 않는 것이 안전할 게다. 도처에 야생 곰과 같은 산짐승이 돌아다니거든. 더구나 이곳은 백악산이 아니더냐."

"그렇긴 하오나……"

"수많은 산짐승 중에 가장 무섭고 두려운 것이 범이거늘 산군(山君)이라도 만나고 싶은 게냐?"

범이 나올 거란 소리에 연옥의 고집이 쏙 들어갔다. 곰을 보고 어지간히 놀란 그녀는 산에 사는 맹수를 다시는 만나고 싶지 않았다. 젖은 몸이 야기에 부르르 떨었다.

곤이 일어서서 주위를 한 바퀴 휘돌아보았다. 그들 뒤편으로 자그마한 동굴이 입을 벌리고 있었다. 불을 땐 흔적이 있는 것으로 보아 사람이 종종 머물다 가는 곳인 듯했다. 밤을 만난 약초꾼이나 사냥꾼들일 것이다.

"하야(夏夜)기는 하나 밤 깊은 산 속이다. 불부터 피우자꾸나."

가지고 있는 부싯돌이 없어 적당한 나무를 찾아 곤이 동굴 입구에 자리를 잡고 앉았다. 그가 나무를 비벼 불을 지피는 동안 연옥은 근처에서 땔감으로 쓸 가벼운 나뭇가지들을 모아 왔다. 간신히 불이 타오르자 칠흑 같던 어둠에 붉은빛이 섞여 들었다. 순식간이었다. 한 꺼풀 어둠을 벗은 눈앞의 경관에 곤과 연옥은 숨을 죽였다.

하야의 별은 유독 반짝거렸다. 흑단에 수놓인 듯, 촘촘히 박힌 잔별에 눈이 시렸다. 희멀건 둥근 달이 높이 떠서 별들을 진

두지휘했다. 별이 무수히 쏟아지더니 물웅덩이에 고스란히 비치었다. 물은 시린 별만큼이나 깨끗했다. 초록으로 빛나는 반딧불 하나가 수풀 속에서 나와 허공을 둥둥 떠다녔다. 하나는 둘이 되고, 둘은 셋이 되며 종당엔 셀 수 없을 만큼 많은 숫자가 되어 둥근 달과, 잔별 사이로 드나들었다. 하야를 비추는 빛들은 옥빛으로 빛나는 웅덩이 물가로 몰려들었다. 물에 비친 달과 별이 시나브로 이지러졌다.

"와!"

연옥이 나직이 감탄했다.

"참으로 아름답사옵니다. 이런 것은 처음 보옵……."

곤을 돌아보며 재잘대던 연옥은 그가 도포자락을 찢어 제 어깨에 둘둘 싸매자 눈이 커다래졌다. 핏물이 천에 스며들어 넓게 퍼지는 것을 보고 눈물이 금세 그렁그렁 맺혔다.

"소녀 때문에 다치신 것이옵니까? 곰이, 곰이 그러니까……."

"곰이 나를 잡아먹기라도 한 것처럼 구는구나."

"예? 아니요, 그런 것이 아니오라 곰이, 그러니까 곰이 소녀를 공격하려고 했사온데……."

"그러려고 했지. 허나 내가 구해 주지 않았느냐. 비록 수장될 뻔했다만 살았으니 된 게지."

"상처가 나지 않았사옵니까? 소녀 때문이옵니다."

"아니다. 절벽에 솟은 나무가 잘못한 것이니라. 그놈이 떨어지는 내 어깨를 쭉 긁지 않았겠느냐. 공연히 눈물 바람이구나."

연옥은 훌쩍거리며 고사리 손으로 눈가를 마구 비비댔다. 궁가의 여인들보다 기품 있어 보여도 별수 없이 어린 계집아이였다. 우는 이유를 묻자 연옥은,

"곰이, 곰이……."

하며 진즉 사라지고 없는 곰만 탓했다. 하마터면 맹수 밥이 됐을지도 모른단 생각에 기함하기도 했지만 집에서 기다리고 계실 어른들께 꾸지람 들을 일도 걱정이었다. 어쩔 도리가 없으니 눌러 참다가 곤의 상처를 보고 툭 터진 것이다.

곤은 누구를 달래 본 적이라곤 이제껏 단 한 번도 없었다. 그는 어찌할 바를 모르고 연옥이 울음을 그치기만을 기다렸다. 어쩔 수 없이 그녀가 우는 동안 멍청히 앞만 바라보았다.

연옥의 손이 조심스레 상처 부위에 닿았다. 흠칫하며 돌아보자 연옥이 습윤해진 눈을 하고서 그를 올려다보았다.

"많이 아프시옵니까?"

"아니다. 괜찮으니 신경 쓰지 말거라."

"소녀를 구해 주시려다 다치셨사옵니다. 죄송해서 어찌하옵니까?"

"이, 이 정도는 아무것도 아니니라."

곤은 괜스레 더듬거렸다. 연옥이 상처에 대고 입김을 후후 불자 얼굴이 화끈 달아올랐다. 고개를 들고 곤을 보는 연옥의 얼굴이 천진스러웠다.

"선비님이 소녀를 지켜 주셨으니, 소녀도 선비님을 지켜 드리

겠사옵니다. 선비님은 이제 소녀가 책임질 것이옵니다."

느닷없으면서도 결연하기까지 한 선언에 곤은 가벼운 웃음을 터트리고 말았다.

"내게 청혼이라도 하는 것이냐?"

울어서인지, 쑥스러워서인지 연옥의 얼굴이 발그레하게 상기되었다. 그녀는 몸을 틀어 앉았다. 정적에 타닥타닥 불타는 소리만 들렸다. 시간이 얼마나 지났을까, 연옥이 작게 웅얼거렸다.

"하면 아니 되는 것이옵니까?"

볼수록 이면이 많은 아이였다. 왈패꾼들을 당차게 꾸짖던 작일과 달리 금일은 창피해 얼굴도 못 들더니 이제는 은혜 갚음이라도 하려는지 자못 진지했다.

"안됐지만 그건 어렵겠구나."

실망한 얼굴로 힐긋 그를 본 연옥이 시선을 내렸다.

"그냥 해 본 소리옵니다."

자존심을 지키기 위해 부러 큰소리를 낸 그녀는 재빨리 덧붙였다.

"그래도 지켜 드릴 것이옵니다. 언제고 꼭 한번은요. 살려 주신 은혜를 어찌 잊겠사옵니까? 인간의 도리를 하고자 함이니 필요하시면 언제든지 말씀해 주시옵소서."

굳은 의지를 내보이며 주억거리는 연옥의 모습이 순박했다. 곤은 연옥의 조막만 한 머리통을 쓰다듬으려다 말았다. 툭하면 편전에 모여 고성방가로 싸움질하기에 바쁜 중신들 틈에 정결히 앉아 있던 서자성의 얼굴이 겹쳐 보였다.

얄궂기도 하다. 병판의 여식이라니. 차라리 필부의 딸로 태어날 것이지…….

왕통은 적통의 대군이 이어야 한다는 것이 병조판서 서자성의 주장이었다. 왕의 혈통은 적서를 구분 짓지 않지만 그럼에도 적은 서보다 우위에 있었다.

그러나 태어날지 어쩔지도 모르는 어린아이를 허수아비처럼 용상에 앉혀 놓고 사직을 좌지우지하려는 심보들이 고약했다. 그들이 왕을 왕으로서 받들겠는가. 금상마저 기망하는 자들이 어미 치마폭에 쌓여 어리광이나 부릴 젖먹이를 과연 충으로써 우러러 보겠는가. 왕이 바로 서지 못하는 나라는 모래성처럼 스러지고 말 것이다.

서자성은 죄가 없으나 죄가 있었다. 원칙을 주장하여 나라의 기강을 세우려는 마음은 가상하지만 그가 세운 어린 왕으로 인하여 사직이 혼란스러워지고 권력과 재화에 눈이 먼 것들이 종사를 갈기갈기 찢을 게 분명하니 죄를 물음이 당연했다.

치졸하다 할 것이나 정치란 본디 치졸한 법이었다. 그것을 가르쳐 준 이들이 바로 대북이니 소북이니 하는 붕당들이었다.

문득 연옥의 발에 시선이 머물렀다.

산길에 벗겨진 당혜 말고도 다른 쪽 당혜마저 어디다 벗어 뒀는지 버선발이었다. 무릎을 세운 그녀가 진흙에 얼룩진 버선발을 하릴 없이 만지작거렸다.

"신은 어찌하고?"

"……잃어버린 듯하옵니다."

치마 밑으로 발을 숨기는 연옥에게 곤이 태사혜를 벗어 주었다.

"신거라."

"아니옵니다."

"괜찮다. 신거라."

"소녀를 주시면 선비님은 어찌하옵니까?"

"나는 사내라 생채기가 나도 별것 아니나 여인의 발이 상처 나서야 쓰겠느냐."

쭈뼛쭈뼛 곤의 태사혜를 제 앞으로 끌어당긴 연옥이 머뭇거리며 발을 끼워 넣었다. 공간이 남아 헐거운 신을 장난스럽게 달각거렸다.

*　　*　　*

이깟 당혜가 뭐라고!

혁주는 벼랑 끝에 나뒹구는 당혜 한 짝을 하얗게 질린 얼굴로 노려보았다. 그의 손에는 다른 쪽 당혜가 쥐어져 있었다. 그림을 그리다 말고 변덕을 부리며 혼자 쌩하니 가 버린 선비를 허둥지둥 따라가던 연옥의 당혜가 벗겨진 것이 화근이었다. 가까운 거리라 냉큼 찾아오면 될 줄 알았더니 그새 연옥도, 때깔 좋은 선비도 사라져 버렸다. 정말이지 눈 깜짝할 새였다. 한참을 헤맸지만 사람 그림자 하나 발견하지 못했다.

저만치 선비의 화구통이 굴러다니는 것을 주워 들고 벼랑 아래를 내려다보았다. 검은 물이 유유히 흘렀다. 불안한 생각이 들었다.

안 되는데, 안 되는데, 정말 안 되는데!

봄 햇살처럼 따뜻하게 웃어 주던 아기씨였다. 싫다는 것을 억지로 앉혀 천자문을 가르쳐 주던 아기씨였다. 이름도 없이 언놈이라 불리던 것을 처음으로 '혁주야' 이름 지어 불러 주던 아기씨였다.

> "너는 커다랗게 생겼으니까 클 혁(奕)에 귀한 사람이니까 구슬 주(珠)를 쓰는 거야. 혁주…… 그게 앞으로 네 이름이야."

천것을 두고 귀하다 해 주던 아기씨였다.

밑으로 내려가서 찾아봐야 할지, 사람을 불러와야 할지 머릿속이 깜깜해져서 이도저도 못 하고 발만 동동 굴렀다. 가뜩이나 어두워져 사물을 식별하기 어려웠다. 이대로는 안 되겠다 싶어 마을로 내려가 사람을 부르려는데 횃불을 든 웬 사내가 산비탈을 내려오고 있었다.

늦은 시각까지 환궁하지 않은 곤을 찾아 운종가를 뒤지던 이록은 백악산 초입, 주막까지 오게 되었다. 주막을 지키던 주모에게 대충 곤의 생김새를 설명하자 주모는 어느 선비가 어린 아기씨와 담사리로 보이는 소년을 데리고 와 막술과 주전부리를 사 갔다는 이야기를 해 주었다. 행선지가 어딘지 아느냐는 물음에 주모의 손끝이 산을 가리켰다.

"사람을 찾고 있다."

이록이 혁주의 얼굴에 횃불을 비추었다. 움찔하며 고개를 사린 혁주가 손을 들어 빛으로부터 얼굴을 가렸다. 그의 손에 들린 화구통을 알아본 이록이 단박에 뺏어 들었다.

"이 물건을 어찌 네가 가지고 있느냐?"

혁주는 경계의 눈초리로 이록을 쳐다보았다.

"이것의 주인을 보았느냐? 소저와 담사리를 대동하셨다고 들었…… 혹간 네가 그 담사리더냐?"

고개를 끄덕인 혁주는 상대가 자신을 공격할 생각이 없음을 깨달았다. 나뭇가지를 주워 와 땅바닥에 글씨를 썼다.

말을 하지 못 하는가!

듣기는 온전히 듣는 눈치였다. 혁주의 얼굴을 가만히 들여다보던 이록이 그가 쓴 글을 읽었다.

「저희 주인 아기씨와 함께 계셨는데 그만 그분들을 놓쳐서 찾고 있던 중입니다.」

"놓치다니. 어쩌다?"

「잠시 한눈판 사이 그리되었습니다.」

혁주는 옆에 있는 벼랑 밑을 내려다보았다.

설마!

이록의 낯빛이 차갑게 식었다.

「사람을 불러오겠습니다.」

"아니다. 그럴 필요 없다."

사람들에게 곤의 신분이 노출되는 일은 막아야 했다. 행궁 안에 있어야 할 세자가 민가에 나와 사가의 여인과 함께 있었던 사실이 알려지면 왕의 대노를 피할 길이 없었다. 왕비가 회임 중인 민감한 시기였다.

이록은 곤의 화구통을 등에 매고 벼랑 아래를 주의 깊게 살폈다. 물살은 그다지 세지 않았다. 이정도 세기면 천행으로 변고를 피했을 가능성이 없지 않았다. 그가 위험을 무릅쓴 채 벼랑을 타고 내려가자 혁주가 연옥의 당혜를 챙겨 들고 그를 따라 밑으로 조심조심 내려가기 시작했다.

"아니, 이게 누구십니까? 좌익⋯⋯."

내의원 첨정 조웅래는 망태기에 하루 종일 캔 약초를 담고 뿌듯해하던 중이었다. 물가에 우거진 수풀을 헤치며 걸어오는 이록을 향해 그는 상기된 목소리로 알은체를 했다. 이록이 눈짓을 하며 그의 입을 막았다.

혁주를 본 조웅래의 표정이 신중해졌다.

"저는 또 굶주린 짐승인 줄 알고 놀랐지 뭡니까? 아이고, 식겁해라."

창의문에서 불과 얼마 떨어지지 않은 곳이라 더러는 약초를 캐러 직접 산에 오르곤 하는 조웅래였다. 말로야 놀랐다며 엄살이지만 산길이라면 눈을 감고도 다니는 자였기에 이록이 그를 만난 것은 다행한 일이었다.

"그나저나 밤이 깊어 산짐승이 득시글거리는데 예까지 어쩐 일이십니까?"

"주인께서 산중에 길을 잃으신 듯 하네."

눈을 화등잔만 하게 뜬 조웅래가 이록을 옆으로 잡아당겼다. 혁주가 듣지 못하도록 작은 소리로 속삭였다.

"아니 그럼 이 시각까지 산중에 계신단 말입니까? 대전에서 아시면……."

"산 중턱에 있는 낭떠러지에서 실족하신 듯하여 물길을 따라 오기는 했으나 맞게 왔는지는 모르겠네."

"실족이라니요?!"

소스라친 조웅래의 눈가에 주름이 잡혔다. 수 년 전, 전지에서 걸린 심한 열병을 고쳐 준 인연으로 곤과의 사이가 각별한 그였다.

"이거 정말 나라의 큰일이 아닙니까? 어서 가서 고해야겠습니다."

헐레벌떡 돌아서는 조웅래의 팔을 이록이 붙들었다.

"어찌 그러십니까?"

"고하는 것은 나중으로 미루시게나."

"한시가 급하지 않습니까?"

"다만 어딘가에 쓰러져 계신 것이라면 가벼운 입을 후회하지 않겠는가."

이록의 말에 조응래는 한결 차분해졌다. 그는 이록이 방금 내려온 길과 그로부터 이어지는 길을 심사해서 보았다.

"비가 오지 않아 물살은 잔잔한데……."

곰곰이 생각하며 횃불을 멀찌감치 비춘 조응래가 발을 내디뎠다.

"약초를 캐러 올 때면 이따금 쉬어가는 곳이 있습지요. 물길대로 떠내려가셨다면 그곳에 계실 것입니다."

그는 자신을 따라오라며 앞장섰다.

\*　　　\*　　　\*

연옥은 졸다 깨기를 반복했다. 코가 땅에 닿을 정도로 엎어지다가도 퍼뜩 정신을 차리고 언제 졸았냐며 허리를 꼿꼿하게 폈다. 눈에 있는 대로 힘을 줘 보지만 어느새 스르르 감겼다. 체면 불고, 청혼까지 했으면서 달거리도 오지 않았을 주제에 저도 계집이라고 몸을 사리는 양이 우습기도 했다.

불 앞에 널어놓은 도포와 전복이 마른 것을 확인한 곤은 그것들을 이부자리처럼 펼쳤다. 왕족으로 태어나 전장에서 일반 군졸들과 살 부대끼며 임의롭게 지내보기도 했지만 이부자리를 봐

주기는 또 처음이었다. 길바닥에 서서 야단을 듣지 않나, 곰 발바닥에 밟혀 죽을 뻔하지 않나, 여차하면 수장될 뻔하고 신까지 벗어 주어 맨발이었다. 아예 기취(旣娶 이미 장가를 듦)한 몸으로 청혼까지 받았으니 기껏 얼굴 두 번 본 사이에 다사다난이었다.

장성한 사내인 곤도 진이 빠지는데 어린 계집인들 오죽할까. 몸을 웅크린 채로 연옥이 모로 쓰러졌다. 그녀를 안고 도포를 깔아 놓은 곳으로 가는데 흐린 신음을 하며 잠꼬대다. 몸을 꼼지락거리더니 이내 자세를 편안히 잡은 그녀가 곤의 품속으로 파고들었다.

잠든 연옥을 보는 곤의 눈빛이 착잡했다.

언뜻 동굴 밖이 소란했다. 곤은 갑작스러운 기척에 신경을 집중했다. 발소리가 여러 개였다. 짐승의 것은 아니었다. 반야에 산속을 휘젓고 다니는 사람의 무리라니. 산적이라면 낭패였다.

"거기 계시옵니까?"

곤은 불쑥 들려오는 목소리의 주인공이 이록임을 알고 경직된 표정을 풀었다. 도포에 연옥을 눕힌 뒤 전복을 덮어 주었다. 밖으로 나가자 횃불을 든 이록이 안도한 얼굴로 나지막이 숨을 토해 냈다.

조웅래를 본 곤의 입술이 반쯤 벌어졌다.

"자네가 이곳에는 어찌?"

"약초를 캐러 다니는 것이 소직의 소일이옵니다."

"길은 훤하겠군."

초조히 서 있던 혁주가 곤의 팔을 슬쩍 건드렸다. 이록과 조
웅래가 반사적으로 움찔했다. 그들을 눈짓으로 만류한 곤이 턱
을 들어 동굴 안을 가리켰다.

"잠이 들었다. 돌아가는 길은 아느냐?"

고개를 주억이는 혁주를 조웅래가 버르장머리 없이 고갯짓이
냐고 나무랐다.

"아자(언어장애인)인 듯하옵니다."

이록의 말에 머쓱해진 조웅래가 중얼거렸다.

"어쩐지 그놈, 묵묵하더니만."

곤은 유난히 말이 없던 혁주가 그제야 이해되었다.

"말귀는 알아듣는 모양이던데⋯⋯."

"독화술을 쓰는 것 같지는 않고 귀는 트였사옵니다. 간단한
필담을 나눌 만한 글 실력은 갖춘 자인 듯하옵니다."

천한 담사리가 글을 안다니 혁주를 보는 곤의 눈길이 새삼스
러웠다.

"달려드는 짐승을 피한다는 것이 그만 벼랑 아래로 뛰어내리
고 말았다. 놀란 가슴에 맥진하여 자는 것이니 깨울 것 없다. 파
루가 치거든 그때 돌아가거라."

"소저를 남겨 두고 가신다는 말씀이시옵니까?"

호기심에 동굴 안을 들여다본 조웅래가 되물었다.

"어린 여인이 오밤중에 산길 타는 것이 쉽겠느냐. 통금에 순라
군에게 발각되기 십상이다. 반가의 여인으로 좋지 못한 풍설이

돌 게야."

혁주가 알아들었다며 고개를 숙였다. 지체할 것 없이 곤이 걸음을 옮기자 이록이 자신의 도포를 벗어 주었다.

"되었다."

"존체시옵니다. 체모를 차리소서."

어깨에 도포를 억지로 둘러 주던 이록이 그때서야 곤의 상처를 발견했다. 그가 무어라 입도 떼기 전에 곤이 소란 떨 것 없다며 아무렇지 않은 표정을 지었다.

조응래가 부랴부랴 망태기를 뒤져 약초를 꺼내 들었다. 적당한 바윗돌에 놓고 짓이긴 약초를 곤의 상처 난 어깨에 꾹꾹 눌러 붙이고 제 허리끈을 풀러 묶어 주었다.

이록은 자신이 신고 있던 신마저 벗어 곤의 발 앞에 가지런히 놓아 주었다. 그는 적삼에 곤의 화구통만 등에 맨 차림으로 길을 잡았다.

\*     \*     \*

곤은 초가에 사는 소녀가 병조판서의 여식이라니 도통 믿겨지지 않았다. 그 아이의 드러난 천성으로 볼 때 거짓은 아니라 믿으면서도 믿고 싶지 않았다. 곤은 이록에게 병판 사가의 별당을 은밀히 살펴보라 명했다.

"서연옥이 맞더냐?"

"틀림이 없사옵니다."

"내가 그 아일 본 정릉동 초가는 무엇이더냐?"

"원시 계동에 있는 수월재가 병판 서자성의 구택이온데 가솔을 두고 홀로 초가에 거한다 하옵니다."

곤은 서안에 놓인 그림을 들여다보았다. 너럭바위에 말가니 앉아 있던 연옥의 모습이 초상과 겹쳤다. 도망치듯 자리를 뜨던 자신을 망연히 바라보던 소녀의 까만 눈동자가 잊어지지 않았다. 무언가 가슴 깊은 곳에서 요동을 치며 올라왔다. 그는 조그마한 화각함에 소녀도를 고이접어 넣었다.

"전해 주거라. 아무런 말도 전할 필요 없다. 서연옥은 내가 누군지 모른다."

이록이 화각함을 두 손으로 받쳐 들었다.

## 二章
### 괴물이 되어

시위를 당긴 연옥은 별당 마당에 세워진 과녁을 조준했다. 공기의 흐름을 가늠하고 시위를 놓았다. 살이 튕겨져 나가는 소리가 귓가에 '팅' 울렸다. 살은 과녁의 중앙을 뚫었다.

허락 없이 출타하고 밤이 새도록 돌아오지 않은 걸로도 모자라 흐트러진 매무새에 꾸중과 걱정을 심히 들은 터였다.

가노들을 전부 풀어 운종가 일대까지 샅샅이 뒤진 부친과 조모의 추궁에 곤과의 일을 이실직고하자 조모는 대청마루 바닥에 그대로 주저앉아 저 겁 없는 것을 보라며, 뉘 집의 뉘인지도 모를 사내를 어찌 따라가느냐 호통했다. 무탈하게 돌아왔으니 망정이지 무슨 일이라도 있었으면 어찌하느냐고, 나 죽어 저승의 네 어미를 어이 볼 것이냐며 불호령을 내렸다.

마당 가운데에 꿇어 앉혀진 혁주를 매섭게 노려보던 조모는 주인을 바로 모시지 못한 죄가 중함을 알라며 멍석말이를 명했다. 연옥이 울며불며 자신이 잘못한 것이니 애꿎은 혁주를 탓하지 말고 자신을 벌하시라 통사정을 했지만 조모의 노기는 풀어지지 않았다. 결국 지켜보던 서자성이 주인을 올바로 인도하지 못한 죄가 있다고는 하나, 결국엔 주인의 뜻을 따라야 하는 것이 노비 된 자의 숙명이니 여식이 고집하였으면 도리가 없었을 것이라며 혁주를 두둔해 주었다.

　서자성까지 나서자 노여움이 한풀 꺾인 조모는 마뜩찮아 하면서도 혁주의 멍석말이를 풀어 주었다.

　　"그러나 집안 어른들을 걱정시키고 정숙하여야 할 규수
　　로서 너의 행동거지가 바르지 못했던 것은 사실이니 벌을
　　받아야 마땅할 것이다."

　그렇게 혁주의 멍석말이는 면할 수 있었지만 그는 광에, 자신은 별당에 갇힌 신세가 되어 한동안 옴짝달싹하지 못하는 처지에 놓이게 된 것까진 연옥도 어쩌지 못했다. 덩달아 홍지도 아기씨를 제대로 모시지 못했다는 죄목으로 종아리를 맞고 한동안 퉁퉁 부은 다리로 절뚝거리는 신세였다.

　침착하게 다음 살을 시위에 건 연옥은 얼핏 인기척을 감지하고 본능적으로 몸을 돌렸다. 홍지가 온 줄 알았으나 아니었다.

긴장한 손길로 치마를 움켜쥐었다. 별당은 집안의 여자 어른이나 비자들만 출입할 수 있었다. 외부 사람이나 솔거노비라 할지라도 남자는 이곳에 함부로 발을 들여놓을 수 없었다.

"거기 누구십니까?"

별당의 중문을 통해 쓱 들어오는 사내가 있었다. 연옥은 재빨리 활을 들어 낯선 침입자를 향해 조준했다.

"누구신지는 모르겠으나 예가 어디라고 낯선 이가 함부로 들어오십니까? 돌아가십시오."

이록은 자신을 향한 살에 관심 두지 않고 대청마루로 저벅저벅 걸어갔다. 마루에 화각함을 내려놓자 그의 행동을 주시하던 연옥이 머뭇거리며 활을 내렸다. 경계를 하면서도 가까이 다가온 그녀가 화각함을 열어 보았다.

이것은!

접혀 있던 종이를 펼쳐 말없이 자신의 초상을 들여다보던 연옥이 이록을 보았다.

"이곤…… 이곤이라 하셨습니다. 그분은 어디의 뉘십니까?"

답이 돌아오지 않자 그림을 원래대로 접어 화각함에 넣었다.

"청이 하나 있습니다. 이대로도 충분히 훌륭하나 미완성의 작품입니다. 냉수 한 잔의 대가치고 과분하다 할 것이지만 이왕에 그려 주셨으니 채색까지 하여 주십사 원하더라고 말씀드려 주십시오. 만일 여의치 않다, 하시면 낙관이라도 새겨 주십사…… 그래도 저의 초상을 그려 주신 분입니다. 낙관은 받아야지 않겠습니까?"

이록은 연옥이 내미는 화각함을 어찌해야 할지 몰라 갈등했다. 세자는 인연을 끊어 내듯 그림을 주었다. 소저는 인연을 끊지 않기 위해 그림을 받지 않았다. 연옥이 떠밀듯 품에 안겨 주자 그는 얼결에 화각함을 받아 들었다.

이록이 왔을 때처럼 쓱 사라지고 연옥은 대청마루에 걸터앉았다. 활만 쓸데없이 만지작거렸다. 산에서 첫새벽에 눈을 떴을 때 곤은 이미 떠나고 없었다. 그가 그녀를 남겨 둔 까닭을 혁주가 전해 알고 있으면서도 서운함과 우울함이 가시지 않았다. 그림을 받으면 곤과의 인연이 이대로 끝나 버릴 것 같아 억지로 되돌려 보낸 것인데 행여 실례면 어떡하나 염려되었다.

입술을 삐죽 내민 연옥은 과녁을 향해 활시위를 당겼다. 과녁에 곤의 얼굴이 겹쳐 보였다.

*　　　*　　　*

되돌아온 그림에 곤은 밤이 깊도록 곤혹스러웠다. 채색을 하여 보내 줄까 생각도 해 봤지만 부질없었다. 낙관은 더더욱 찍어 줄 수 없었다. 좌등이 그림을 은은하게 비추었다. 기어코 색을 칠하고 낙관을 찍어 달라며 되돌려 보낸 연옥의 당돌한 의도를 모르지 않았지만 끊어 내야 할 인연이었다. 곤은 방 한쪽에 조용히 서 있는 박 내관을 손짓으로 불렀다.

"내다 태워라."

"어찌 태우라 하시옵니까?"

어떤 연유로 병판 댁 소저와 세자가 인연을 맺게 되었는지 사정이야 알지 못하지만 손수 그린 것을 태우라 하니, 박 내관은 마음이 쓰여 머뭇거렸다. 그림에 대한 조예는 부족해도 오히려 그런 자들의 보는 눈이 정확한 법이었다.

비록 채색이 되어 있지 않다고 하나 초상화 속의 소저는 살아 있는 것처럼 생기가 있었다. 도톰한 입술 위에 그려진 미미한 웃음은 슬쩍 말려 올라간 입꼬리로 인해 더욱 활력 있어 보였고, 어린아이답게 오동통한 볼은 복스러우면서도 금방이라도 지면을 뚫고 튀어 오를 듯 입체적이었다. 귀밑에서 휘어진 머리카락이 실제로 바람에 나부끼듯 자연스러웠다.

화법에 얽매여 이리 재고 저리 재다 보면 그림의 진짜 모습을 보는 대신 보고 싶은 것만 보고 원하는 대로 해석하기 쉬웠다. 하여 무지에서 오는 단순함이야말로 진실된 것을 보기 마련이었다.

박 내관의 눈에 연옥의 초상은 천상의 작품처럼 보였다. 채색을 하지 않았다는 사실이 실로 안타까웠다.

"다른 말 말고 내다 태우라."

단호한 명에 박 내관이 하는 수 없이 그림에 손을 댔다. 곤이 그의 손을 와락 잡았다.

"아니다! 장정(세자궁 소속 종칠품 궁인. 문서관리 담당)에게 일러 이것을 깊이 보관토록 하라. 내 눈에 띄지 않아야 할 것이야."

너럭바위 위에 말가니 앉아 있던 연옥의 귀밑머리가 미풍에 흩날렸다. 그녀의 목소리가 환청처럼 귓가를 맴돌았다.

*어찌 소녀더러 새 같다 하셨사옵니까? 어찌 소녀더러…….*

곤은 두 손으로 귀를 틀어막았다.

一.

마천수라는 자가 덕유산자락에 숨어들었다는 소식이 왕의 성몽을 어지럽혔다. 그가 사병을 모아 각지 관아를 습격할 것이라는 이야기가 무성했으나 실제 공격을 받은 곳도 그자의 실물을 보았다는 이도 없었다. 근간에는 도성을 침략해 들어와 왕을 폐위시킬 것이라는 소문이 나돌았다. 산 전체를 이 잡듯이 뒤져 보아도 개미 새끼 한 마리 보이지 않았다. 귀신이 곡할 노릇이었다.

마천수의 허깨비가 세상에 드러나고부터 자시(밤 열한 시에서 새벽 한 시)를 넘겨서야 겨우 잠이 든 왕은 파루가 치기도 전에 기침했다. 초조반(죽이나 미음으로 먹는 이른 아침 식사)을 예사로 거르며 병조판서부터 찾기가 일쑤였다. 포도청은 무엇을 하기에 아직도 마천수를 추포하지 않느냐고 행궁이 쩌렁쩌렁 울릴 정도로 어성을 높였다.

　혈통이 공고하지 않은 왕은 매상 폐주 연산군을 떠올렸다. 신료들이 마음만 먹으면 언제든지 자신을 옥좌에서 밀어낼 수 있다고 믿었다. 장수와 신하들을 끊임없이 의심하며 문초하고 벌을 내림으로, 그는 자리를 보존코자 했다.

　마천수는 왕을 괴롭히는 망령이었다. 왕의 의심에 억울하게 삭탈관직 당하거나 죽어 나간 신하들의 망령이었다. 그들이 밤마다 성몽을 범하니 왕은 더더욱 마천수를 추포하는 일에 집착했다.

　　　　　*　　　*　　　*


　심일강이 배알을 청했다.

　사라능단으로 만든 단령포의 붉은 색과 화려한 운학흉배, 여지금대(공복에 두르던 띠)가 심일강이 종이품 당상관의 신분임을 명확히 알려 주었다.

　"주위를 물리라."

　박 내관이 궁관들을 이끌고 대청마루 아래로 물러나자 방 안은 쥐죽은 듯 고요해졌다.

　"장인께서는 사모관대가 참으로 잘 어울리시오. 당상관 복색이 몸에 아주 딱 맞아요. 그 옷 오래 입으시려면 당상관 자리에 두고두고 계셔야지 않겠소?"

장침에 기대앉은 곤은

"아니지. 아니야. 당상관으로 만족이 되실까? 국구(國舅 임금의 장인)가 되셔야지. 소북이 장인을 기를 쓰고 탄핵하려 하니 심히 안쓰러운 일이외다."

실없이 주절거렸다.

"어인 말씀을. 종사의 안위를 염려할 뿐이옵니다. 나라를 위하는 마음에 어찌 당상당하가 있을 것이며 사사로운 욕망에 빠져 국구의 자리를 탐하겠사옵니까? 저하께서 타고난 재목이시니 응당 만인의 어버이가 되어 주십사 읍소하는 것이옵니다."

곤은 입을 다물고 무심한 시선으로 서안을 응시했다.

심일강은 곤의 침묵이 불편했다. 검은 장막을 치고 속을 드러내지 않으니 한배를 탔다고 생각한 당여들조차 그를 두려워하고 경계했다.

마침내 곤이 입을 열었다.

"당하보다는 당상이, 일개 대군이나 군의 장인보다야 국구가 좋은 법 아니오? 만사에는 대가가 따르는 법. 일인지하만인지상의 자리에 오를 수 있다는 희망이 없다면 과시 장인께서 이 사위를 돕겠소이까?"

뻣뻣이 앉아 있던 심일강이 황급히 몸을 숙였다.

"곡해시옵니다, 저하."

곤이 입술을 실긋거렸다.

"농이라니까 그러시오. 매번 당하면서도 도통 선문답이란 걸

모르니 사위가 장인을 놀리는 재미에 푹 빠진 것이 아니겠소?"

수염 사이로 축축한 습기가 느껴졌다. 심일강은 소맷자락을 들어 이마에 흐르는 땀을 닦았다.

"장인께서 더우신 모양이오?"

"아, 아니옵니다."

돌연 곤의 안색이 심각해졌다.

"근자에 마천수의 허깨비가 부왕의 성몽을 어지럽힌다 하오."

화제가 바뀌자 심일강이 고개를 번쩍 들었다. 그는 기다렸다는 듯이 무릎걸음으로 서안 앞까지 당겨 앉았다.

"마천수를 추포하라는 어명이 있었으나 잡아들이기가 여간 어려운 것이 아니옵니다. 그를 보았다는 자나 아는 자가 아무도 없으니 마천수는 허깨비가 아니겠사옵니까?"

곤이 고개를 옆으로 기울였다.

"그래서 누가 마천수란 말이오?"

"허깨비니 누구라도 마천수가 될 수 있는 것 아니겠사옵니까?"

심일강의 말이 뜻하는 바를 알면서도 곤은 모르겠다는 표정을 지었다.

"저하, 병판이 행궁 앞 초가에 거하고 있사옵니다."

"부왕께서 민가에 행궁을 차리시니 신하된 자의 도리로 어찌 호화로운 집에 거하겠는가, 하였다던데 듣기로야 가상한 말이외다."

"본뜻이야 어떻든 해석하기 나름이옵니다. 행궁 앞에서 살다니요. 언감히 성상을 앞서 안정을 가리는 꼴이 아니옵니까? 무도한 자이옵니다."

"귀에 걸면 귀걸이 코에 걸면 코걸이, 만고충신이라 할 수도 있지 않겠소? 부왕께서 아끼시는 데는 합당한 이유가 있을 터."

심일강이 소매 밑에서 여러 겹으로 접힌 종이를 꺼내놓았다.

"연판장이옵니다."

아무런 내용도 없이 소북을 이루는 핵심 인물들의 서명만 있었다. 무엇을 위한 연판장일까, 충분히 읽는 이의 상상력을 자극할 만했다.

"이것이 무엇이오?"

"무엇인들 의미가 있사옵니까?"

곤은 연판장을 내려놓았다.

"허면 참이오?"

"병판의 초가에 혜성이 떨어졌다 하옵니다. 혜성이 무엇이옵니까? 역모나 반역을 상징하는 별, 성상께서는 마천수의 허상에 잡혀 계시옵니다. 아끼시는 병판이라 할지라도 그냥 넘기시지는 않을 터, 마천수가 잡혀야지 성상께옵서 편히 침수 드시옵니다. 설사 모필가가 이들의 서명을 베꼈더라도 말이옵니다. 진실은 무의미한 것이옵니다."

연옥의 목소리가 또다시 곤의 귓가에 찾아들었다.

*어찌 소녀더러 새 같다 하셨사옵니까? 어찌 소녀더러······.*

곤은 연판장을 노려보았다. 가슴 깊은 곳에서 자꾸만 요동을 치며 올라오는 것의 정체를 알 수 없었다.

"이만 물러가도록 하시오."

"저하, 이는 저하께서 명하신 일이옵니다."

"장인, 물러가라 하였소."

마지못해 연판장을 들고 나가는 심일강의 등 뒤로 곤의 말이 날아들었다.

"병판에 대한 부왕의 은권이 깊소이다. 한 치의 틈도 없어야 할 것이오."

방 안에 홀로 남은 곤은 자리를 차고 일어나 지창을 발칵 열었다.

뜰아래 시위 중인 세자익위사들과 궁관들을 찌를 듯이 보았다. 공연한 눈길이었다.

"가원아, 가원아!"

박 내관이 헐레벌떡 들어왔다.

"찾아계시옵니까?"

"진검을 가져오너라."

"진검이라니 어인 일이시옵니까?"

"익위사들과 검술 대련을 할 것이야."

곤은 무복으로 갈아입지도 않고 밖으로 나갔다. 자신을 어찌

새라 부르냐는 연옥의 물음이 망령처럼 따라붙었다. 그는 박 내관의 손에서 칼을 빼앗아 들었다.

"저하, 진검은 아니 되시옵니다. 자칫 존체가 상하실까 저어되옵니다."

"물러나라."

쫓기어 물러나는 박 내관 옆으로 이록이 다가와 무슨 일이냐 물었다.

"전들 알겠습니까? 지난번 잠행 때 다치신 상처가 아물기도 전인데 무슨 심화가 어찌 나셨기에 저러시는지 모르겠습니다."

박 내관은 넌더리를 치며 머리를 흔들었다.

"좌익찬(정육품 세자익위사)은 앞으로 나오라."

곤의 부름에 지명당한 익찬이 달려 나왔다.

"너희는 나를 호위하는 것만 아니라 무예를 가르치는 자들이다. 이것은 대련이니 봐주지 말고 최선을 다 하라."

"복명!"

익찬이 물러서면서 자세를 잡았다.

곤은 전장을 누빈 장수의 칼 솜씨를 가지고 있었다. 그의 공격은 크고 화려했으며 주저함이 없었다. 젊은이 특유의 날카롭고 강렬한 기가 칼끝에서 회오리쳤다. 상대의 공격에 공격으로 방어했다. 허점을 노리는 눈빛은 맹렬하고 냉철했다.

익찬은 곤을 당해 내지 못했다.

*　　　*　　　*

출처를 알 수 없는 연판장 한 통이 사헌부에 고발되었다. 누가, 몇 명이나 연루됐는지 연판장의 목적이 무엇인지 오리무중이었다. 사헌부가 내사 중이라는 말로 함구하며 아무것도 내놓지 않자 조정이 들끓었다. 내막을 알 수 없으니 온갖 추측이 난무했다. 어디선가 연판장이 소북의 것이라는 말이 흘러나왔다. 혜성이 병조판서의 초가에 떨어졌다는 소문이 도성 안에 파다했다. 상상력이 좋은 이들은 병조판서와 연판장을 연결 지었다. 역모와 반역, 국환을 상징하는 혜성과 연판장이 동시에 나타났으니 말하기 좋아하는 이들에게 이보다 좋은 먹잇감도 없었다. 어언간 영문 모를 연판장은 역모의 주요 단서로 둔갑했다.

소문은 왕의 귀에도 들어갔다. 때를 같이하여 사헌부 수장 대사헌 심일강이 상소를 올려 병조판서와 그 무리의 탄핵을 주장했다.

전하,

예로부터 혜성은 역모나 반역을 뜻하옵고 홍수, 기근, 전염병 등 나라의 우환을 가져온다 하여 흉성이라 하였나이다.

돌아보옵건대 지난 수년간의 왜란으로 사방에 도적 떼가 출몰하고 지방 호족들이 난립하여 나라의 기강이 무너진 이때가 아니옵니까? 이러한 때야말로 무엇보다 사직의 안위를 책임져야 할 병조판서의 임무가 중하다 할 것이옵니다. 그러할진대 병판 서자성의 초가 위로 혜성이 떨어졌으니 관리를 규찰하는 사헌부의 수장이 된 자로서 신이 어찌 우려하지 않겠나이까.

조짐이 하 수상하거니와 실제로 전하께옵서 거하시는 시어소 앞에 사가를 차렸으니 언감생심 주군을 앞지르겠다는 속셈이 아니고서야 어찌 그런 오만방자하고도 무엄한 행태를 부릴 수 있단 말이옵니까? 이는 필시 병판의 역심을 혜성이 알려줌이옵니다. 뿐만 아니오라 병판 서자성과 그를 따르는 무리의 이름이 적힌 연판장이 사헌부에 발고되었으니 서자성이 마천수라는 확고한 증좌이옵니다.

전하, 부디 의금부로 하여금 병조판서 서자성과 연판장에 연루된 자들을 모조리 잡아들이시어 이들의 역심을 단죄하옵시고 사직의 평안을 도모하여 주시옵소서.


이를 단초로 전국 각지에서 병조판서를 규탄하는 탄핵 상소문이 조직적으로 올라오기 시작했다. 대북은 물론 남인이나 서인도 이번에는 한 뜻이 되었다. 본래 북인 자체의 세력이 크지도 않았지만 대북과 소북으로 갈리기까지 했으니 그들 입장에서는 둘 중 어느 쪽이 실권하여도 반가운 일이었다. 그리된다면 북인의 입지는 현저히 줄어들 것이고 그것은 남인이나 서인이 정계를 아우를 수 있는 기회가 가까워짐을 뜻했다.

반대로 곤의 입장에서는 후견 세력이 반 토막 나는 것과 마찬가지였다. 이 일이 자승자박 되어 발목을 잡을 가능성이 농후했다. 그러나 고육지책이었다. 소북이 세자로서의 그의 정통성을 부인하는 순간부터 곤에게는 다른 길이 없었다. 잡아먹히지 않으려면 잡아먹어야 했다. 다음의 일은 그때 가서 생각할 일이었다.

"저하, 주강에 드실 시각이옵니다."

박 내관이 아뢰자 줄곧 딴생각에 골몰하던 곤은 읽지도 않고 펼쳐 놓은 책을 덮었다.

"대사헌과 사헌부의 관료들은 아직도 정청(임금에게 큰일을 아뢰고 명령을 기다리는 것) 중이라더냐?"

"그러하다 하옵니다."

왕이 거의 유일하게 신임하던 신하가 전란 내내 옆을 지킨 병조판서 서자성이었다. 때문에 그를 향한 탄핵 상소문에 대한 비답(상소문 말미에 왕이 적는 가부의 하답)이 차일피일 늦어지고 있었다.

"다른 소식은 없느냐?"

"그것이……."

선뜻 답하지 못하는 박 내관을 곤이 찌를 듯이 보았다.

"말하라."

"아뢰옵기 송구하오나 지난 며칠간 성상께옵서 역린(왕의 분노)하시어 침수에 드시지 못하시고 수라를 제대로 젓수지 못하셨기로 옥후 미령하셨다 하옵니다. 하여 내의원과 대전 지밀이

어수선하였사온데 금일은 초조반도 거르지 않으시어 모두들 안도하였다 하옵니다."

"다행이구나. 송구할 것이 무엇이냐?"

"그렇긴 하오나 조강을 마치시고 조수라를 젓수실 때는 수라 상궁 앞에서 용루를……."

박 내관은 끝까지 말을 잇지 못했다. 군왕은 무치(無恥)라 하나 왕이 한낱 수라 상궁 앞에서 눈물을 보였다는 민망하기 그지 없는 이야기가 술술 나올 리 없었다.

"용루를 흘리셨단 말이냐?"

"믿었던 병조판서마저 배신을 하니 마음 깊이 울적하여 통곡을 아니 할 수가 없는데 그도 시원치 않을 통한사(痛恨事)라 하셨다 하옵니다."

결국 성단을 내리신 것인가.

왕은 어쩔 수 없을 것이다. 소북을 제외한 조정 중신들과 유생들이 병판의 탄핵을 주청했다. 내면 깊은 곳에서 어쩌면 누구보다 기꺼이 서자성의 죽음을 반길지도 모르는 왕이다. 왕은 마천수를 죽이고 싶어 하고 마천수는 서자성이라는 실체가 되어 나타났다. 허니 왕이 흘린 눈물은 간사했다.

"저하, 이만 주강에 납시셔야 하옵니다. 좌빈객(정이품 세자시강원 소속 관리. 실질적으로 세자의 교육을 담당)이 오래전부터 기다리고 있사옵니다."

도통 움직일 생각을 하지 않는 곤을 박 내관이 재촉했다.

"그만 보채거라. 가면 될 것이 아니냐."

"늦으시오면 또다시 성상의 진노를 사실 것이옵니다."

"좌빈객이 내가 법강에서 한 소리를 부왕께 고스란히 고해바쳤다. 지난번 이마의 상처가 그래서 난 것이 아니냐."

자나 깨나 왕의 눈치만 살피는 박 내관을 향해 투덜거린 곤은 어슬렁 처소를 나섰다.

*　　*　　*

따분하기 그지없는 시강관의 빤한 잔소리를 들어야 하는 것만큼 즐겁지 않은 일도 드물었다. 세자의 하루 일과란 아침저녁으로 웃전에 문안하는 것 외에 아침 낮 저녁 하루 세 번의 법강과 직접 시강관을 불러 문답해야 하는 소대(召對)와 야대(夜對)로 이루어져 있었다. 말 그대로 하루 종일 학문에만 매진하다 때 되면 자는 것이 전부였으니 매번 보는 얼굴들, 매번 듣는 잔소리, 매번 반복해서 읽고 외우며 정해진 답만 주절거리는 법강이 지겨울 만도 했다.

곤이 밖으로 나오자 세자익위사들이 일사불란하게 움직이며 이열 종대로 모였다.

"좌익위만 따르라."

이록을 뺀 나머지 익위사들이 뒤로 물러났다. 박 내관의 잔소리가 곧바로 이어졌다.

"저하, 항시 저하의 지근에서 수행하고 보필하는 것이 익위사들의 맡은 바 소임이옵니다. 저들을 물리신다면 누가 저하의 안위를 살피겠사옵니까? 저하께서 납시는 곳이라면 마땅히 저들이 따라야 하옵니다."

"어차피 좌익위가 주강에 함께 들 것 아니냐. 좌익위 하나면 충분하니라."

세자익위사들은 세자가 어디를 행차하더라도 항시 따라다니며 옆에서 수행해야 했다. 세자가 법강에 참석하면 뜰아래 경계를 서고 그중 한 명은 반드시 서연(왕세자에게 글을 강론하던 곳)에 함께 참석했다.

그런 익위사들을 떼어 놓고 홀로 잠행을 다니거나 아무데고 돌아다니는 것은 있을 수 없는 일이었지만, 곤은 그 있을 수 없는 일을 아무렇지 않게 행했다. 덕분에 세자관속들만 애가 탔다.

기어코 세자익위사들과 수행 궁관들까지 물리친 곤은 주강이 열리는 장소로 걸음을 옮겼다.

오늘따라 곤의 걸음이 느렸다. 무엇을 생각하는지 중간중간 멈춰 서기를 반복한 그는 목적지에 당도해서도 곧장 입실하지 않고 한참을 뜰에서 서성거렸다.

"결국 내가 그 아이를 망쳐 놓을 것이다."

골똘해 있던 곤은 누구를 향한 말인지 음울하게 중얼거렸다. 집중해서 듣지 않으면 알아들을 수 없을 정도로 작고 억눌린 음성이었다.

"누군가의 사노비가 될 수도 있고 어느 관아의 관비가 될 수도 있다. 어쩌면 아직 어린아이를 관기로 보내 버릴 수도 있겠지. 화향이 나던 맑은 얼굴에서 저잣거리 백성들의 냄새가 날지도 모른다. 씻지 못해 나던 그들의 비릿한 냄새가 그 아이한테서도 날 것이란 말이다. 태평관의 설로화를 보거라. 그에게서도 냄새는 나지 않더냐? 코를 찌르는 분내가 역겹더라. 서글프더라. 어디 어느 구석으로 보내도 더 이상 그 아이에게서 나던 화향을 맡을 수 없게 될 테지. 내가 그 아이를…… 그리 만드는 것이다."

이록은 고개를 들어 곤의 얼굴을 응시했다. 함부로 올려다볼 수 있는 면부가 아니었다. 도로 고개를 숙였다.

"서연옥이 내가 누구냐 물었다지?"

이록은 화각함을 돌려주던 병조판서 댁 소저를 떠올렸다. 조선에서 오직 한 사람만이 쓸 수 있는 이름 '이곤'이 누구냐 묻던 얼굴이 순진무구했다.

"어째서 그 아이에게 냉수를 청했는지 모르겠다. 무엇하러 초상을 그려 주마 하였는지 모르겠다. 나는 왜 이리 괴로운지 그 연유도 모르겠다. 전부 모르겠다. 이름을 알려 준 탓일까, 이름을 물어본 탓일까. 사소한 인연 한 자락이 이리도 깊은 것이더냐. 어찌하여 끊어지지 않고 자꾸만 뜨거운 것이 되어 내 속에서 요동을 치는지 모르겠다."

이록은 곤을 위로하고 싶었으나 무엇을 어떻게 말해야 할지 몰라 입을 다물었다. 천성이 그러하질 못한데 스스로 비정해지려니 번뇌가 마음속에서 응어리지는 것이 당연했다. 허나 초상의 주인, 서 소저는 단순한 응어리라 할 수 없어 보였다. 번뇌하는 이가 번뇌의 근원을 모르는데 하물며 이록인들 알겠는가. 그러니 딱히 위로할 말도 떠오르지 않았다.

나인 하나가 멀리서부터 재게 걸어왔다. 곤의 시선이 허리 숙인 나인의 새앙머리에 닿았다.

"누가 보냈느냐?"

"상선, 함웅찬이 보냈나이다."

"고하라."

나인은 세자를 처음 배알한 탓인지 긴장해서 우물댔다.

"똑바로 고하시게. 어느 안전이라고!"

박 내관의 꾸지람을 듣고서야 나인이 겨우 입을 크게 벌렸다.

"성상께옵서 병조판서 서자성과 삼족을 모두 잡아들이라 의금부 판사에게 교서를 내리셨다 하옵니다. 지금쯤 의금부 도사가 나장들을 데리고 계동 수월재와 정릉동 초가로 향하고 있을 것이라 하였나이다."

나인은 몰래 곤의 얼굴을 훔쳐보았다. 워낙 미남자라 소문난 세자의 면부였다. 이때가 아니면 언제 이 잘난 인물을 다시 보나, 겁도 없이 눈을 흘끔거렸다.

"마저 고할 것이 없으면 물러가시게."

나인을 물린 박 내관이 그만 주강에 듭시라 아뢰었다. 익선관이 짓누르기라도 한 듯 곤은 손으로 이마를 꾹꾹 눌렀다. 성마른 동작이 병적으로 보였다.

그는 연옥의 초상을 돌이켜 떠올렸다. 화선지에 그려진 연옥의 얼굴이 물젖은 먹물처럼 흉하게 이지러졌다. 손가락 사이로 축축함이 느껴졌다. 땀에 흥건히 젖은 손바닥을 활짝 펼쳐 보았다. 손끝이 파르르 떨렸다.

"구하라."

떨리는 손끝에 시선이 고정되었다.

"가서 병판의 여식을 구해. 서연옥을…… 내게로 데려와야 한다."

박 내관이 펄쩍 뛰며 발밑에 엎드렸다.

"저하, 왕명이 추상같고 국법이 지엄하옵니다!"

"입 다물라."

"차라리 소인의 목을 베시옵소서. 역적의 손을 거두시다 발각이라도 되시는 날에는 폐서인이 되실지도 모르는 일이옵니다."

이록이 칼을 꺼내 들고 박 내관의 목을 겨눴다. 폐서인을 입에 담다니 목이 달아날 일이었다. 그러나 박 내관은 살갗에 와 닿은 쇳덩이의 차가운 촉감을 전혀 느끼지 못하고 아니 된다는 말만 반복했다.

서 소저의 초상화를 봤을 때 예상했어야 했다. 소저의 초상이 세자에게 이 정도의 의미였단 말인가. 이럴 줄 알았다면 세자가 내다 태워 버리라 했을 때 머뭇거리지 말고 태워 버릴 것을 그랬다. 세자의 마음이 바뀌어 깊숙이 보관하라 명하기 전에 활활 태워 재마저 허공 높이 날려 버릴 것을……. 소저의 초상에 깃든 세자의 마음이 무엇이건 간에, 그 마음이 의미하는 것이 얼마나 크건 간에 재 따라 멀리멀리 사라져 버리도록…….

그렇지 않아도 미운털이 박힌 세자가 아닌가 말이다. 역적의 핏줄을 숨겨 주다니! 얼마든지 불순한 의도로 해석되어질 수 있었다. 이 일이 왕의 귀에 들어가기라도 한다면 폐서인이 문제가 아니라 아예 역(逆)으로 다스려질 문제였다. 그리 되면 어차피 세자와 함께 세자관속과 궁관들 모두 죽은 목숨이었다.

박 내관은 차라리 이 자리에서 목을 내놓으면 내놓았지 절대 물러서지 않을 참이었다.

"이록인 뭐하느냐?"

곤은 이록을 향해 조급증을 냈다.

"의금부로 압송되기 전에 빼내야 한다. 어서 움직여라."

사물의 이해도가 비상하여 펼쳐진 사안을 냉철하게 판단하던 곤이다. 헌데 그의 이성에 조금씩 균이 가고 있었다. 이록이 박 내관의 목에서 칼을 거두었다.

"소저를 행궁 안으로 데려올 수는 없사옵니다. 용모파기가 돌면 누구의 눈에라도 띌 수 있는 일이옵니다."

그도 맞는 말이었다. 곤은 자신의 손바닥에서 시선을 떼지 못했다. 혀끝에 짜디 짠 비린내가 돌았다. 주먹을 쥐자 우두둑 소리가 났다.

"태평관으로 데려가거라. 내가 그리로 갈 것이니 누구의 눈에도 띄지 않아야 한다.”

“받들어 거행하겠나이다.”

이록이 멀어지자 곤은 고개를 들어 이글거리는 해를 보았다. 뜨겁게 타오르는 햇살이 사방으로 부챗살처럼 퍼져 나갔다. 이렇게 쳐다보다가는 눈이 멀 것 같았다. 눈꺼풀이 햇빛에 눌려 무거운 추처럼 감겼다. 연옥은 불타는 해와도 같았다. 보지 말았어야 할 이글거리는 해처럼 곤의 눈을 멀게 만들었다.

“입실하자구나. 벌써 많은 시각을 지체하였다.”

“저하!”

“싫으면 너는 그리 있던지.”

엎드린 박 내관의 관모를 곤은 가뭄이 훑고 지나간 논바닥처럼 메마른 눈길로 바라보았다.

＊　　＊　　＊

연옥은 두근거리는 심정으로 섬돌에 놓인 녹비혜(사슴 가죽으로 만든 남자용 신)를 보았다.

서자성이 초가로 나간 이후 사랑채 섬돌에 남성의 신이 놓인 일은 드물었다. 간혹 기제사가 있거나 집안의 장부를 살피러 오는 것을 제외하고 그가 수월재 쪽으로 걸음을 하는 경우가 거의 없는 탓이었다.

풍문은 별당의 담장을 넘어 연옥의 귀에까지 들어왔다.

역모라니, 듣기만 해도 무서운 단어였다.

틀림없이 벗겨질 누명이라 마음을 다잡아도 어린 마음에 무섭기는 마찬가지였다. 치마를 쥔 손에 힘을 주며 뒤를 돌아보았다. 장 서방이 어서 들어가 보라며 기단 아래서 손을 휘이 내저었다. 오랫동안 집안일을 관리해 오던 늙은 청지기였다. 노쇠하여 검버섯이 난 얼굴의 주름이 유난히도 깊었다.

"들어오지 않고."

방문 너머 서자성의 목소리가 들렸다. 서둘러 대청마루 위로 올라선 연옥은 문고리를 잡고 여전히 머뭇거렸다. 집안의 공기가 평소와 달랐다. 삼삼오오 모여 웅성거리는 가노들의 표정이 심상치 않았다. 입단속들을 하느라 쉬쉬하지만 불안과 초조에 사로잡힌 공포심이 숨겨질 턱이 없었다.

"아기씨?"

재촉하듯 장 서방이 부르자 공연히 놀라 문고리를 놓쳤다.

"대감마님께서 기다리십니다요."

가래 끓는 소리가 그에게서 났다.


\*　　\*　　\*


난을 치는 서자성의 행위는 도를 닦는 것과 상통했다. 잡다한 것 없이 차분하고 진중한 붓놀림에서 절제의 미학이 느껴졌다.

사랑방의 단출함은 그의 성품을 오롯이 드러내는 증거로, 단순한 가구의 배치가 다른 양반네들의 사랑에서 볼 수 있는 사치스러움과 그 성질을 달리했다. 화려하지만 조잡한 것에 비해 고상한 품격이 있었다. 목가구에서 풍기는 편백 나무 향기가 짙은 묵향 속으로 스며들어 구석구석 흘렀다.

서자성의 사랑은 매상 단정하고도 고요했다. 결기 있는 선비의 모습을 간직하고자 하는 그의 의지가 고스란히 묻어났다.

서안을 옆으로 치운 자리에 서자성이 아끼는 문방사우가 펼쳐졌다. 좋은 벼루와 먹, 그리고 연적을 구하면 차와 함께 난을 치는 것이 평소 검박한 그가 누리는 유일한 기쁨이요, 사치였다.

"아버님, 그간 평안하셨사옵니까?"

"오냐. 아가, 너도 잘 지냈느냐?"

화선지에서 눈을 뗀 서자성이 연옥을 보고 자상히 화답했다.

"예, 소녀는 평안하옵니다."

연옥은 옷매무새를 다듬으며 서자성 옆으로 다가앉았다. 산수 무늬가 정교하게 조각된 일월연에서 나는 은은한 먹 냄새가 코끝을 간질였다.

"남포 벼루다. 한번 갈아 보겠느냐?"

"남포 벼루라면 남포에서 나는 돌을 가지고 만든 벼루가 아니옵니까?"

"그중에서도 백운상석(白雲上石)으로 만든 것이다."

"백운상석이요?"

"검은 바탕에 흰 구름 지나는 모양이 퍼져 있다하여 그리 이름

붙었지."

서자성의 하얀 도포 자락이 붓의 움직임을 따라 서걱거렸다. 연옥은 청화백자로 만들어진 매죽 무늬 연적을 조심스레 들었다.

그녀의 움직임을 가만 내려다본 서자성이 물었다.

"좋은 벼루란 무엇이냐?"

"먹이 잘 갈리고 붓털이 상하지 않아야 하옵니다."

"그뿐이냐?"

"물이나 먹이 마르지 않으며 흡수하지 않는 벼루가 최고라 들었사옵니다."

연옥은 연적에 담긴 깨끗한 물을 벼루에 부었다.

"하여 좋은 벼루란 좋은 돌을 말함이다. 돌의 입자가 미세하고 꽉 차 있으되 강하며 무게가 있어야 한다. 허나 아가, 기억하여라. 너무 단단해도 아니 되는 법. 모든 것에는 중도가 있으니 벼루 또한 마찬가지다. 화려한 조각이나 연지는 그 다음이니라."

"남포 벼루가 그러한 것이옵니까?"

"장인이 만들 수 있는 최고의 것이지."

"하지만 명나라에서 들여오는 단계연이나 흡주연을 제일 좋은 것으로 치지 않사옵니까?"

붓을 필격에 내려놓은 서자성은 자신이 그린 난을 세밀하게 관찰했다.

"단계연이나 흡주연이 가지고 있는 찬란한 석문양은 사람의 눈을 현혹시킨단다. 해서 명의 것이 좋은 줄 알지만 벼루가 존재하는 이유가 무엇이냐?"

"벼루가 존재하는 이유라 하시면…… 먹을 가는 것이옵니다."

"그러니 아가, 근본에 충실하여 먹이 잘 갈리는 벼루가 가장 훌륭한 것 아니겠더냐. 오히려 명나라에 가는 조정의 사신단은 남포 벼루를 예물로 챙겨 간단다."

"남포 벼루가 그렇게 귀물이옵니까?"

"비록 명의 것과 같은 화려함은 아니나 절제 속에서 나오는 강인한 본성을 생각해 보아라. 얼마나 위엄 있느냐."

서자성의 준엄한 얼굴 위로 은은한 미소가 퍼졌다.

"난을 치는 것과 비슷하다 할 수 있지."

"난이요?"

"난을 친다는 것은 선과 점만으로 길고 짧은 것, 휘어지거나 선 것, 혹은 누운 것을 여백 위에 새기는 것이다. 이와 같이 단순한 몇 번의 붓놀림만으로도 선비의 지조와 절개를 생각게 하니 넘치지 않은 인생의 소박한 기품이니라. 이는 곧 화선지의 여백처럼 채워지지 않음 속에서 여유를 찾는 행위일 터."

"알 듯 모를 듯하옵니다."

"한철 불꽃처럼 피어나 시들어 버리는 꽃에 비하여 보거라. 화려한 문양은 없으나 근본에 충실한 남포 벼루와 시들지 않고 늘 푸른 난이야말로 인간이 무릇 추구해야 할 강인한 절제의 미학이요, 종점일 것이다."

서자성의 눈길이 연옥의 가르마를 향했다. 먹을 비스듬히 세워 상하로 가는 연옥의 손에 빈틈이 보이지 않았다. '사각 사각' 먹이 갈리는 소리가 운치 있었다.

"벼루 같은 여인이 되어라. 난 같은 여인이 되어."

먹을 갈던 연옥의 손이 멈칫했다. 고개를 든 그녀의 얼굴에서 핏기가 사라졌다.

"좋은 벼루는 좋은 먹을 만나야 빛을 발하는 게다. 제대로 갈린 먹이라야 먹물에 향이 배이고 벼루가 윤이 난다. 아가, 너는 벼루가 되어 좋은 먹 같은 이를 만나거라. 하여 난 같이 피어나려무나."

"어찌 그런 말씀을 하시옵니까?"

"떠도는 소리를 알고 있느냐?"

연옥은 꿀 먹은 벙어리가 되었다.

"연옥아…… 아가."

서자성이 부드럽게 부르는 소리에도 연옥은 응하지 않고 앙다문 입술만 비죽거렸다. 조금이라도 입을 벌리면 울음을 터트릴 것 같았다.

"의금부에서 나장들이 나오면 너는 중궁마마의 숙부 되시는 김직언 대감을 찾아가거라. 이따금 수월재에 오시기도 하셨으니 너도 몇 번 뵌 적이 있을 것이다."

"아니옵니다. 낭설이옵니다!"

떼 한번 써 본 적 없고 큰소리 한번 내 본 적 없는 연옥이 바락, 악다구니를 쓰며 도리머리를 했다.

"아버님께서 반역을 꾀하실 리 없사옵니다. 지은 죄가 없는데 무엇 때문에 도망하라 하시옵니까? 아니라고 말씀하셔요. 임금님께 고하시면 믿어 주실 것이옵니다. 아니라고, 금세…… 진실이 밝혀질 것이라고 말이옵니다."

서자성이 연옥의 정수리를 쓰다듬었다. 그는 눈지방을 붉혔다.

"김 대감이 너를 거두어 줄지, 내칠지 모르겠구나. 네가 살 운명이면 그가 네게 도움을 줄 터이고 아니면 어쩔 수 없는 게지."

아연 사랑채 밖이 소란스러웠다. 서자성이 지창을 열어 마당을 살폈다. 엉거주춤 일어선 연옥이 긴장한 눈길로 서자성의 등을 뚫어져라 보았다.

방문을 벌컥 연 장 서방이 숨을 헐떡이며 뛰어 들었다. 뒤이어 혁주도 따라 들어왔다. 그는 어디서 머리가 깨졌는지 시뻘건 핏물이 개울처럼 줄줄 흐르고 있었다.

"아이고, 대감마님! 의금부에서 나장 놈들이 나와 온 집안을 쑥대밭으로 만들고 난리도 아닙니다요. 저들이 노마님을……."

"그리 떠들 시간이 있는가! 아이를 데리고 당장 이 집을 빠져나가게."

멍하니 넋을 놓고 있는 연옥의 어깨를 서자성이 잡아 흔들었다.

"연옥아, 아가! 옛말에 호혈(호랑이가 사는 굴)에 들어가도 정신만 바로 세우면 살 것이라 했다."

"진정 저들이 아버님을…… 할머님과 소녀를 잡으러 온 것이옵니까?"

"정신 차리고 아비 말을 똑바로 듣거라. 아비는 신하된 도리로 기꺼이 죽을 것이지마는 자식인 너에게까지 그리하라 할 수 없구나. 허니 살아야 한다. 알겠느냐? 살아야 할 것이야."

지천을 흔드는 나장들의 어지러운 발소리가 점점 확연히 들렸다. 혼자 도망치라니, 연옥이 자리에 풀썩 주저앉았다.

"싫사옵니다. 그리할 수는 없사옵니다."

"어서 가라지 않느냐!"

서자성은 연옥을 매몰차게 밀어냈다. 연옥이 떨어져 나가지 않으려고 그의 다리를 와락 붙들었다. 굵은 눈물이 뚝뚝 떨어졌지만 놀라고 두려운 마음에 울음조차 나오지 않았다.

"아버님 곁에 있을 것이옵니다. 그렇게 해 주서요. 제발 혼자 보내지 마서요. 저 혼자 어찌 살라고 그러시옵니까? 차라리 죽더라도 아버님과 함께 있을 것이옵니다!"

"뭐 하는 게야? 이 아이를 데려가지 않고!"

서자성이 다급하여 잡힌 다리를 거칠게 빼냈다. 연옥의 작은 몸뚱이가 멀찍이 문갑 옆으로 나가떨어졌다. 눈물로 범벅이 된 얼굴을 들지 못하고 고꾸라진 채로 기어이 울음이 터졌다. 가늘고 연약한 어깨가 거세게 들썩이며 요동쳤다. 서자성은 눈을 감고 말았다.

"살아도 네 운명이요, 죽어도 네 운명일지나 수월재 안에서는 아니 된다. 오래 살지 못하고 일찍 죽는 것도 불효니라."

"자식이 되어 저 혼자 살길을 도모하는 것도 불효가 아니옵니까? 저는 못 갑니다. 아니 갈 겁니다!"

바닥을 뒹굴며 오열하는 연옥의 모습이 마치 늙은 노인의 것처럼 한스러웠다.

"벼루 같은 이가 되라고, 난 같은 이가 되라고 바로 전에 일렀건만 이른 자리가 마르기도 전에 어찌 이리 나약하게 구는 게야? 장 서방 자네는 거기서 망부석이라도 된 겐가!"

"예? 예, 예. 아기씨, 그만 가십시다요."

서자성의 호통에 장 서방이 혁주를 툭 건드렸다.

"싫어. 안 가. 안 갈 거야! 안 갈 거란 말이야!"

혁주가 연옥의 몸을 억지로 일으켜 세우고 문밖으로 끌어내자 연옥이 몸을 비틀며 바락바락 악을 썼다. 젖 먹던 힘까지 다해 거부했지만 헛된 몸부림이었다.

아버님…… 아버님…… 아버님!

문설주에 매달려 서자성을 애타게 부르던 연옥은 끝내 혁주의 등에 업혀 사랑에서 멀어졌다. 울부짖던 그녀의 목소리가 메아리 되어 남았다.

\* \* \*

창과 칼을 빼 든 의금부 도사와 나장들에 맞서, 수월재의 노복들이 낫과 도끼를 들었다. 그들은 온화했던 주인을 위해 온몸을 내던졌다. 집안은 순식간에 아수라장이 되었다. 세간은 부서지고 문은 반쯤 떨어져 나가 문설주에 대롱대롱 매달렸다. 깨끗하던 마루와 방 안이 흙발자국으로 처참했다.

나장들은 사랑채 앞을 가로막은 노복들을 무차별적으로 공격했다.

*　　*　　*

역적 서자성은 당장 나와 오라를 받으라!

살기등등하게 외치는 의금부 도사의 목소리가 아스라이 들렸다. 혁주의 등에 업힌 연옥은 주먹 쥔 손으로 그를 때리며 내려 달라 사정했다. 어떻게든 그에게서 풀려나 수월재로 돌아가고 싶었다. 그러나 놀란 손발이 뻣뻣하게 굳어 몸이 뜻대로 움직여지지 않았다.

지친 연옥은 혁주의 등에 기대어 힘없이 늘어졌다. 까만 눈에 공포와 분노가 번갈아 일렁였다. 슬픔과 체념이 그 사이를 비집고 찾아들었다.

말을 탄 복면의 남자가 그들을 막아섰다.

"비, 비키시오. 우리를 보내 주시오!"

김직언의 집으로 길라잡이를 하던 장 서방이 주춤거리며 외쳤다. 가래 끓는 목소리가 갈라졌다. 연옥을 받친 혁주의 손에 힘이 질끈 들어갔다.

칼을 찬 남자는 거대해 보였다. 말을 탄 채로 남자가 가까이 다가왔다. 장 서방이 죽을 때가 된 노새처럼 헉헉거리면서도 남자의 시야로부터 연옥과 혁주를 가로막았다. 말에서 내린 남자가 그를 손쉽게 옆으로 밀어트렸다.

퇴로가 없었다. 길을 돌려 봐야 수월재였고, 수월재에는 저승에서 온 차사들이 득실댔다. 혁주의 손에 힘이 스르르 빠지면서 연옥이 미끄러졌다. 혁주는 이를 악물었다. 어설픈 모양새나마 빠르게 돌진해 칼을 든 남자의 팔을 붙잡았다. 머리의 상처를 지혈하지 않아 피를 잔뜩 뒤집어쓴 형상이었다. 남자가 팔을 이리저리 흔들어 그를 떨쳐 내려 했지만 혁주는 악착같이 남자를 막아 냈다.

연옥은 넋 없이 혁주의 혈투만 바라보았다. 그녀를 향해 도망가라며 눈짓을 보내는 그의 얼굴이 말을 하지 못해 기괴하게 일그러졌다. 입을 크게 벌려 무어라 말을 하는 그에게서 이상한 소리가 났다.

복면의 남자는 칼을 들어 손잡이 부분으로 혁주의 등을 내리쳤다. 그와 동시에 연옥은 일신을 축 늘어뜨리며 혼절했다.

\*       \*       \*


별채로 향하는 설로화의 발걸음이 부산했다. 운종가에 있는 선전에 다니러 갔다가 보았던 방(榜)이 떠오르자 홍안에 착잡한 기색이 감돌았다. 역적 서자성의 도망친 여식 서연옥을 목격하여 발고하는 자에게는 후한 포상을 내린다는 내용이었는데 도망자의 용모파기가 별채에 누워 있는 계집아이와 똑 닮은 까닭이었다.

저하께서는 대체 어쩌자고 이러신단 말인가.

좌익위 손에 들려 대뜸 데려다 놓으신 아이, 사정을 몰라 의아했건만 역적의 도망친 자식일 줄이야…….

중문을 들어서자 별채를 지키던 노복 둘이 고개를 조아렸다. 뜨내기 일손들을 제외한 기방 식솔 대부분이 인왕산 범바위골에서 양성된 곤의 비밀 사병들이었다. 겉으로 보기엔 평범한 노복 같아도 훈련된 자의 절도가 그들의 움직임에 묻어났다.

마침 반빗간(반찬을 만드는 곳) 찬모가 연옥이 있는 방에서 나오다가 설로화를 보고 서둘러 마당으로 내려왔다.

"눈을 떴는가?"

"뜨기야 진즉 떴는데 성미가 보통이 아닙니다."

찬모가 이것 보라며 들고 있는 소반을 눈짓으로 가리켰다. 그릇에 담긴 국이며 밥, 찬 등이 쏟아져 낭자했다.

"낯선 곳에서 눈을 떠 당황한 게지. 수고스럽더라도 상을 한 번 더 들이시게."

찬모가 계집아이는 제 풀에 지칠 때까지 내버려 두는 것이 어떠냐고 하자

"주군께서 특별히 맡기신 아이네."

설로화의 말투가 엄격해졌다.

찔끔 주눅이 든 찬모가 반빗간 쪽으로 총총히 사라졌다.

＊　　　＊　　　＊

바윗덩이 하나가 몸을 짓눌렀다. 또 다른 바윗덩이가 그 위로 올라앉았다. 켜켜이 쌓인 바윗덩이들을 감당하기 버거웠다. 숨통이 막히자 눈이 번쩍 뜨였다. 풀어진 실처럼 가닥가닥 흩어진 기억들이 쉽사리 모이지 않았다.

소반을 들고 들어온 찬모는 이곳이 어디냐는 질문에 기운부터 차리라며 수저를 쥐어 주었다. 제 앞으로 들이밀어진 소반에 연옥은 헛구역질을 했다. 고깃국과 흰쌀밥을 밀치며 찬모를 노려보았다. 문갑도, 장도, 서안도 없는 방은 죽은 자의 관처럼 으스스했다. 있는 것이라고는 그녀가 앉아 있는 이부자리뿐이었다. 찬모가 소반을 들고 쌩하니 나가고 나서야 일련의 기억들이 되살아났다.

백운상석으로 만들었다는 벼루와 먹에서 나던 그윽한 묵향, 의금부 나장들의 칼에 베어진 노복들의 노골적인 피비린내가 동시에 떠올랐다. 편백 나무 향이 은은하던 사랑의 단정한 가구와 나장들의 흙발에 유린당한 대청마루가 뇌리의 어느 부분을 빠르게 지나쳤다. 아비의 하얀 도포자락과 정자관이 환영처럼 아른거리고 단단한 벽처럼 느껴져 도저히 허물 수 없었던 혁주의 등이 선연했다. 복면을 쓴 거대한 남자에게 매달려 새끼 개처럼 그의 팔을 물어 대던 혁주였다.

머리를 울리는 두통이 찾아왔다. 줄기를 이룬 식은땀에 사지 육체가 축축하게 젖어들었다. 속옷이 몸에 착 달라붙었다. 으슬으슬 한기가 들었다.

방문이 열리고 웬 여인이 들어서자 사향이 순식간에 흩어지면서 방 안을 그득히 채웠다.

"정신이 나십니까? 꼬박 하루를 혼절해 계셨습니다."

연옥은 흔들리는 눈길로 낯선 여인을 빤히 올려다보았다.

"설로화라고 합니다. 이곳은 태평관이라는 기방의 별채입지요."

구름 같은 가채와 붉은 반회장저고리, 밤하늘처럼 검푸른 치마가 아찔하도록 화려한 여인이었다.

"제가 이곳의 행수 되는 이입니다. 아기씨께서는 병판 댁 소저시고 말입니다."

멸문을 당한 집안의 여식들이 종종 기생으로 팔려 간다는 소리를 들은 적이 있었다. 하지만 그것이 자신의 일이 될 줄 몰랐던 연옥은 하얗게 핏기가 가신 얼굴로

"나는 기생이 되지 않을 것이야!"

라며 성마르게 외쳤다.

"세상일이 어디 아기씨의 뜻대로만 되더이까?"

설로화는 연옥의 얼굴을 유심히 보았다. 두려워하는 것이 역력했지만 공포심에 사로잡혀 자신을 놓아 버릴 정도로 우둔하거나 나약해 뵈지 않았다.

"그렇다고 꼭 비관적이란 법도 없으니 두고 보시지요. 아기씨의 운명이 어찌 될지 아무도 모르는 일입니다."

설로화는 지창을 열고 바깥 공기를 흠뻑 들이마셨다. 공기 중에 습기가 느껴졌다. 시선을 들어 하늘을 보니 구름이 어두운 장막을 형성하면서 온 하늘을 메우고 있었다. 굵은 비가 한바탕 쏟아질 모양이었다. 옷고름을 매만지며 자리에 앉자 갑사로 만든 여름용 치마가 서걱거렸다.

관기가 되는 줄 알고 눈앞이 깜깜했던 연옥은 긍정도 부정도 아닌 상대의 묘한 대답에 갈피를 잡지 못했다.

"기생을 만들 작정이 아니라면 나를 누가 어이하여 이곳에 데려다 놓았단 말이냐?"

"그분께서 뜻하신 바대로 행하실 터, 잠자코 계실 일입니다."

"그분이라니…… 그자가 대체 누구인데?"

의금부가 아닌 곳에 데려다 놓은 것으로 보아 살린 것일 수도 있으나 반대일 수도 있었다. 어쩌면 김직언 대감이 구해 준 것일지도 모르지만 그 역시 장담할 수 없었다.

연옥은 확실한 것은 없고 추측만 난무하는 머릿속이 혼란스러웠다.

"사람들 눈에 띄지 않게 하라는 명만 받았습니다. 더 알려 드릴 것이 없다는 말씀입니다. 무어라 하명이 있으시겠지요."

"허면…… 아버님은, 내 아버님은 어찌 되셨는지 아는 것이 있느냐?"

나지막한 한숨을 내쉰 설로화가 다시 지창 밖을 내다보았다. 역적의 핏줄을 감추는 것은 대역죄로 다스려질 일이었다. 세자의 심중을 알 수 없으니 답답했다.

"의금부 옥사에서 국문을 기다리는 중이라 들었습니다. 아기씨를 제외한 삼족의 가솔들 역시 모조리 추포되었다고 합니다. 국문이 시작되면 죄를 자복하지 않고서는 살아남지 못할 것입니다."

그렇지 않아도 하얗게 질려 있던 연옥의 피부색이 더욱 창백해졌다.

"내 아버님은 역모를 꾀하지 않으셨다."

"국청이 세워졌습니다. 어쩌면 나라님께서 친국하실지 모른다고 합니다."

"그럴 리가 없어. 아닐 게야. 아닐 게야……."

연옥은 똑같은 넋두리를 몇 번이고 되뇌었다.

"아기씨의 용모파기가 도성 안 곳곳에 나붙었습니다."

눈물을 이슬처럼 매단 연옥이 설로화를 올려다보았다.

"나는 이곳에 갇힌 것이냐, 보호를 받는 것이냐?"

"함부로 돌아다니시면 쓸데없이 눈에 띄기 십상입니다. 얌전히 이곳에 계시지요. 세상이 하는 일을 모를 때는 가만히 숨을 죽이는 것도 하나의 방도가 아니겠습니까?"

설로화가 떠나고 방 안에는 사향의 미미한 잔향만이 남았다.

연옥은 방문까지 무릎걸음으로 기어갔다. 기력을 소진한 탓에 빡빡한 문이 쉽게 열리지 않았다. 이를 악물고 안간힘을 주었다. 빠끔히 열린 문 사이로 마당을 어슬렁거리는 기방의 노복들이 보였다. 문고리에 아슬아슬하게 걸쳐 있던 손이 툭 떨어졌다.

적어도 한 가지는 명확해졌다. 장정들더러 방 밖을 지키게 하는 것으로 보아 그녀는 보호를 받는다기보다 감시를 받는다고 보아야 옳았다.

　　김 대감이 너를 거두어 줄지, 내칠지 모르겠구나. 네가
　　살 운명이면 그가 네게 도움을 줄 터이고 아니면 어쩔 수
　　없는 게지.

서자성이 마지막으로 당부했던 말이 생각나자 왈칵 눈물이 쏟아졌다. 연옥은 밀려드는 고적과 슬픔을 맛보았다. 단지 하루가 지났을 뿐인데 그전의 모든 것들이 하룻밤 꿈처럼 감쪽같이 사라져 버렸다.

사랑의 아버님도, 아버님이 풍기던 묵향도, 손수 곶감을 말려 주시던 할머님도, 재재거리던 홍지도, 그런 그녀를 빗자루 들고 쫓아다니던 할멈도, 늙은 청지기 장 서방도, 혁주도 이제는 없었다.

절망의 상태로 벽에 기댄 연옥은 무릎을 당겨 앉았다. 무릎에 얼굴을 묻은 그녀의 어깨가 출렁이는 파도처럼 들썩거렸다.

＊　　　＊　　　＊

왕이 왕비 보기를 거부했다. 정사를 돌볼 때에도 늘 옆에 두고 왕비를 귀애하던 왕이었다.

보현은 초조한 마음에 장지문을 흘끔거렸다.

왕이 매일 밤 정궁이나 후궁의 처소 중 한곳을 택하면 대령상궁이 건너와 소식을 전하고 대비토록 하는 것이 관례였다. 헌데 인경을 치도록 아무런 기별이 없자 불안해진 것이다.

병판과 연판장에 관련된 소북의 당여들이 대거 추포된 직후였다. 게다가 낮에는 입시까지 거부되었으니 소북의 거두를 외척으로 둔 보현의 입장이 난처했다.

"아직도 오지 않았느냐?"

그녀는 왕의 거둥을 살피기 위해 심부름을 보낸 나인이 돌아오지 않는다며 조급해 했다.

"잠시만 더 기다려 보시오소서."

지밀상궁 정 씨의 말에도 보현의 채근은 멈추지 않았다.

"그러지 말고 정 상궁 자네가 나가 보아라."

정 상궁이 마지못해 일어나려던 찰나에 때마침 문이 열리고 나인이 부산히 들어와 엎드렸다. 보현이 성마른 어조로 물었다.

"성상께서는 어디에 계신다더냐?"

"송구하오나 마마, 성상께옵서는 한 식경 전에 이미 침수 드셨다 하나이다."

보현의 얼굴이 얼음장처럼 차가워졌다.

"후궁의 처소로 납시었다는 것이냐, 홀로 침수 드셨다는 것이냐? 아니…… 아니다. 대답치 말거라. 하나 마나 한 것을 물었구나."

보료를 차고 일어난 보현은 방문을 발칵 열었다. 발밑에 황망히 엎드린 나인들의 정수리를 괜한 눈길로 노려보다가 쌩하니 밖으로 나갔다. 당의도 입지 않은 은조사(중국에서 나는 여름 옷감) 소고의(왕비의 저고리)와 스란치마 차림이었다.

정 상궁이 시각이 야심하다, 아뢰었지만 보현은 듣는 둥 마는 둥 늙은 상궁의 말을 무시했다. 나인이 부랴부랴 챙겨 나온 노의를 정 상궁에게 건네주었다. 궁중 법도가 소고의와 치마 차림으로는 손도 대하지 못하는 것인데 하물며 방문을 나서다니 있을 수 없는 일이었다.

"대우(大雨)가 내릴 것이다."

보현의 어깨에 노의를 둘러 주면서 정 상궁이 하늘을 흘깃 올려다보았다. 과연 비구름이 몰려들고 있었다.

"마마, 날이 궂으니 침소로 드심이 옳은 줄로 아옵니다."

"우적(雨滴 빗방울)도 아니 떨어졌다. 서둘지 말라."

정 상궁은 태중의 용종이 걱정되어 노심초사했다.

그냥 보아도 작고 연약해 산고를 이겨 낼 수 있을지 벌써부터 염려스러운 왕비이건만, 지금은 임우(장맛비)가 시도 때도 없이 내리는 때였다. 맹우(猛雨)에 감모(感冒 감기)라도 들면 큰일이었다. 왕이 그리도 바라고 기다리던 적통의 용종이 잘못되면 왕비의 지밀은 살아남기 힘들 터였다.

"마마, 옥지를 돌리시옵소서. 이내 세자 처소이옵니다."

세자의 처소를 숙위 중인 익위사들에게 보현의 시선이 닿았다.

보현은 흰 매화처럼 눈부시게 하얗던 도포 자락을 떠올렸다. 소리 없이 움직이던 묵직하면서도 품위 있는 걸음을 뇌리에 그려 보았다. 회화나무 아래서 '징' 하고 칼이 우는 소리에 맞춰 춤을 추던 무사의 가면 같은 얼굴을 생각해 내었다.

가면, 그것은 허무한 가면이었다. 웃지도, 울지도, 분노하지도 않은 무의미하도록 서글프고 단호하던 하얀 가면. 햇빛을 받아 눈부시게 반사되던 칼끝을 허공에 찔러 대며 도포 자락을 나부낀 그는 무사 중의 무사였다. 여인의 진심 따윈 어디 한 군데 비집고 들어갈 틈도 보이지 않던 불세출의 무사…….

내전에 갇혀 젊음을 허비하는 대신 보현이 버린 것이 무엇인지 늙은 왕은 알까? 보현은 왕의 주름지고 두툼한 손을 생각했다. 숨조차 쉬지 못할 만큼 두려움으로 다가오던 왕의 추악한 나신을 떠올렸다. 헛구역질이 나왔다.

새파랗게 질린 궁인들이 우르르 몰려들었다.

"마마, 옥체 보중하옵소서. 하절의 감모가 독하다 하옵니다. 용종 아기씨께 필시 해가 되실 것이옵니다."

걱정을 늘어놓는 정 상궁의 주름진 이마가 검버섯이 듬성듬성 난 왕의 축 처진 얼굴과 겹쳐 보였다. 헛구역질이 도무지 멈추지 않았다. 나인 하나가 어의를 부르오리까? 했으나 되었다 했다.

보현은 정 상궁을 가까이 불렀다.

"숙부님을 뵙고 와야겠다."

"몸소 말씀이시옵니까?"

그때, 처소에서 나오던 곤이 무심결에 보현이 있는 쪽을 보았다. 당황한 보현은 돌처럼 굳었다. 곤도 놀랐는지 잠시 시선을 고정시켰다.

보현의 눈이 곤을 지나쳐 그의 곁을 그림자처럼 지키고 서 있는 이록을 향했다. 두 사람 모두 미복 차림인 것으로 보아 잠행이라도 나가려는 것처럼 보였다.

"어마마마, 예까지 어인 행차시옵니까?"

불편한 기색을 숨기고 다가온 곤이 예를 갖췄다. 하필이면 미복 차림을 들켰으니 곤란했다.

"어쩌다 보니 내가 세자와 연갑자입니다. 나를 대하기가 편치만은 않을 터, 애써 어미라 부르지 않아도 이해 못 할 일은 아니지요."

봄꽃처럼 부드러운 목소리에 녹아 있는 언중유골을 알아채지 못할 곤이 아니었다.

"어마마마, 태교에 정성을 기울이셔야 할 때가 아니옵니까? 인경이 칠 때가 되었건만 여직 침수를 아니 드시다니요."

부러 힘을 주어 '어마마마'라 불렀다.

"태중에 용종을 품고 있어 그런지 하루에도 몇 번씩 감정의 기복이 심하지 뭡니까. 한데 세상이 하, 시끄러우니 더할 밖에요."

"세상이 시끄럽다니요? 전란의 포화가 지났건만 무엇이 마마의 심중을 무겁게 한단 말이옵니까?"

태연히 시침을 떼는 곤이다. 그를 가만히 보던 보현이 느릿한 동작으로 이마를 쓸어 올렸다.

"달구경이나 할까 하였는데 하늘을 보니 그른 것 같습니다."

한겨울 고드름처럼 매서워진 보현의 시선이 곤의 눈을 정면으로 찔렀다.

"세자."

"예, 어마마마."

"나도 어쩔 수 없는 어미인 모양입니다. 용종을 무탈하게 해산할 수 있을지, 나서는 강건하게 키워 제 몫을 하게 할 수 있을지 상념이 많지요. 세상에서 무서운 곳이 왕실 아닙니까. 나의 세상은 그 왕실이 전부입니다. 그런 왕실이 어쩌면 나와 용종을 삼키려 들지 모르겠습니다. 허니 내가 어찌 마음이 편하겠습니까? 세자께서는 아우를 잘 살펴 주셔야겠습니다."

이번 옥사에 대한 무언의 항의였다. 어리다고 만만히 볼 왕비가 아니었다. 용종이 들어 있는 배를 어린아이 어르듯 쓰다듬으며 조곤거리는 모습에서 태어나지도 않은 생명에 대한 강한 집념과 모성이 느껴졌다.

"늘 같은 자리에 있을 나무이건만 어찌 베어 내지 못해 안달인지 모르겠습니다. 아니 그렇습니까, 세자?"

하늘이 금방이라도 폭우를 쏟아 낼 것처럼 검고 음산했다. 음울해진 곤의 목소리가 왕비의 귓전으로 날아들었다.

"얕은 마음이 문제이옵니다. 세찬 바람이든 미력한 바람이든, 뿌리가 굳건한 나무라면 흔들리지 않을 것이나 그렇지 못한 것이 문제이지요. 흔들리다 보면 타의로 베어지기도 전에 스스로 부러지고 말 것이니 누구를 탓하오리까."

공기 중을 부유하는 기운이 외줄타기처럼 아슬아슬했다.

"그저 살아남는 이치를 알려 드리는 것이옵니다. 비록 세상에서 가장 어려운 공부가 심법 공부라 하나 어마마마께오서 태교에 신중을 기하실 것이라 소자 믿어 의심치 않나이다. 어지러운 바깥세상의 일은 소자가 부왕을 모시고 잘 처리할 것이옵니다."

보현의 입술이 심각하게 비틀렸다. 날을 세운 손톱이 치맛자락을 찢을 듯이 쥐어 당겼다. 곤을 바라보는 표정에 냉기가 서렸다. 억지로 지은 미소가 저무는 달처럼 시나브로 이지러졌다.

"이번처럼 부러 사악한 바람을 이는 이들도 있을 것이니 중궁의 자리가 어렵기는 어렵습니다. 이러다 어미가 되어 세자의 눈치를 보게 생겼어요. 그렇지 않습니까?"

"소자는 아우가 어서 보고 싶을 뿐이옵니다. 공주가 귀하니 귀염성 있는 누이면 좋을지나 누이면 어떻고 아우면 어떻습니까? 모다 소자의 귀한 동생들이옵니다. 불충한 이들이 되지 못한 사심을 가지고 바람을 인다면 기필코 응징하여 왕실의 안녕과 평온을 지키겠나이다. 그것이 양전마마에 대한 소자의 효심이 아니겠나이까?"

아무것도 하지 말고 얌전히 있으라는 명백한 경고였다.

"불어오는 바람을 잘 막아 주시지요. 행여 장난기가 동하시어 아우를 향해 또다시 고약한 바람을 일으키지 마시고 말입니다. 아우가 아닙니까. 이번에는……."

장난이 심하셨습니다.

마지막 말을 삼킨 보현이 숨을 쌔근거렸다. 미약하게 흔들리는 시선이 다시금 이록을 향했다. 그녀는 곧 위험천만한 눈길을 거둬들였다.

"차림을 보니 잠행이라도 가시는 게지요."

"소자가 무시로 다니는 기방에 괜찮은 기생이 새로 들어왔다 하여 얼굴이나 볼까 해서 말이옵니다."

거짓말이다. 그는 세자 된 신분으로 기방이나 들락거리며 여색이나 탐하는 위인이 절대 아니었다. 특히나 이러한 때에는 더더욱.

"병판의 일로 어심이 어지러우실 겁니다. 자중토록 하세요.

바람이라는 것이 어디 한 그루의 나무만 흔들겠습니까?"

곤의 귓결에 대고 보현이 내밀해진 투로 속삭였다.

"뿌리 얕은 나무라 하셨나요? 본디 서자야말로 뿌리가 약한 나무랍니다. 그러니 도리어 본인이 일으킨 바람에 넘어가지 않도록 조심하셔야 할 겁니다. 뿌리가 단단한 거목은 바람이 일어도 기껏해야 흔들리던 가지가 부러지는 정도겠지만 그렇지 못한 나무는 아예 뿌리째 뽑히는 법이니까요. 세자께서 하신 말씀이니 잘 아시겠지요? 세자를 생각하는 어미의 마음을 명심토록 하세요."

곤의 눈길이 보현의 복부에 닿았다.

위압감을 느낀 보현은 날아오는 칼을 막듯 복부를 감싸 안았다. 아무렇지 않은 척, 당당한 척해도 속내는 두려움으로 오장육부가 부들부들 떨릴 지경이었다.

이것이 권력을 향해 젊음을 바친 대가였다. 연심을 버린 대가였다. 늙은 왕은 과연 보현과 태중 용종을 끝까지 지켜 줄 수 있을까? 보현은 자신을 향해 달려드는 정쟁의 회오리, 그 정점에 세자, 이곤이 있음을 똑똑히 알았다.

"소자 각골명심할 것이옵니다. 어마마마."

보현은 실없는 미소를 터트렸다. 어마마마라니, 연갑자의 자식도 있다던가. 언제 죽을지 모를 늙은 왕의 계비로 바쳐진 자신의 처지를 곤이 조롱한다는 것을 모르지 않았다.

우적이 떨어졌다.

"우적입니다. 비님이 내리려는가 보옵니다."

"우기가 아닙니까. 하늘을 보니 대우가 내릴 것 같았지요."

정 상궁이 지우산을 보현의 머리 위로 씌워 주었다.

곤은 손을 높이 들어 떨어지는 우적을 받았다. 우적을 가두며 손을 우두둑 쥐었다.

"허니 어마마마, 전조를 잘 읽으셔야 하옵니다. 대우가 내릴 것인지, 아니 내릴 것인지 아는 것처럼 말이옵니다."

그리하면 비를 맞지 않으실 것이옵니다. 전조가 핏빛을 띠었다면 당연히 몸을 숙이셔야지요. 그래야 살아남사옵니다. 앞으로 태어날 소자의 아우도 그러하고 말이옵니다.

곤은 고개를 정중히 조아렸다.

보현이 비틀거렸다.

"마마!"

정 상궁이 달려들어 부축하자 괜찮다며 손을 저었다. 곤이 보내는 겁박을 완전히 이해한 듯 그를 노려보는 보현의 눈동자가 분노로 팽창되었다. 뼛속까지 날아든 곤의 말이 보현을 무자비하게 찔러 댔다.

"세자라고 다르겠습니까? 마찬가지지요. 그대가 알아채지 못했거나 알고서도 무시해 버린 전조가 있을지 누가 알겠습니까?"

보현이 홱 돌아서자 치맛자락이 신경질적으로 펄럭였다. 멀어지는 보현을 보며 곤은 숙였던 몸을 바로 세웠다.

"가자."

보현이 머무른 자리를 자그시 보던 이록이 퍼뜩 정신을 차렸다.

*     *     *

궁장을 넘은 곤은 이록이 준비해 둔 말을 타고 가회방으로 고삐를 틀었다. 우적은 어느새 줄기를 달리해 점차로 거세졌다. 말은 주인의 성화에 빠르게 내달렸다. 인경이 지난 시각이라 거리는 인적이 드물었다. 간간이 도롱이를 뒤집어쓴 순라군들이 빗속을 순찰하다 그들을 보았지만 적토마처럼 빠른 말을 붙잡아 세울 재간이 없었다.

후두두 떨어지는 빗소리가 요란했다. 한창 흥청거릴 기방이 고요했다. 청사초롱조차 내걸리지 않은 것으로 보아 금일 장사는 접은 듯 보였다.

문을 두드리자 청지기를 앞세운 설로화가 달려 나왔다. 비에 젖은 모습에 놀란 듯 곤을 보는 그녀의 시선이 움찔했다.

"아이는?"

"별채에 두었나이다."

별채가 있는 곳으로 몸을 트는 곤을 설로화가 막아섰다.

"소저는 데려오라 하겠사옵니다. 안채에서 환복이라도 하시고……."

"비켜라! 보러 갈 것이다."

괴물이 되어   165

"소저도 차비할 틈은 주셔야지 않겠사옵니까? 줄곧 울다, 실신하다 애간장을 태웠사옵니다."

듣고 보니 맞는 말이었다. 그렇지 않아도 놀랐을 아이, 참을성 없이 급하게 굴어 닦달할 필요는 없었다. 못 이기는 척 설로화의 방에 들어서자마자 곤은 젖은 몸을 닦기도 전에 연옥의 안부부터 챙겼다.

"괜찮은 것이냐?"

"환복을……."

"혼절했다 들었다."

곤이 설로화의 말을 무 자르듯 두 동강내며 성마르게 물었다.

"어리고 놀라면 그리할 수도 있으니 크게 염려하실 일은 아니옵니다. 하오니 저하, 빗물이라도 닦아 마른 의복으로 환복하시고 보시옵소서."

"개의치 말라."

"하야에 내리는 임우가 아니옵니까? 맹우이옵니다."

"되었다지 않느냐!"

언성을 높여 일갈하는 곤이다. 잠시 침묵한 설로화가 다시 말을 이었다.

"저잣거리에 붙은 용모파기를 보았나이다. 도망친 역적의 자식을 찾는다는……."

곤의 눈초리가 단호해졌다.

"그래서 기방의 문을 닫아건 것이냐?"

"드나드는 자들이 있으면 알아보는 자들도 있을 것 같기에 그리했사옵니다. 이 일이 알려지기라도 하는 날에는……."

"알릴 것이냐? 발고라도 할 것이야?"

설로화가 다급히 고개를 숙였다.

"이년을 비롯한 태평관의 식솔들은 모두가 저하의 사람이옵니다. 일개 문지기부터 기생들에 이르기까지 저하께옵서 몸소 고르시고 훈련시키신 자들이옵니다. 어찌 그리 황망한 말씀을 하시옵니까?"

"그렇다면 염려할 것이 무엇이냐?"

"별채의 소저는 역적의 손이옵니다."

"범바위골로 올려 보낼 것이다."

"산채로 말이옵니까?"

"거기라면 조용히 숨어 지내기에 부족함이 없겠지. 용모파기가 붙었다 했으니 조만간 이곳의 다른 자들도 알게 되겠구나. 아랫것들 입단속을 철저히 해야 할 것이다."

대관절 저 아이가 저하께 무엇이기에 이리 위험을 무릅쓰시는 것이옵니까?

설로화는 바닥을 힘없이 내려다보았다. 서운한 감정이 밀려들었다. 전란 중에 곤을 처음 만났을 때부터 그녀의 마음은 그의 것이었다.


"네가 그 유명짜하다는 주모 설로화더냐?"

"유명짜한 줄은 모르겠사오나 단순한 주모가 아닌 것은 확실하옵지요. 명기 설로화라 하옵니다."

"스스로 명기라…… 시건방지구나. 전란이 한창이건만 푼돈이나 받고 피란 길목마다 술장사 계집장사에 열을 올리며 전장에 나가 싸워야 할 사내들을 홀린다더니 그저 무지렁이 천박한 주모가 아니고 뭐더냐. 적장의 몸을 끌어안고 강물에 뛰어들기라도 했다면 나라의 명기라 칭해 보련만."

"이년의 목숨을 바칠 만큼의 가치가 이 나라에 있기는 한 것이옵니까? 아마도 이년의 마음을 동하게 하는 가치는 다른 데 있는 모양이지요."

"네년의 마음을 동하게 하는 가치라……."

"천한 것을 부르신 데는 연유가 있지 않겠사옵니까?"

"있지. 재물을 따르느냐? 재물이면 네년의 도도한 마음이 동하느냔 말이다."

"어찌 아셨나이까? 이년의 절개와 충정은 항시 재물을 따릅지요."

"내가 너에게 재물을 약속하는 한 배신은 아니하겠구나. 너에게 제안을 하나 하마. 부왕의 피란길을 따라다녀라. 부왕께서 가시는 길, 양반 종자들도 많을 터, 그들이 가는 곳마다 네년이 술도 팔고 계집도 팔아라."

"저하께서 그리하라 하지 않으셔도 이년은 이미 그리하

고 있사옵니다."

"너에게 사람을 대어 줄 것이다. 최고의 재색을 겸비한
여인들과 무예를 익힌 사내놈들을 노복으로 내어 줄 터."

"공은 아닐 것이고 이년은 무엇을 내 드려야 하옵니까?"

"공술 마시는 자, 왕과 왕실을 음해하려는 자, 관직에 있
으면서 이 난국에 세월아 네월아 기생 치마폭에 쌓여 있는
자, 백성들을 길바닥 개미떼처럼 짓밟아 놓고 자랑삼아 술
상 앞에 떠벌떠벌 늘어놓은 자! 그들 모두의 명부와 그들의
주둥아리에서 흘러나오는 모든 구역질나는 이야기. 그것들
을 내게 다오."

결기 가득 찬 안광을 빛내며 호령하던 그 모습에 취하여 꿈인
듯 아닌 듯 복종을 맹세하고 말았다. 진정 대장부다운 모습이었
다. 주색에 빠져 흐느적거리던 주정뱅이 사내들만 보다 생전 처
음으로 사내다운 사내를 보게 된 설로화의 마음은 그로부터 내
내 곤의 것이었다.

신분의 분수를 알아 내색하지 못할 뿐 마음만은 누구 못지않
게 절절하건만 어찌 몰라주고 저리 매정하신가, 설움이 복받쳤
다. 그러면서도 병판의 여식을 숨기고 있다 참말 변이라도 당할
까 저어되었다. 더욱이 병판의 탄핵은 곤이 직접 하명한 일이었
기에 알다가도 모를 일이었다.

청지기가 마른 의복과 다기를 준비해 왔음을 고했다.

"소저는?"

문을 열어 의복과 다기를 받아 들며 설로화가 물었다.

"찬모에게 일렀으니 금방 데려올 것입니다."

청지기에게 그만 가 보라는 눈짓을 하고 문을 닫았다.

곤에게 마른 의복으로 환복할 것을 재차 청하려다 포기한 설로화는 차를 우리기 시작했다. 온도를 유지하기 위해 뜨거운 물로 찻잔을 덥혀 두고 찻잎을 넣은 다관에 탕수를 따르는 움직임이 유려했다. 차가 우려지자 숙우에 차를 따른 뒤 찻잔에 부어 두었던 뜨거운 물을 퇴수기에 버렸다. 숙우의 차가 마시기 좋은 온도가 되자 찻잔에 향 좋은 차수를 조르륵 따라 다포로 찻잔의 물기를 닦아 냈다.

설로화는 다반에 찻잔을 받쳐 곤 앞에 내려놓았다.

"하절이라고 하나 저토록 대차게 내리는 임우가 아니옵니까? 한기를 누그러트리소서."

맑게 우려진 차수를 본 곤은 고개를 돌리고 말았다.

초록의 수풀과 투명한 계곡의 물비늘이 떠올랐다. 산들바람에 귀밑머리를 날리며 미미하게 웃던 연옥의 얼굴이 차수에 비쳤다. 마주한 연옥의 얼굴에 지워지지 않을 음울한 그림자가 내려앉았다면 어찌해야 할까? 알 수 없음에 애먼 차만 타박했다.

비에 젖은 몸에서 나는 퀴퀴한 습내와 차향이 뒤엉켜 방 안을 잠식했다.

"행수 어른! 행수 어른!"

물러갔던 청지기가 대청을 구르며 다시 올라와 설로화를 숨 넘어갈 듯 불러댔다. 방문을 열자 얼굴이 사색이 되어 노랗게 뜬 청지기가 덜덜 떨면서 문 앞에 꿇어앉아 있었다.

설로화를 옆으로 밀치고 청지기를 내려다본 곤은 생각할 겨를도 없이 버선발로 빗속에 뛰어들었다. 으레 가슴을 뜨겁게 치고 올라오는 것이 있었다. 자하골에 다녀온 뒤부터 생겨난 이상스러운 징후였다. 끓어오른 탕수보다도 뜨거운 것이 심안을 활활 태우며 불춤을 추었다.

*　　*　　*

곤이 설로화의 방에서 연옥을 기다리는 동안, 머리에 거적을 두른 찬모가 빗길을 분망히 달렸다. 별채를 지키던 노복 둘이 처마 밑에 앉아 있다가 찬모를 보더니 느릿느릿 일어났다.

처마 밑으로 들어온 찬모가 거적을 탈탈 털자 빗물이 거무튀튀한 그치들 얼굴로 튀어 올랐다. 찬모가 별채 방을 힐끔 보았다.

"저 애, 안채로 들이라는 명이오."

"주군께서 납신 모양이군."

키가 장승처럼 큰 노복의 눈이 찬모의 눈길을 따라 같은 곳을 향했다.

"전에 없던 일이 아니냔 말일세. 당최 무슨 일이신지. 동기로 들일 아이라 하시던가?"

"미천한 부엌데기가 어찌 아오?"

찬모의 말에 또 다른 노복이

"설마 취하시려는 것은 아니시겠지? 너무 어린데……."

라며 중얼거렸다. 키 큰 노복이 주군께서 어디 그러실 분이신
가? 라며 타박했다. 천하절색들이 이곳 태평관에 다 모였건만
여태 눈길 한번 아니 주신 분이다 했다. 그래도 모르지. 주군께
서도 젊으나 젊은 사내인 것을, 이라며 기어코 주절거리는 소리
에 키 큰 노복도 더는 뭐라 하지 않았다.

"데려가려면 어서 데려가시게. 마침 잘 됐으이. 뒷간이 급했는
데 찬모 있을 때 잠시 다녀와야겠네."

"나도! 나도 감세. 한참을 참았어."

노복들이 뒷간을 찾아 떠나자 찬모는 마루에 털썩 걸터앉았
다. 비 떨어지는 하늘을 한번, 닫힌 방문을 한번 보더니 땅이 꺼
져라 한숨을 내쉬었다. 그러고는 문고리를 잡아 두드렸다. 반응
이 없자 한 번 더 두드렸다. 그래도 답이 없었다. 문고리를 확 잡
아당겼다. 호롱도 켜지 않은 어두운 방 안은 차라리 캄캄한 굴
속이었다. 엉금엉금 기어들어 가 호롱대를 더듬거리며 찾았다.
겨우 심지에 불을 붙이고 무심코 방 안을 돌아보았다.

"아이고머니나!"

웅크린 채 구석에 있는 연옥을 보고 놀란 찬모의 비명 소리가
입술을 뚫고 터져 나왔다. 초점 없이 앉아 있는 모습이 워낙에

스산스러웠다. 귀신이라도 본 듯 엉덩방아를 찧은 찬모가 손을 휘휘 내저으며 심호흡을 했다.

"아이고, 놀래라. 귀신인 줄 알았네."

마지막으로 들여다 놓은 소반에는 밥과 국이 그대로였다.

"자지 않을 것이면 불이나 켜고 있을 것이지. 밥술이라도 뜨던가."

안쓰럽게 여기는 속내와 달리 찬모의 말씨가 투박했다. 동안을 이쪽저쪽 몇 번을 뜯어보아도 열 두엇 이상 보이는 얼굴이 아니었다.

"달거리는 하는지 모르겠네."

혼잣말을 하며 챙겨 온 보따리를 은근슬쩍 내려놓았다.

물어보나 마나 달거리를 할 만큼 성숙한 몸뚱이는 아니었다. 지금까지 봐 온 주인과 행수의 모습이 있기에 그들이 어린 몸뚱이에 해를 가할 것이라 생각하지는 않지만 노복들의 말이 마음에 걸렸다. 고사리 같은 손을 보고 있자니 기가 막혔다. 찬모는 제 치맛단만 하릴 없이 만지작거렸다. 그러다 괜한 생각이라며 머리를 흔들었다.

"행수 어른께서 급히 보자시니 그거 얼른 걸쳐 입고 따라 나서시오."

보따리를 연옥에게 내민 찬모는 시선을 피하듯 방문을 보고 앉았다.

색동저고리와 붉은 치마가 보따리 안에 댕기와 함께 개켜져 있었다. 귀가 없는 것도 아니요, 들리지 않는 것도 아니었다. 밖에서 노복들이 떠들어 대는 소리가 크게도 들렸다. 듣고 싶지 않아 귀를 틀어막아도 어쩔 수 없이 들리는 소리들이었다.

연옥은 보따리를 질끈 움켜쥐었다.

"이 밤에, 이렇게 야심한 시각에…… 말인가?"

찬모는 아무런 말도 없었다.

"밝은 날에 보아도 될 터이니 해가 뜨면 보자 그리 전해 주시게."

홱 돌아앉아 연옥을 본 찬모의 목소리가 높아졌다.

"아, 어서 입으라니까!"

연옥이 물기 어린 눈을 동그랗게 뜨자 찬모의 목소리가 한풀 꺾였다.

"별일 없을 테니 안심해도 될 거요. 사정을 몰라 보텔 말이 없지마는 우리 행수 어른이나…… 그분께서나 어린 몸뚱이를 어찌할 분들이 아니니 너무 걱정 마시오."

다시 방문을 보고 앉은 찬모가 문을 활짝 열었다. 비 비린내가 방 안으로 훅 들어왔다. 하늘에 구멍이라도 뚫린 듯 굵은 빗줄기가 쉼 없이 내렸다.

연옥은 난을 치던 서자성의 모습을 생각했다.

단출하면서도 고아한 선비적 기풍을 철벽처럼 수호하던 주변의 문방사우를 떠올렸다. 길고, 짧고, 굵고, 얇은 선들이 곧게 혹은 능선처럼 휘어지면서 허공에서 춤을 추었다. 어디선가 흰 화선지가 펄럭이며 날아와 짙푸른 난을 담아냈다. 그러자 난향 같은 묵향이, 묵향 같은 난향이 은근하게 풍겼다. 향은 비 비린내를 어느새 방 안에서 지워 냈다.

서자성의 목소리가 바로 곁에서 들리는 것처럼 생생하게 울렸다.

벼루 같은 여인이 되어라. 난 같은 여인이 되어.

좋은 벼루란 좋은 돌을 말함이라 하셨사옵니까? 강하며 무게가 있으되 너무 단단해도 아니 된다 하셨사옵니까? 모든 것에는 중도가 있으니 벼루 또한 마찬가지다, 저 또한 그리되어라 하셨사옵니까?

연옥은 떨리는 손으로 치마를 집어 허리에 둘렀다.

무엇이 중도이옵니까? 소녀는 무섭고 두렵기만 한데 어찌 그런 벼루가 되어라 하시옵니까? 한철이 지나면 시들어 버리는 꽃에 비하여 보라 하셨사옵니까? 비록 화려한 문양은 없으나 근본에 충실하여 먹이 잘 갈리는 벼루와 시들지 않고 늘 푸른 난은 인간이 무릇 추구해야 할 강인한 절제의 미학이요, 종점이다. 그리 말씀해 주셨사옵니까?

아니요, 소녀는 그리되지 못할 것이옵니다. 두려움을 절제하지 못하겠사옵니다. 상대를 알 수 없는 증오 또한 절제할 수 없사옵니다. 하여 미거한 소녀는 좋은 벼루가 아니옵니다. 늘 푸른

난도 아니옵니다. 너무 두렵거나, 너무 증오스럽거나 둘뿐이옵
니다.

너무 두렵거나, 너무 증오스럽거나…….

"다 입었으면 일어서시구려. 행수 어른 기다리시다 목 빠지시
겠소."

찬모의 재촉에 연옥은 소반에 놓인 수저를 몰래 집어 소매 안
에 감췄다. 그녀에게 갈모와 도롱이를 씌어 준 찬모가 조금 전에
덮고 온 거적을 둘러썼다.

"……옥가락지."

먼저 마루 아래로 내려선 연옥은 막 방문을 나서는 찬모를 향
해 있지도 않은 옥가락지를 찾았다.

"어머님 유품이네."

"있어 보시오. 변변찮게 흘리기는."

찬모가 옥가락지를 찾기 위해 방 안으로 되돌아 들어갔다.

"불을 꺼 버려서 아무것도 안 보이네그려. 행수 어른 기다리실
텐데……."

찬모가 꺼진 불을 도로 붙이는 사이 연옥이 얼른 방문을 닫아
걸었다.

"어이구! 이게 뭔 일이야. 이보오! 이보오!"

후다닥 기어온 찬모가 문을 잡고 흔들었다. 이미 연옥이 문고
리에 수저를 꽂아 넣은 후였다.

연옥은 사람들을 부르는 찬모의 째진 고함 소리를 들으며 솟

을대문을 찾아 달음질했다. 기방 제일 안쪽에 별채가 자리하기도 했지만 무엇보다 미로처럼 좁은 통로가 거미줄처럼 이어진 구조라 길 찾기가 어려웠다. 어두운 기방 안을 이리저리 헤맨 뒤에야 간신히 솟을대문이 보였다.

저기, 저기만 나가면 돼!

잠잠하던 기방에 불이 하나둘, 켜지기 시작했다. 삽시간에 캄캄하던 일대가 대낮처럼 밝아졌다. 아득한 곳에서부터 지근까지 횃불과 등롱은 도깨비불처럼 어둠 속에서 일렁였다.

뛰다 말고 멈춰 선 연옥은 천천히 돌아서서 검은 하늘을 뒤덮은 불빛들을 멍하니 노려보았다.

불빛은 화마보다도 뜨겁고 강렬했다. 실상 체감되는 것보다 적은 불빛이었을지라도 연옥에게는 그녀가 아는 세상 전부를 불태우고도 남을 불씨의 바다로 보였다. 두려움에 사로잡힌 몸이 시체처럼 뻣뻣해졌다. 주춤주춤, 뒷걸음질하며 입술을 비틀어 깨물었다. 기방 식솔들의 웅성거림과 어지러운 발소리가 뒤섞여 들렸다.

귀를 틀어막고 고개를 세차게 흔들었다.

잡히지 않아. 잡히지 않아. 잡히지 않아!

소리가 한층 가까워지자 그때서야 연옥의 몸이 다시 움직였다. 그녀는 거대하고 묵직한 솟을대문을 힘껏 밀었다. 삐걱거리는 소리가 음산했다. 가슴이 철렁 내려앉았다. 당장이라도 누군가 목덜미를 잡아챌 것 같았다. 비로소 문이 열리자 치맛단을 허벅지까지 잡아 올리고 비 오는 암로를 달렸다. 두 눈을 꼭 감고 이를 악물었다. 비는 어느새 뇌우로 바뀌었다. 달리는 연옥의 머리에서 갈모가 벗겨지고 도롱이가 반쯤 풀려서 어깨에 대롱거렸다.

*　　*　　*

곤은 반쯤, 어쩌면 온전히 미쳐 있었다. 별채에 갇혀 있던 멍청한 찬모를 보는 순간 진정으로 그녀의 쓸모없는 머리를 동강 베어 버리고 싶었다. 이록이 연옥을 추격했지만 불안한 마음이 가시지 않았다. 비어 있는 방을 허무하게 보던 곤이 눈을 허옇게 치뜨고 설로화를 노려보았다. 설로화는 젖은 바닥에 이마를 대고 엎드렸다.

"용서하소서."

"잘 지키라 하지 않았느냐? 어찌할 것이야, 어찌할 것이야!"

분에 찬 곤이 설로화의 멱살을 잡아 일으켜 세웠다.

"……만일 찾지 못한다면!"

"어찌해야 하옵니까?"

떠밀 듯 설로화를 거칠게 밀어트린 곤은 허리춤에서 칼을 뽑아 들고 그녀의 목에 칼을 겨누었다. 날이 시퍼렇게 반짝였다. 하야의 맹우가 뇌성벽력을 동반하고 무섭게 쏟아지고 있었다. '투두둑, 투두둑' 칼을 타고 미끄러지는 빗줄기가 보는 이로 하여금 간담을 서늘케 하였다.

"죽일 것이다."

곤은 칼보다도 시퍼런 목소리로 뇌었다.

"그리 하오소서. 천것은 기꺼이 죽을 것이옵니다."

"내가 못 할 것 같으냐. 다른 것도 아닌 그 아이, 단 하나였다."

"대관절 소저가 무엇이기에 그리도 애타 하시옵니까?"

기왕에 죽을 목숨, 속 시원히 답이나 듣고 싶었다.

곤은 급습을 받은 것처럼 당황해서 헛웃음을 쳤다. 술에 취한 듯 비틀거리며 돌아섰다. 설로화가 무어라 부르는 소리가 들렸지만 돌아보지 않았다.

기방 밖으로 나온 곤은 솟을대문에 기대어 서서 하염없이 쏟아지는 비를 보았다. 벼락이 치는 소리를 듣고 하늘이 샛노랗게 번뜩이는 것을 보았다.

이토록 무서운 뇌우 속에 너는 어디를 헤매는 것이냐.

곤은 설로화의 질문을 곱씹었다.


대관절 소저가 무엇이기에 그리도 애타 하시옵니까?


새. 그녀는 새다. 청조(青鳥)다. 그러나 언제라도 멀리 떠나가 버릴 것 같은…….

운종가를 누비며 거지 아이들에게 국밥을 사 주고 주전부리를 사 주던 연옥은 마치 청조와 같았다. 가벼운 홑겹치마를 팔랑이며 미풍에 귀밑머리를 살랑이던.

"하여 나는 그 아이를 보호하고 싶은 것이냐, 새장에 가두고
싶은 것이냐?"

곤은 자문하였으나 답을 알지 못했다.


*　　　*　　　*


연옥은 절반쯤 풀어져 대롱거리던 도롱이가 떨어져 나간 것
도 모르고 무작정 추격자의 말발굽 소리를 피해 내달렸다. 시커
먼 하늘이 도깨비 눈동자처럼 샛노란 번갯불을 번쩍이다가 '우
르릉 쾅쾅' 뇌성을 질러 대면 금방이라도 두억시니가 달려 나올
것 같았다. 하여 그녀는 대나무처럼 굵은 비가 얼굴을 사정없이
내리쳐도 아픈 줄을 모르고 달렸다. 숨이 턱까지 차올랐지만 멈
출 수 없었다. 이대로 가다가는 붙잡히고 말 것이라는 생각에 두
려움으로 온몸이 터져 버릴 것처럼 팽창되었다.

멀리 불빛이 보였다. 일렁이는 불빛에 흐릿한 인형(人形)들도
함께 보였다.

여기가 어디일까?

다리에 힘이 풀려 달리는 속도가 급속도록 줄어들었다. 그만
큼 추격자와의 거리도 줄어들었다.

풀썩!

출렁이는 빗길에 미끄러지면서 엎어지고 말았다. 젖 먹던 힘

까지 다해 몸을 일으켰다. 그러나 물 먹은 솜처럼 무거워진 몸은 그녀의 말을 들을 수 있는 상태가 아니었다.

"넌 누구냐?"

환청일까?

고개를 들 힘조차 남아 있지 않았다.

"빗물에 온통 젖지 않았느냐? 가여운지고."

부드러운 음성에 안도감이 들었다. 왈칵 눈물이 쏟아졌다. 윤택이 나는 남색 스란치마 아래로 자홍색 유혜가 다가오더니 기적처럼 손을 내밀어 주었다.

"아니, 이 아이는……."

사내의 것으로 들리는 까슬한 음성이 끼어들었다.

"아는 아입니까?"

"병판 서자성의 여식이옵니다."

검은색 너울을 쓴 여인이 연옥의 턱을 들어 올렸다.

끝없이 내릴 것 같던 비가 어느 순간부터 내리지 않고 있었다. 연옥은 구원받았음을 본능적으로 느끼고 검은 너울을 빨려 들어갈 듯이 보았다. 그녀의 얼굴을 유심히 살피던 너울 속 여인이 희미하게 미소 지었다. 누군가 머리 위로 지우산을 받쳐 주었음을 연옥은 알아채지 못했다.

\*　　\*　　\*

뇌우가 쏟아지는 밤에 흠뻑 젖은 몰골로 잠행에서 돌아온 세자와 좌익위의 모습이 괴이했다. 궁인들이 귀신이라도 본 것처럼 그들에게 길을 터 주었다.

"수건, 수건을 가져 오시게!"

박 내관이 호들갑을 떨며 수건을 찾았다. 나인이 대령한 수건을 빼앗아 든 박 내관이 곤의 얼굴을 부랴부랴 닦아 주었다.

"저하, 이 무슨 해괴한 일이시옵니까? 좌익위께서는 대체 무엇을 하신 겁니까?"

"비켜라!"

곤은 하찮은 짐짝처럼 박 내관을 거칠게 밀어트렸다.

"저하?"

영문도 모른 채 화풀이 대상이 된 박 내관은 몸을 사리며 이록을 쳐다보았다. 어찌 된 사정인지 묻는 눈치였다. 입을 꽉 다문 이록은 그에게 시선조차 주지 않았다.

"찾아라."

악문 잇새 사이로 곤이 명령했다. 이록이 고개를 조아렸다.

"찾을 때까지 조선 팔도 온 산하를 다 뒤져라."

좀 더 깊숙이 고개를 조아리는 이록이다.

"반드시 찾아라. 반드시!"

곤은 서안의 모서리를 발작적으로 움켜쥐었다. 피가 통하지 않아 누렇게 뜰 정도로 힘을 주었다. 어디선가 화향이 났다. 미치도록 짙은 화향이다. 홀린 듯 서안의 서랍을 열었다. 바짝 마른 감잎을 꺼낸 그는 실소했다.

새가 떠난 자리엔 화향만이 남았다.

\*     \*     \*

질끈 동여맨 머리, 적삼 차림의 앳된 소년은 두 눈을 꼭 감은 채 뜨지 않았다. 한사코 동반한 사내의 등 뒤로 숨었다.

처형장의 대역 죄인은 왕이 있는 곳을 향해 절을 했다. 순순히 죽음을 받아들이기 위해 몸과 마음을 정결히 가다듬었다. 낡고 허름해진 적삼에는 검어진 핏자국이 덕지덕지 묻어 고신의 처참함이 그대로 드러났다. 한쪽 눈이 붉고 푸르게 멍이 들었다. 그렇지 않은 눈에 비해 몇 배나 부어 기이해 보였다. 늘 단정하기만 하던 상투는 다 풀어져 산발이 되었다. 피딱지에 기름때가 섞인 머리카락이 번들번들했다. 백옥처럼 하얗던 피부색이 거무죽죽해졌다. 삶은 돼지고기 수육처럼 보였다.

**아니야. 우리 아버님이 아니야! 아버님일 리가 없어!**

도리질을 하며 소년은 처형장으로부터 도망치고자 했다. 사내가 소년의 손목을 힘주어 잡았다. 사내에게 잡힌 손목을 빼내기 위해 소년은 발을 버둥거렸다.

처형장 주변으로 모여든 사람들은 이전엔 알지도 못했던 자를 퍽이나 아는 것처럼 천하에 몹쓸 대역 죄인이라며 손가락질을 하고 수군댔다. 적삼에 돌멩이를 가득 담아온 아이들이 죽음을 앞둔 이를 향해 가져온 돌멩이를 던지기 시작했다. 아이들로 부터 시작된 돌팔매질은 급기야 어른들에게로 옮겨 갔다.

돌팔매질에 단정히 꿇어앉아 있던 죄인의 몸이 힘없이 허물어 졌다.

**하지 마. 하지 마!**

소년은 까르륵 웃어 대는 아이들을 노려보았다. 당연히 받아 야 할 벌이라며 안다니(무엇이든 아는 척하는 사람을 이르는 말) 노 릇을 하는 어른들을 시퍼렇게 쏘아보았다.

등장한 망나니가 쓰러진 죄인을 억지로 일으켜 앉혔다. 망나 니는 막걸리를 한 바가지 벌컥벌컥 들이켰다. 흉측하게 생긴 칼 이 쥐 잡이 놀이라도 하는 양, 죄인의 뒷목을 건드릴 듯 말 듯 애 를 태웠다. 칼이 한 번씩 죄인의 목덜미를 스칠 때마다 죄인의 미간은 움찔했고 소년은 소스라쳤다.

**죽여. 차라리 죽여. 내 아버님을 편하게 해 줘!**

어린 소년은 차라리 애원했다. 칼이 더 이상 지체하지 않기를 바랐다. 그러다가도 아니라며 돌아보지도 않는 망나니를 향해 울부짖었다.

**아니, 아니야. 그러지 마. 풀어 줘. 우리 아버님을 살려 줘!**

소년의 목소리는 밖으로 토해져 허공을 퍼져 나가는 대신 저 심연 아래로 가라앉았다. 칼이 하늘 높이 솟아 죄인의 목과 정면 으로 마주했을 때 칼을 잡은 망나니의 손에 힘이 들어가면서 굵고 울퉁불퉁한 팔뚝에 힘줄이 투두둑 솟아났다. 덫에 걸린 짐승처럼 몸을 뒤틀어 대는 소년의 두 팔을 등 뒤에서 결박한 사내가 속삭였다.

"보거라. 네 눈으로 똑바로 봐. 네 아비가 어찌 죽나 하나도 빠짐없이 보란 말이다."

그 말이 신호였다. 망나니의 칼은 사내의 말이 소년의 귓속을 무자비하게 헤집는 순간 죄인의 목을 뎅강 베어 냈다. 신기하게도 울음이 나오지 않았다. 목울대를 뚫고 그토록 치솟으려 했던 외침과 애원들이 물거품처럼 저 스스로 소멸했다.

화석처럼 굳어 버린 연옥은 머리와 몸이 두 동강 난 아비를 멍하니 눈에 담았다. 어깨를 꾹 누르는 김직언의 손이 느껴졌다.

\*          \*          \*

사람이 보이지 않는 외진 골목으로 들어선 곤은 담벼락을 짚었다. 진땀이 비 오듯이 쏟아졌다. 비릿한 쓴 물이 올라왔다. 후들거리는 다리가 푹 꺾였다. 본능적으로 입술을 틀어막았지만 토사물은 손가락 사이를 비집고 쏟아져 나왔다. 물끄러미 곤을 응시하고 선 이록이 품에서 손수건을 꺼내 내밀었다. 손수건이 곤의 손안에서 형편없이 구겨졌다. 그는 소맷자락으로 입술을 문질러 닦고 쓰러지듯 벽에 기대어 앉았다.

연옥이 제 아비를 보러 오지 않았을까 일말의 기대를 안고 처형장을 찾았지만 군중들 속에서 연옥은 보이지 않았다. 애써 서자성을 외면한 곤은 서자성의 목이 떨어지던 찰나 그와 눈을 마주치고 말았다. 한없이 맑은 눈이었다. 한없이 고결한 빛을 지니고 있었다. 소나무 같은 충정이 서린 동공은 흔들림이 없었다. 분노도 억울함도 없었다. 다만 서글퍼할 뿐이었다. 연옥과 닮은 눈이었다.

"우욱!"

토사물은 다시 올라왔다. 시큼털털하고 역겨운 냄새가 났다. 더러운 오물에 휩싸인 자신의 손을 곤은 멀거니 내려다보았다.

대역 죄인의 처형을 구경한 아이들이 망나니 흉내를 내며 우르르 골목 안으로 들어왔다. 흔치 않은 구경거리에 신이 난 듯 아이들의 경중거리는 걸음이 날아오를 듯 가벼웠다.

제일 앞에 아이가 곤을 발견하고 걸음을 멈췄다. 다른 아이들도 급하게 멈춰 섰다. 아이들은 토사물에 범벅이 된 곤의 얼굴을 사로잡힌 듯 바라보았다. 한 아이가 울음을 터트렸다. 주춤주춤 뒷걸음하던 아이가 몸을 홱 돌려 골목 밖으로 되돌아 나갔다. 아이들은 공포에 질려 으아악, 괴물이다! 있는 힘껏 외치며 도망쳤다.

"후후후."

실성한 이처럼 자꾸만 웃음이 나왔다. 비로소 괴물이 된 날이었다.

*어찌 소녀더러 새 같다 하셨사옵니까?*

어디 있느냐?

*어찌 소녀더러 새 같다 하셨사옵니까?*

나타나거라.

*어찌 소녀더러 새 같다 하셨사옵니까?*

내 눈앞에 나타나 어찌 네 아비를 죽였느냐 따지거라.

*어찌 소녀더러 새 같다 하셨사옵니까?*

나타나. 나타나란 말이다!


괴물, 괴물, 괴물. 잊지 못할 어느 괴물에 대한 기억들…….

## 三章
## 숨통을 쪼아 먹는 매

금년 봄에 완공된 창덕궁은 무덤이다. 헐벗고 삭막한 조선 땅에서 가장 크고 화려한 무덤이었다.

전란 중에 무능함을 증명당하며 자존심을 무참히 짓밟힌 왕은 종전 후 무너진 대궐을 세우는 일에 집착했다. 궁장이 높고 화려하면 할수록 왕은 그것이 자신의 권위이고 자존심인 양 설레어 하고 흐뭇해했다.

본래가 불완전한 태생의 왕이었다. 반가의 적자들로 이루어진 조정에서 신분으로만 보면 왕은 군림하는 자라 할지라도 기껏해야 서자였다. 미완의 신분으로 인한 왕의 열등감은 병증과도 같았다. 왕은 자신의 열등감을 해소하기 위해 자신이 누리는 모든 것이 조정 신료들의 것보다 크고 화려하기를 원했다. 그러한 왕이기에 높다란 월대도, 오직 왕만이 걸을 수 있는 어로(御路)도, 어가(御駕 임금이 타는 가마)만이 출입할 수 있는 장대한 궐문도 없는 초라한 행궁이 참을 수 없었다.

왕은 전란으로 인하여 그나마 거죽밖에 남지 않은 백성들의 피고름을 짜내고 그들의 뼈마디를 깎아 대궐의 기둥을 세웠다. 가진 것이 있는 신료들은 오히려 내놓을 것이 없다 하고 아무것도 남지 않은 백성들은 자신의 뼈와 살을 내어 놓았으니 거대하고도 위용 높은 대궐의 담이 빠른 시일 내에 세워질 리 만무했다. 지난 십여 년간 대궐의 중건은 백성들에게 있어 원성의 대상이었다.

먹지 못하고 입지 못한 몸으로 부역에 동원되어 죽어 나간 자들이 전란 통에 죽은 자들보다 많거나 최소한 비슷했다. 대궐을 짓는 데 세금을 내랍시고 집칸이라도 있으면 손에 잡히는 살림살이들을 모두 뺏어 나오는 바람에 굶어 죽는 자 역시 수를 헤아릴 수 없었다.

마침내 왕의 비대한 몸을 싣고 어가가 창덕궁 돈화문(창덕궁의 정문)을 지났을 때 왕은 제 감상에 빠져 눈물을 흘렸다. 왕은 비로소 자신의 권위가 회복되었음을 느꼈다. 인정전 앞에 세워진 월대 위에서 만조백관의 하례를 받은 왕의 모습은 지난 십수 년 동안 보아 오던 것 중 가장 만족스러워 보였다.

그러나 그것뿐이었다. 태생적 한계와 신료들을 향한 무분별한 의심, 전란 중 스스로에게 느꼈던 무능함, 젊고 능력 있는 세자에 대한 질투는 새로이 세운 나라의 정궁 앞에서도 여구히 가시지 않았다. 오랜 시간 백성들을 쥐어짜 필생의 대업인 양 창덕궁을 중건한 왕은 치유되지 않는 열등감 덩어리였다.

의심하고 죽이고 의심하고 죽이고…….

창덕궁은 원혼들의 무덤이었다. 뼈와 거죽밖에 남지 않은 채로 궁장 밑에 쓰러져 간 백성들과 억울하게 죽어 나간 신하들의 무덤이었다.


一.


김직언은 가지런히 자란 회백색 수염을 쓰다듬었다. 비단 두루마리가 펼쳐진 서안 건너편에 사촌 아우 김진한이 앉아 있었다. 구부정하게 앉아 연방 흐르는 땀을 닦아 내는 꼴이 변변찮았다. 김직언은 날 선 눈을 하고서 사촌 아우를 쏘아보았다.

"쯧쯧. 불에 덴 수퇘지 꼴을 하고선. 그런다고 밤중에 이걸 이리로 가져오시면 쓰나."

그러거나 말거나 마음이 급한 김진한이 몸을 앞으로 기울였다. 그는 엄습하는 불안에 마른침을 삼켰다.

"돌아가는 판세가 심상치 않으니 그렇지요."

"판세라는 것이 언제는 우리 마음에 쏙 들게 돌아가던가? 전하의 변덕만큼이나 어디로 튈지 모르는 것이 판세라네."

"대감, 가벼이 여기실 일이 아닙니다. 지난 무술년을 기억해 보시면 아실 것이 아닙니까? 병판 서자성을 비롯해 소북의 무수한 인재들이 죽어 나간 것을 설마하니 잊지 않으셨겠지요? 세자는 무서운 자입니다. 제 손에 칼이 쥐어진 것을 알면 당장에 휘두르려 할 거예요. 대책을 세워야 합니다."

김직언이 정자관을 쓴 이마를 슬슬 문질렀다. 골치가 아팠다. 김진한을 흘깃 쳐다본 그가 두루마리를 둘둘 말아 묶었다.

"일단 가지고 있어 보세."

김진한이 주춤하며 더듬거렸다.

"마, 말도 안 되는 소리를 하십니다. 큰일 나세요!"

"성상의 변덕이 하루 이틀이던가. 몇 마디 올리면 어심을 돌리시겠지. 그리 되면 이것도 한낱 종잇조각이 될 테고 말이야. 해가 뜨는 대로 내 일찍 입궐하여 전하를 알현함세."

나는 새도 떨어트리는 외척의 세도라지만 실로 엄청난 일이었다. 김진한의 둔한 몸이 경직되었다.

"상선 함응찬이 소생의 입시를 봤습니다."

김진한의 목소리가 두려움으로 가라앉았다.

"뿐인 줄 아십니까? 그자는 세자와 결탁한 자예요, 형님!"

"세자에게 알릴 테면 알리라지. 일이 그릇되면 자네만 죽고 말 성싶으신가? 세자를 막지 못하면 언제고 우리는 모다 죽은 목숨일세. 쯧쯧. 배포가 이리도 약해서야."

"형님!"

"어허! 죽자고 달려들면 살길이 있을 게야. 아니면 가문의 문을 달고 황천행이던가. 혼자 죽는 것보다는 덜 외롭지 않겠나. 겁내지 마시게."

김직언은 두루마리를 서안 서랍에 넣고 휑하니 돌아앉았다.

*     *     *

잠이 오지 않았다. 아니 잘 수 없었다.

어둠은 앞이 보이지 않는 두려움과 같았다. 밤은 심연 깊이 잠겨 버린 과거에 대한 그리움이었다. 사라진 빛을 향한 슬픔이었다. 말로써 표현하지 못할 뜨끈한 감정들이 불쑥 튀어나와 분노케 했고 분노해야만 하는 매일의 밤이 슬펐다.

연옥에게 악몽은 일종의 반란이었다. 두려움도, 그리움도, 슬픔도 마다하고 속절없이 빠져드는 잠에 대한 질타였다. 나약하도록 노곤해져 버린 정신에 대한 경고였다.

툇마루로 연결된 지창을 열자 하야의 공기가 후덥지근했다. 비 오듯 쏟아 내는 식은땀을 식히기엔 역부족이었다. 눅진해진 옷이 살에 달라붙었다.

김직언의 고대광실은 풀벌레 소리조차 나지 않을 만큼 고적했다. 대궐에 들어가기 전, 연옥이 이곳의 빈실(賓室 손님이 머무는 방)에서 머문 지 벌써 여러 날이었다. 그 여러 날 동안 고적은 연옥의 동무였다. 그녀가 머물거나 스쳐 지나간 다른 어느 곳의 고적이 그랬듯이 이곳의 고적 역시 연옥의 밤을 지켜 주었다.

불현듯 빈실 앞, 못 근처 버드나무 뒤에서 인기척이 느껴졌다. 못 위에 길게 늘어진 그림자가 달빛에 비치었다. 연옥이 툇마루로 나오자 불분명한 인형 역시 나무 옆으로 비켜서면서 모습을 드러냈다. 혁주였다.

"이제 그만 너를 위해 살라는데 여기는 왜 또 와?"

마루에 반쯤 걸터앉은 연옥은 타박하면서도 곁에 와 앉으라는 듯 옆자리를 툭툭 두드렸다. 다가오는 혁주의 발걸음이 무거웠다. 그는 가까이 와서도 한동안 기둥처럼 서 있었다. 연옥을 내려다보는 시선이 착잡했다.

보고 싶어 왔습니다.

그의 눈이 그렇게 말했다. 혁주의 눈길을 고스란히 받아 내던 연옥이 시선을 돌려 버드나무를 바라보았다. 어쩌면 나무에 걸린 달을 보는지도 몰랐다.

"몇 번을 말해야 할까? 너는 나를 버려야만 해."

멍하니 중얼거리는 말 사이로 소리가 들렸다. 심장이 뛰는 소리였다. 가슴이 요동치는 소리. 혁주의 것이었다. 그 소리가 그녀의 말에 대한 답이었다. 결코 그녀를 버리는 일은 없을 것이라고 단호히 외치고 있었다.

연옥은 혁주의 심장 소리를 무시했다. 들리지 않는 척 버드나무인지 달인지 모를 어느 지점만 계속해서 바라보았다.

"나를 버려야 한다고 했잖아. 내게 발목 잡히지 마."

어떻게 내가 그럴 수 있나요?

연옥의 옆얼굴을 집요하게 따라붙으며 혁주의 시선이 물었다. 보지 않아도 연옥은 알 수 있었다. 그만큼 혁주의 시선은 노골적이었다. 상황이 달랐다면 그의 마음에 가슴이 설레었을까? 찰나에 스치는 생각이 부질없었다.

"있지, 혁주야."

연옥의 부름에 혁주는 입술을 깨물었다.

그녀가 혁주야, 이름을 불러 주면 슬프거나, 애달프거나 하는 그런 우울하고 부정적인 기분이 들었다. 항상 변함없이 그래 왔었다. 그녀는 혁주야, 라고 부르고 그의 심정을 무참하게 만들었다. 아는지, 모르는지. 알아도 잔인하고 모른대도 그건 그거대로 잔인했다. 연옥이 지어 준 이름. 혁주가 가진 유일한 자기의 것. 다른 누구의 것도 아닌.

그 이름으로 혁주는 충만함과 허무함 사이를 넘나들었다.

"난 말이야. 항상 이곤, 그자를 생각해. 떠올리려고 떠올리는 것이 아니야. 불에 덴 화상처럼 여기 이 자리 내 가슴에 낙인이 되어 사라지지 않아. 여기서 뜨겁다 못해 활활 타오를 것 같은 분노가 매일매일 새롭게 솟아나. 그러니 나는 아무것도 할 수가 없어. 잠을 잘 수도, 먹을 수도, 다른 어떤 것도 할 수가 없어. 이 화의 근원을 뿌리째 뽑아내기 전까진 나는 아무것도 생각지 못해. 오로지 그자의 얼굴만 떠올리고 또 떠올리고 그렇게 분노에 잠식당하는 것이 나야. 내 속에 네가 들어올 자리는 없어. 너 아니래도 그 누구도 말이야."

혁주는 두 다리에 힘이 빠지는 걸 느꼈다. 연옥의 옆자리에 힘없이 걸터앉았다. 연옥의 시선을 따라 혁주의 시선도 버드나무에 걸린 달을 보았다.

"너 기억나니? 그날의 수월재를 말이야. 난 너무도 선명해서 제발 기억에서 지워 달라고 저 못에 대고, 저 나무에 대고, 저기 걸린 달에 대고 아니면 저 멀리 희미하게 보이는 산이나 서서히 떠오르는 먼동, 아무것도 보이지 않는 어두운 밤하늘에 대고 그렇게 매일 기도해. 지금도 떠올라. 뿌옇게 일어난 먼지들이, 비릿하던 피 내음이, 부서진 세간들이, 나동그라지는 식솔들이, 사방에서 외쳐대는 비명과 고함들이. 그리고 아버님의 사랑방이. 그토록 정갈했던……."

은은한 편백 나무 향과 짙게 흐르던 묵향이.

……그리고 목 잘린 내 아버님의 육신이.

마루에서 내려온 연옥은 김직언의 사랑채가 있는 쪽으로 걸었다. 혁주가 조용히 따랐다. 김직언의 사랑에서는 아직 불빛이 새어 나오고 있었다. 연옥은 지창에 비치는 김직언의 그림자에서 눈을 떼지 않았다. 그녀는 무언가에 홀린 사람처럼 나직이 중얼거렸다.

"이제 정말 머지않았어. 김 대감이 나를 그에게 데려다주겠지."

연옥이 몸을 돌려 혁주의 눈을 응시했다.

"그러니 나를 방해하지 마."

*　　*　　*

명주실을 꼬아 만든 여섯 개의 현이 저마다의 음으로 튕겨져 올랐다. 반지르르 윤이 흐르는 자문죽 술대가 팽팽히 당겨진 현들을 위로 아래로 옮겨 다녔다. 길고 매끈한 술대는 현들을 자유자재로 연주했다. 진중하고도 고아한 음률이 때로는 빠르게 때로는 느리게 고적한 방 안을 아로새기면서 악기 특유의 무게감을 잃지 않았다.

여섯 개의 현은 혹간 연주자의 마음을 닮은 듯했다. 한 줄은 고뇌에 싸여 음침했으며 한 줄은 세상에 홀로인 것처럼 쓸쓸했다. 한 줄은 분노하여 거칠었다. 다른 줄은 결의에 차서 단호했고 어떤 줄은 풍랑에 휩싸인 나룻배인 양 요동했다. 모든 것들을 아울러 위로하는 나긋한 줄도 있었다.

현은 어울려 음악을 만들었다. 형용할 수 없는 기이한 음색은 물수제비처럼 밖으로 퍼져 나갔다.

문이 양편으로 갈라졌다. 박 내관이 빠르게 문지방을 넘어서자 한 식경이 넘도록 지속되었던 현의 울림도 멈추었다.

"저하, 대전에서 상선이 보낸 자가 다녀갔사옵니다."

현은 여운이 남았는지 아직 파르르 떨렸다.

"무어라 하더냐?"

"과경에 입직 승지가 성상의 부름을 받잡고 입시하였다 하옵니다."

독대를 하기엔 늦은 시각이다.

"입직 승지는 누구라더냐?"

"도승지 김진한이라 하옵니다."

티잉!

끊어질 듯이 튀는 현이다. 박달나무로 만들어진 거문고는 다시 음의 향연을 베풀었다. 고조되는 금운이다. 음은 치밀어 올랐다가 은은해졌다. 곤은 자신이 조율하는 선율에 취해 눈을 감았다.

\*　　　\*　　　\*

이튿날, 힐조(詰朝)부터 별안간 불려온 탓에 영문을 모르고 잔뜩 긴장해 있는 승정원 주서는 꽤나 젊은 자였다. 눈썹을 슬그니 들어 애꿎은 다탁만 주시하던 그는 자신을 살피는 면밀한 눈길에 어깨가 거북이 목인 양 움츠러들었다.

곤은 찻잔을 들어 향을 음미했다. 거추에 따서 말려 놓은 국화 꽃잎을 띄운 화차였다. 국향이 그윽했다.

"주서, 네 할 일이 어명의 출납을 기록하는 것이렷다?"

"그러하옵니다. 저하."

"거야에 도승지가 부왕을 독대하였다지. 내용을 아느냐?"

"알지 못하옵니다."

"야심한 시각에 도승지가 사사로이 입시하지는 않았을 것이다. 부왕의 부르심을 받잡고 독대를 했다 들었다. 밖으로 물러날 때는 교서로 보이는 문건을 들고 있는 걸 본 자가 있건만 네가 내용을 모를 수 있단 말이냐?"

곤은 불쌍한 주서를 몰아붙였다.

"주서라면 도승지를 따라 마땅히 입시해야 하는 것이 아니더냐. 그것이 어명의 출납을 빠짐없이 기록하는 네 일이고 말이다."

"소신이 비번이었던 터라……."

우물우물 말끝을 흐리는 주서다.

"그래도 그렇지. 승정원 주서란 놈이 교서가 들어오는지 나가는지, 들어왔으면 내용이 무엇인지, 나갔으면 어느 놈이 어디로 내갔는지, 왜 내갔는지 알고 있어야 할 것이 아니냔 말이다!"

곤의 언성이 높아졌다.

대관절 무슨 일이란 말인가. 한직이나마 조용히 살면 풍파 없이 평온한 삶이겠다, 스스로 몸을 낮춰 언행을 삼가고 허허실실 살았건만 세자께서는 어이하여 이토록 천한 것을 불러 당혹케 하신단 말인가.

주서가 간신히 입을 열어 대답했다.

"송구하옵니다, 저하. 교서에 대한 도승지의 언급이 따로 없고 소직도 달리 듣거나 본 것이 없어 아뢸 말씀이 없사옵니다."

"네놈 말은 거야에 부왕 전하께서 내리신 교서가 승정원에 없다는 말이냐?"

어지간히 갑갑한 곤이 부아를 냈다. 지레 긴장한 박 내관이 침을 삼켰다. 주서의 낯빛이 창백해졌다.

"없는 것인지 없어진 것인지……."

곤이 손을 휘휘 내저었다.

"됐다. 녹봉만 받아먹고 빈둥거리는 천치가 한둘이더냐? 물러가라."

"예? 예, 저하! 소직은 이만 물러가옵니다."

명이 떨어지기 무섭게 벌떡 일어난 주서가 후다닥 절을 올렸다. 누가 잡을세라 꽁무니 빼는 그의 모습을 곤이 한심스럽게 보았다.

"저잣거리 광대보다도 천연덕스러운 자가 아니냐. 저 모습 어디가 지난 전시에서 최연소로 장원을 한 자의 것이더냐? 그러니 사람들이 속지. 소심하고, 무능한 데에다가 제 주관 없는 못난 인사라고 말이다."

혼잣말처럼 중얼거리는데 박 내관이 몇 마디를 보탰다.

"듣기로는 도통 눈치가 없고 야망도 없으되 사리까지 몰라 편히 놀고먹으려는 자라 하옵니다. 만년 정칠품의 위인이라고 말이옵니다."

"이런 여우 같은 인사를 보았나."

곤의 미간이 좁아졌다.

"용보다 이무기가 좋고 머리보다 꼬리가 좋다는 데야…… 이록이 있느냐?"

즉각 장지문이 열리고 문밖에 이록이 부복했다.

"아비는 골수 서인이나 아들은 따로 당색을 가지지 않는 자라…… 하도 편 가르기 좋아하는 것들만 봐서 그런지 제법 귀염성이 있는 자다."

곤은 홀연히 파안대소했다. 호탕하게 터져 나온 웃음소리가 문밖으로 퍼져 나갔다. 실성한 이처럼 키득거렸다.

"큭큭큭. 그깟 것의 정치 놀음 제대로 된 판이 아니면 끼기도 싫은 게다. 암! 여차하면 빈청 밖이 저승길인데 가원이 너라면 나 잘났소, 어깨 펴고 다니겠느냐?"

박 내관이 고개를 갸웃거렸다.

"무리 지어 다니는 것들 습성이 그러함이다."

"습성이라시면……."

"당파 싸움이 무엇이냐?"

"저하, 이놈은 무식하여 무어라 답을 올려야 할지 잘 모르겠사옵니다."

"개싸움이다. 밥그릇 뺏길까 봐 불을 켜고 달려드는 멍멍, 개새끼들 싸움 말이다."

"저하! 벽에도 귀가 있사옵니다."

"있으면 들으라지. 떼로 무리 지어 다니면서 편 갈라 물고 뜯고 싸우는 것들이 조정에 자리 잡고 앉아 수염이나 쓰다듬는 늙은이들 아니냐. 혼자서는 아무것도 하지 못할 빙충이들 말이다. 그놈들이 잘하는 짓이라고는 젊고 패기 있어, 눈에 띄는 자들을 빈척하는 것뿐이다. 그러니 머저리들이 저 잘난 맛에 고개 내밀고 끼어들다 된통 당하는 게야."

파도를 치며 들썩이던 어깨가 서서히 잦아들었다.

"내, 주서의 거짓된 모습도 이해를 한다. 옹크려 녹봉이나 받아먹고 살면 그런대로 처자식 굶기지 않고 한세상 제 명대로 잘 살았다 할 것인즉."

생각에 잠겨서 그는 오랫동안 말이 없었다. 한참 만에 그는 말머리를 돌렸다.

"김진한이 부왕과의 독대가 끝나자마자 퇴궐했다 하였지?"

왕과 독대한 입직 승지가 승정원으로 돌아와 어명을 전달치 않고 퇴궐을 했다는 것은 있을 수 없는 일이었다. 주서의 말을 듣자면 김진한이 교서의 존재를 승정원에 숨긴 것이 분명했다.

"번을 서다 말고 야심한 시각에 어디로 갔을까? 집으로 돌아가 편히 누워 자지는 않았을 것이고……."

무언가를 깨달은 곤이 피식, 실소했다.

"가원아, 김직언이 입궐 하였다더냐?"

"침전에 입시해 있다 하옵니다. 상선에게 연통을 넣어 자세히 알아보도록 하겠사옵니다."

"그럴 것 없다."

교서를 챙겨 들고 퇴궐할 정도로 급박했다면 김진한이 갈 곳은 소북의 당수인 김직언의 집밖에 없었다. 승정원이 아닌 김직언을 찾아갈 내용이라면 무엇일까? 날이 밝기가 무섭게 김직언이 입궐하여 대전에 알현을 청한다? 필시 소북의 안위를 뒤흔들 만한 일임이 분명했다. 그렇지 않고서는 금세 발각될 것이 빤한데 교서를 빼돌리는 위험을 군이 감수하지는 않았을 것이다.

"이록아, 지금 즉시 수의를 데려오너라."

"저하, 어디 미령하시옵니까? 수의는 어찌……."

호들갑 떠는 박 내관을 흘겨보고 남아 있는 차를 단숨에 삼켰다.

"보력이 높으신 부왕이 아니시냐. 옥후의 추이를 상세히 알아봐야겠다."

저간에 왕의 병치레가 잦았다.

여혹 자리보전한 왕이 더는 만기친람(萬機親覽 임금이 친히 정사를 보는 일)을 하지 못하겠다고 선언이라도 했다면 대리청정을 맡기거나 혹간 보위를 넘겨줄 만한 대상은 누구일까. 암만 곤이 성에 차지 않더라도 왕이 망령을 부리지 않는 이상 코흘리개 창은 아닐 것이다. 창이 자라기도 전에 찾아온 왕의 와병이 심히 일렀다.

얼마 전에 바뀐 수의가 조응래라던가…….

곤은 팔꿈치를 장침에 받치고 피곤한 안색으로 미간을 꾹꾹 눌렀다. 입 안이 썼다. 국본으로서 윤당히 오를 왕의 자리였다. 만조백관의 하례를 받으며 어엿이 앉을 용상이었다. 이토록 지리분산할 일이 아니었다.

곤은 자신을 보던 부왕의 가시눈을 떠올렸다. 보드라운 살결을 가진 네 살 아이의 말랑하고 통통한 볼이 떠올랐다. 피가 몰리는 분기에 주먹을 으스러지게 쥐었다.

* * *

곤은 희정당으로 향하는 발길을 몇 번이고 되돌리면서 서성거렸다.

왕이 세자의 문후를 거부한 것은 오래된 이야기였다. 내금위들은 월대 앞에 서서 곤을 가로막았다. 나이 지긋한 내금위장이 곤란하다며 끙끙거렸다.

곤은 굳게 닫힌 희정당의 분합문만 바라보아야 했다.

어느 날은 왕비가 창의 손을 잡고 그를 유유히 지나쳐 월대 위로 올라섰다. 또 어떤 날은 조정의 중신들이 옆을 지나쳐 갔으며 다른 날은 하찮은 궁인조차 그를 스쳐 지나갔다. 희정당은 그들 모두에게 분합문을 활짝 개방했으나 곤에게만은 철옹성이었다.

그럴 때마다 세자빈은 옆에 서서 불안한 듯 스란치마를 비틀어 쥐었다. 가진 탐욕만큼 심기도 굳건한 제 아비와 달리 세자빈은 한없이 여렸다. 위엄을 세우고 체통을 지키려 애를 썼지만 번번이 무너져 내렸다. 제법 강단 있는 척 굴었으나 매양 실패했다. 곤은 분풀이하듯 세자빈을 노려보았다. 그러면 세자빈은 겁을 집어먹고 딸꾹질을 해 댔다.

"그대의 모자란 모습이 작금의 내 처지를 비웃는 것 같소
이다."

세자빈은 입을 틀어막았다. 비꼬아 대는 말에 상처를 받아 울
음을 터트리기 직전이었다. 돌아선 그녀는 도망치듯 제 처소로
달려가 숨어 버렸다. 애먼 궁관들이 상전을 따라 허둥지둥 달렸
다. 펄럭이며 나부끼는 치맛자락들이 넘실거리는 파도처럼 위태
롭게 보였다.

빈궁은 무엇이 그리 두렵고 무엇이 그토록 서러울까?

곤은 부왕에게 내쳐질까 두려웠으며 벌거벗겨진 채로 신료들
앞에 서서 손가락질 당할까 두려웠다.

빈궁 역시 그랬으리라.

곤의 두려움이, 그의 공포가 곧 세자빈의 것이었다. 제 아비의
독려를 받아 근근이 버티어 내지만 그다지 영특하지 못하고 소
심한 성정이 오죽했으랴. 세자빈의 걱정은 태산과도 같았다. 정
치적 뒷배가 되어 주는 대북이 잘못될까 두려워했고 파도에 휩
쓸리듯 제 아비와 친정이 그리될까 무서워했으며 왕비가 되지
못할까 전전긍긍했다.

그예 제 살길이 걱정이리라.

그리고 세자빈의 고민은 곤의 것이기도 했다. 듣기 좋은 말로
대의명분을 위장해도 종시 죽고 사는 문제였다. 언제부터인가
곤은 문후 인사에 세자빈을 대동하지 않았다.

수의는 왕이 얼마 살지 못할 것이라고 했다. 몇 달은 버틸 터이지만 그보다 오래는 아니라고 했다. 이사이 왕은 정말로 숨을 쉬는 것조차 힘들어했으며 비탄과 비감에 빠져 감정을 추스르기 어려운 상태라는 것이다.

김진한이 빼돌린 교서가 선위 교서라면 왕은 참으로 애석하고 분했으리라. 사람을 가리지 않고 찾아드는 병마는 곤에 대한 왕의 시기와 질투를 허무하게 만들었다. 뿐만 아니라 적통 후계를 향한 집착과 꿈마저 허망하게 만들었다. 오래고 질긴 미움의 나날이었다. 그러나 흐르는 세월 앞에 승자는 젊고 건강한 곤이었다.

그럼에도 불구하고 곤은 희정당에 쉬이 다가서지 못했다. 더는 그의 출입을 금하는 어명도, 월대 앞을 가로막는 내금위도 없었지만 거부당하는 것에 익숙해진 탓인지 금단의 구역을 가로막은 거대한 담벼락처럼 희정당은 그렇게 곤을 내려다보고 있었다.

분합문이 열리고 대령상궁이 서둘러 뜰아래로 내려왔다.

"어찌 듭시지 않으시오니까?"

"좌의정이 들어 있느냐?"

"이제 물러갈 때가 되었사옵니다."

"옥후는 어떠하시냐?"

"그만하시옵니다. 한 날은 평안하오시고 한 날은 고통스러워하시다가 다른 한 날은 기진한 상태로 계시기도 하옵니다. 금일은 조금 쾌차하신 듯하옵니다."

병든 부왕을 상대로 김직언은 무엇을 말하고 있을까?

곤은 고심했다. 죽고 사는 문제는 자신이나 세자빈만의 문제
가 아니었다. 그것은 늘 부왕의 문제였고 왕비와 김직언의 문제
이기도 했으며 다른 누군가의 문제이기도 했다. 오래전 서자성
과 그의 여식이 그러했듯이.

*　　　*　　　*

네 살배기 아이에게 장시간 하는 일 없이 가만히 앉아 있기란
어렵고 힘든 일이었다. 창은 몸을 이리저리 뒤틀며 무릎 위에 놓
인 작은 손을 꼬물거렸다. 좀처럼 말을 하지 않고 바라만 보는
어미의 시선이 무서운 모양이었다. 뒤편으로 물러나 부복해 있
는 보모상궁을 자꾸만 흘끔거리더니 도톰한 입술을 비죽거리며
울음보를 터트리기 직전이었다.

아이에게서는 젖내가 났다. 꼬물거리는 손과 실룩거리는 입
술, 통통하게 살이 오른 볼이 여느 집 아이들과 다를 것이 없었
다. 호사스러운 사규삼을 벗겨 백성들이나 입는 허름한 옷가지
를 걸쳐 놓아도 어색하지 않을 것 같았다.

왕통으로서 이 아이여야만 하는 명확한 이유를 보현은 찾고
있었다. 단순히 적자라는 이유 하나만으로는 부족했다. 누구라
도 수긍할 수밖에 없는 무언가가 필요했다. 그러나 아이는 아이
답게 귀여울 뿐이었다. 창이 반드시 왕위에 올라야 하는 이유는

마땅히 없었으나 반대로 왕위에 오르면 안 되는 이유는 차고도 넘쳤다. 태생적 유리함은 생각처럼 크지 않았다.

"대군을 데려가라."

보모상궁이 창을 데리고 물러나자 보현은 한숨을 깊이 내쉬었다. 왕이 작야에 김진한을 불러들였음을 김직언에게서 들은 후였다. 나이든 자의 노화(老化)는 힐조에 폈다 일석(日夕)에 지는 꽃처럼 빨랐으나 아이의 성장은 더디기만 했다.


二.


삼각산 서쪽 기슭에 진관사라는 절이 하나 있었다. 산 중턱에 세워진 여타의 사찰들과 달리 산 초입에 자리해 누구나 쉽게 오갈 수 있는 곳으로 고려조, 현종이 즉위하기 전에 자신의 목숨을 구해 준 진관조사의 은혜에 보답하고자 지은 고찰이라고 했다.

약간의 비탈길을 일다경 정도 걸어 올라가면 일주문이 보이는데 흡사 깊은 산 속에 들어와 있는 것처럼 산림이 울창했다. 산사의 입구인 홍제루를 지나기 전, 산들바람이 경내를 휘돌아 곤의 도포 자락을 흩날리며 희롱했다.

흘깃 맞은편에 있는 아름드리 느티나무를 보았다. 때가 일러 색동옷으로 갈아입기 전이다. 무성한 잎들은 여태 짙푸른 색이다. 새들의 노래가 계곡물 흐르는 소리와 어우러져 제법 풍치가 있었다.

홍제루에 들어서면서 곤은 두 손을 모아 합장했다. 유구한 역사를 지닌 산사의 고색창연(古色蒼然)함과 인적 드문 고적한 풍경이 선경 세계와 다를 바 없었다.

주법당인 대웅전의 장방형 화강암 기단이 속세의 티끌 한 톨도 허하지 않을 것처럼 단호해 뵈었다. 팔각지붕 아래 청기와는 도를 닦는 자의 곧은 심성인 듯 보였고, 법당 문을 지키는 용두는 다포와 어우러져 보는 이로 하여금 위엄과 두려움을 동시에 느끼도록 했다.

활짝 벌어진 중앙의 꽃살문 사이로 윤택이 흐르는 법당의 내부가 보이자 저도 모르게 숙연해졌다. 눈이 멀 것 같은 금빛의 비로나자불을 주존으로 하여 노사나불과 석가여래상까지. 그 웅장함과 경건함 앞에서는 반상(班常 양반과 상민을 아울러 이르는 말)이 없으니 왕인들 그 자리가 있을 것이며 하물며 세자인들 있을까.

그윽한 향내가 바람을 타고 흘러나와 불심을 천하에 퍼트렸다. 병풍처럼 산사를 둘러싼 삼각산의 절경이 어쩌면 이리도 조화로울까. 날다람쥐 한 마리가 알 수 없는 곳에서 조르르 달려 나오더니 알 수 없는 곳으로 사라졌다.

"저하께서 예까지 어인 일이시옵니까? 허허허."

백발이 성성한 노승이 법당에서 나와 아는 척을 하며 합장했다. 일반적인 승려와 달리 긴 머리를 산발한 것이 예사롭지 않았다. 산사의 주지 스님인 만종 선사다. 너털웃음이 담대하고 시원

시원한 것이 출가하기 전 고명한 무공을 지닌 무관이었다는 사실을 입증하고도 남음이었다.

"그간 적조하였소."

"강산이 한 번 변하였사옵니다. 왜의 침략으로 인하여 도탄에 빠진 종묘사직과 민초의 삶을 돌보시느라 그러하신 것이 아니겠사옵니까?"

만종 선사는 전란이 일어나자 제일 먼저 승병을 일으켜 공을 세웠는데 그때 전지에서 맺어진 곤과의 인연이 지금까지 이어지고 있었다. 뿐만 아니라 그는 김직언과도 같은 항렬의 육촌지간이었다. 출가하여 나라의 큰스님이 되었다고 하나 외척 일문(一門 한 가문)임이 틀림없었다. 그런 그가 가문과 견원지간인 곤을 이리 반가워하다니 과시 고승으로서 속세의 자잘한 사정에 얽매이지 않았다.

"하온데 미복잠행에 호위하는 자가 어찌 한 명뿐이옵니까?"

이록을 말함이었다. 노승의 눈길이 머문 곳에는 기(氣)만 느껴질 뿐 눈에 보이는 사물은 나무와 풀이 전부였다.

"일당백을 하는 자면 됐지 더 필요하겠소?"

"허허허. 하긴 그렇사옵니다. 일당백이 하나도 아니고 둘이니 오히려 멋모르고 덤벼드는 자들을 애도할 일이옵니다."

만종 선사의 말이 의미심장했다. 승방으로 인도한 그가 방에 들 것을 권했지만 곤은 태사혜를 벗지도 않고 툇마루에 걸터앉았다. 산사를 부유하는 입추의 바람이 마음속의 번잡함을 조금이나마 쓸어 주었다.

사미승이 다기를 내오자 만종 선사가 직접 차를 우리기 시작했다. 경내를 가로질러 달려가는 사미승의 박박 깎은 머리통이 햇빛을 받아 반질반질 빛이 났다.

찻잔에 차수를 따르며 만종 선사가 물었다.

"그러고 보니 이맘때쯤이 경애당(혜빈 강씨의 당호)자가의 제삿날이 아니옵니까?"

"그분의 기일을 기억해 주는 이가 다 있구려."

찻잔을 받아드는 곤의 목소리가 담담했다. 열 달을 품어 낳아 주신 분인데 감히 마마 자를 붙여 존칭할 수가 없었다. 왕의 자녀들이 어마마마라 부를 수 있는 상대는 오직 한 사람, 왕의 정비인 왕비뿐이었다. 왕의 혈통은 대군이나 군, 공주나 옹주 할 것 없이 왕비의 소생으로 치기 때문이다. 그러한 이유로 후궁은 품계가 높은 빈이라 할지라도 자식에게 공대해야 했다. 왕의 자식들은 무품이니 후궁보다 신분이 높았다.

"나라의 법도가 지엄하오이다. 어머님의 봉제사를 살뜰히 챙기지 못하니 자식 된 도리로 마음이 아프지 않을 수 있소이까? 하여 날짜는 며칠 남았으나 적적한 마음에 불공이나 드리고자 왔소이다."

국기일은 선대왕과 왕비의 제삿날이었다. 그날은 나라 전체가 일을 하지 않고 왕실의 봉제사에만 신경을 썼다. 전란 중에도 전국의 관아가 휴무를 할 정도였으니 얼마나 크고 성대한 행사

인지 굳이 말하지 않아도 알 만했다.

유교는 인간 세상의 모든 사물과 현상에 분수를 두었다. 후궁의 제삿날을 기억해 주는 일도 받들어 주는 일도 없으며 그래서도 안 되었다. 금상의 원비인 현의왕후와 혜빈의 제삿날이 불과 며칠 차이여서 곤이 느끼는 상대적 허탈감이 적이 크다 할 수 있었다.

"기이 납시었으니 공양이나 넉넉히 올리사이다."

"물론이오. 왜 아니 그러겠소."

곤은 순순히 대답했다. 찻잔을 내려놓고 두 눈을 감았다. 귓가에 노니는 새들의 지저귐과 쉼 없이 졸졸거리는 계곡의 물소리, 날다람쥐의 먹이를 갉아 대는 소리가 악공의 연주처럼 들렸다.

"혹여 소승에게 하문하실 것이라도 따로 있으시옵니까?"

만종 선사는 느릿한 동작으로 찻잔을 입가로 가져갔다. 그가 이곳의 주지승이 된 지 어언 십여 년이었다. 혜빈을 기리려 한다는 말이 허언은 아닐 테지만 이 날까지 걸음하지 않던 이가 갑자기 찾아왔다면 다른 연유가 있으리라.

"풍문에 성상의 옥후가 중하시다 들었사옵니다. 이러한 때에 저하께오서 세자궁을 비우시고 사사로이 궐 밖 출입을 하신다면 중신들 사이에 거센 비난이 일어날 것이옵니다. 워낙 말 많고 남 험담하기 좋아하는 자들이니 말이옵니다."

그럼에도 불구하고 기어코 궐 밖으로 나왔다면 이는 필시 가벼운 일이 아닐 것이다. 만종 선사의 시선이 찻잔을 넘어 곤에게 닿았다. 곤은 장막처럼 드리워진 눈썹을 들었다. 만면에 웃음을 지었다.

"선사께서 내게 내어 줄 것이 있지 않소?"

만종 선사는 내심 소스라쳤다. 세자는 왕의 교서를 말하는 것이리라. 며칠 전, 김직언이 잠시 맡아 달라며 두고 간 것을 그가 어찌 알았을까. 교서란 왕의 칙령이 적힌 문서였다. 그것을 몰래 숨긴 것도 대죄이거늘 하물며 선위 교서야!

"목탁이나 두드리는 소승이 무에 가진 것이 있어 내어 드리오리까?"

늙으면 구렁이가 된다던가. 시치미를 떼었다.

"선사께서는 중궁의 육촌 당숙이 되지 않으시오?"

"속세의 법도가 그러하옵니다."

"또한 외척의 세도를 누리는 좌의정 김직언의 육촌 형님도 되고."

"역시 속세의 것으로 따지자면 그러하옵니다."

곤의 웃음이 서늘해졌다.

"온 나라 불제자들은 물론이요, 반상과 왕실에 이르기까지 존경을 받는 큰스님이 바로 선사가 아니겠소? 속세의 법으로 보자면 중궁의 일문으로서 나라의 중대사마다 조언을 해 줄 수도 있을 터. 지금껏 두문불출 부처님 공부만 하니 측량할 수 없는 도량에 감복하지 않을 수 없소이다."

"하는 일 없이 염불이나 외우면서 유유자적하는 땡중이옵니다. 아는 것이 없어 묵언하였을 뿐, 그리 칭송해 주시니 송구스럽기 이를 데 없사옵니다."

"허니 누군가 무엇을 숨기고자 한다면 선사, 그대의 품만큼 안전한 곳이 있겠소이까?"

"허허허허."

만종 선사는 공연한 너털웃음으로 답을 피했다.

"입직이었던 도승지가 사흘 전, 급히 입시하였소. 해시(밤 아홉 시에서 열한 시 사이)가 지날 시각에 말이오. 깊은 밤중에 부왕의 부르심을 받았으면 무슨 어지가 있었을 것인데 그날의 교서가 감쪽같이 사라진 게요. 아 참! 도승지도 중궁의 일문이라 들었는데 맞소이까?"

곤은 웃음을 거뒀다. 검은 눈동자에 미미한 파동조차 일지 않았다.

"속세의 연을 남김없이 끊어내는 불제자라고 하나 먼저 사람이 아니겠소?"

"무슨 말씀을 하시는지 소승은 통……."

"혈족이 도와 달라 청한다면 쉽사리 내치지 못하는 것이 인지상정. 흙바닥에 기어 다니는 미물에게도 자비를 베푸는 불법이 아니오. 김직언이 다녀갔소이까, 아니면 수하의 다른 이가 다녀갔소이까?"

곤은 해일처럼 만종 선사를 몰아쳤다. 실상 고저가 없는 억양이지만 너희 외척 세도들이 붕당을 등에 업고 무슨 짓거리 중이냐! 격심하게 호통 치는 기운이 목소리에서 고스란히 뿜어져 나왔다.

"내용이 무엇일까 궁금하지 않소? 도승지와 김직언이 대죄를 감내하면서까지 숨긴 교서의 내용 말이오."

"끙."

신음을 뱉어 낸 만종 선사는 흰 수염만 쓰다듬었다. 무언가 확실한 물증이 있어 세자가 달려온 것은 아닐 것이다. 영특함이 도가 지나칠 정도라 이리저리 정황을 구슬 꿰듯 꿰맞추다 보니 예까지 왔을 게다.

"사람이란 무릇 제 자리가 있기 마련 아니오? 순리대로 하여야지 억지로 거스르려 하면 탈이 나지 않겠소? 그것은 불법에도 반하는 일. 도량이 넓으신 선사 앞에서 주름 잡는 것 같아 민망하나 선사, 한낱 혈족의 정에 이끌려 순리를 그르치지 마시오."

이 얼마나 젊고 패기 넘치며 위엄이 서는 사내란 말인가!

만종 선사는 곤의 관상을 가만히 들여다보았다. 어디 하나 모난 곳 없는 홍안이 영락없는 왕의 관상이었다. 짧은 감탄이 새어 나왔다.

교서가 만종 선사의 손에 있게 된 까닭은 부득불 파지 버리듯이 선사의 승방에 교서를 던져 놓고 간 김직언의 아집 때문이었다. 그토록 불법을 닦았건만 속진(俗塵 속세의 티끌)이 남아 있던 모양이었다. 그가 의정부나 사헌부에 이를 고하지 못하고 며칠이라도 가지고 있었던 것은 오롯이 일문에 대한 염려 탓이니 말이다.

곤의 눈빛이 의미심장해졌다.

"내가 비록 선사께 힘든 국난을 함께 버티어 낸 정을 가지고 있다 하나, 그대를 봐줄 수 있는 것은 오늘까지 뿐이외다. 어머님을 기리고자 하는 내 심정은 거짓이 아니오. 그분의 극락왕생을 빌러 불공을 드리러 왔으니 어찌 포악한 심성을 품겠소. 허나 명일에 사람을 보낼 터, 잘 생각하여 내가 원하는 것을 들려 보내도록 하오. 만일 이 사람의 손으로 직접 그대에게서 교서를 되찾는 일이 일어난다면 그때는 선사를 보아줄 수가 없다는 말을 하는 거요. 허니 선사가 직접 내주도록 하시오."

차갑게 식은 차수를 냉수처럼 들이킨 곤이 섬돌 아래로 내려섰다. 만종 선사가 고개를 저으며 큰 숨을 내쉬었다.

"관련된 자들을 어찌하실 요량이시옵니까?"

"어찌하기는. 이 사람은 말이오, 그다지 도량이 깊지 못하다오."

"문호대군은 어린아이옵니다."

만종 선사가 가라앉은 목소리로 슬쩍 떠보았다.

어린 것은 죄가 없는 법이다. 아이가 무엇을 알까. 풍랑을 잘못 만난 거룻배이거나 바람에 흔들리는 작은 묘목이었다.

곤은 만종 선사가 뜻하는 바를 알았으나 냉랭한 투로 답했다.

"고래로 종친이 죄를 받는 이유가 무엇이었소? 그들이 진정 대역죄를 저질렀을 것 같소? 아니오. 종친이기 때문이오. 나이가 많고 적음은 소용이 없소이다."

"저하의 아우 되시옵니다."

아우, 아우라…….

곤의 시선이 비질하는 사미승 옆에서 장난을 치는 동자승에게로 향했다. 이제 겨우 예닐곱이나 되었을까. 그보다도 어린아이가 창이었다.

"어찌 왕가의 형제지간이 사가의 것과 같다 하겠소?"

문득 귓가에 칼 울음소리가 '징'하고 들리자 곤의 몸이 본능적으로 경직되었다. 공기를 가르는 소리가 예사롭지 않았다. 낭창한 칼이 튕기면서 바람을 쳐 내는 소리였다. 크고 아름다운 기의 파동이 완연했다.

*　　*　　*

진관사로 향하는 연옥의 발걸음이 빨라졌다.

갈 곳이 없던 어린 시절 그녀를 받아 주고 보살펴 준 이가 진관사의 주지승인 만종 선사였다. 혁주와 검계를 꾸린 이후로 산사에 전혀 걸음하지 않았기 때문에 만종 선사를 보지 못한 지가 벌써 수 해째였다. 실은 사람 해하는 일을 한다며 내쫓겼다는 말이 맞겠지만 말이다. 여하간 일이 잘못되면 다시 마주할 기회가 없기에 입궐 전, 하직 인사를 위해 오는 길이었다.

삼각산의 꼭대기가 흐릿하게 보이자 연옥은 걸음을 멈췄다.

높다란 산, 제일 높은 곳에 그가 있었다.

"이곤, 이곤, 이곤!"

습관처럼 곱씹고 곱씹는 이름이다.


"세자다! 세자 이곤이 네 아비를 죽인 자들의 수괴다!"


아비가 죽던 날, 김직언의 입에서 그의 이름이 흘러나왔을 때, 처음엔 믿지 않았다. 동명의 다른 누군가가 있을 것이라며 고개를 저었다. 세자의 이름은 왕의 휘, 천하의 누구도 함께 쓸 수 있는 이름이 아니라고 김직언이 말해 주었다. 정녕 자상하게 웃어 주던 그 도련님이 맞단 말인가. 다감하게도 초상을 그려 주던 그분이더란 말인가. 뼛속을 관통하는 배신감에 격통이 몸과 마음을 너덜너덜하게 헤집어 놓았다.


"분한 것이냐? 분하면 싸워야지. 죽을 때까지 물어뜯고 아니 놓아주는 게야. 네 마음속에 격하게 일렁이는 분노의 덩어리를 밤마다 꺼내어 보아라. 그것이 네가 싸워야 할 이유니라."


김직언의 말은 이후 연옥이 가야 할 길이 되었다.

기억하는 것 자체가 오장육부를 분해시키고 살을 뼈에서 분리하는 것처럼 아프고 고통스러웠다. 차라리 잊어야지, 모다 잊고 없던 일처럼 그리 살아야지 했다가도 결국 피비린내 진동하는 수월재의 난장을 악몽 속에서 어김없이 마주치고야 말았다.

그러면 어린 연옥은 지창을 발칵 열어 멀리 삼각산 봉우리를 핏빛의 동공으로 주시했다. 흑야 속에서 희미하게 보이는 산봉우리가 흡사 손에 닿을 수 없는 곳에 있을 세자, 이곤인 듯했다. 그렇게 분노한 만큼, 아프고 아픈 만큼 슬프던 세월은 진관사 경내를 휘돌던 바람을 따라 흐르고 흘러 오늘에야 이르렀다.

일주문을 지나 홍제루가 보였다. 다리가 저절로 뜀박질을 했다. 대웅전 앞에서 합장을 하고 법당 안을 들여다보았다. 스님 두엇이 불경을 외우고 있을 뿐 만종 선사의 모습이 보이지 않았다. 승방 쪽으로 몸을 돌리자 어려서부터 보아 온 사미승이 그녀를 발견하고 가까이 다가왔다.

"그동안 소식 한 자 없으시더니 이제야 오셨습니까? 아예 아니 오시나 했습니다."

만종 선사 밑에서 함께 자랐다지만 연옥에 대한 것은 사미승뿐만 다른 절 식구들도 아는 바가 없었다. 그들이 아는 것이라곤 만종 선사가 지어 준 그녀의 법명뿐이었다. 사정 모르는 사미승은 말도 없이 사라졌다 몇 년 만에 나타난 연옥을 향해 합장을 하며 어디서 무엇을 하느라 이제 나타나느냐고, 은근히 타박이었다.

"그리되었습니다. 걱정하셨습니까?"

"무탈하셨으면 되었습니다."

"용서하십시오. 사정이 있었습니다."

"용서라니요. 과한 말씀이십니다."

연옥의 사죄에 사미승은 멋쩍은 듯 손을 내저었다.

"헌데 큰스님께서 아니 보이십니다. 출타하셨습니까?"

연옥이 묻자 사미승의 시선이 승방을 향했다.

"웬 처사님과 함께 승방에 계십니다. 오셨다고 말씀 올릴까요?"

"아닙니다. 예서 기다리겠습니다."

"그러시겠습니까? 그럼 저는 이만 저녁 공양을 준비하러 가겠습니다."

"그리하시지요."

사미승이 멀어지고 대웅전 뜰을 바라보는 연옥의 눈길이 새삼스러웠다. 어릴 적에 목검을 손에 쥐여 주고 공격해 보라던 만종 선사의 모습이 떠올랐다. 만종 선사는 마음을 다스리기 위해 격검하라 하였으나 연옥은 마음속 불덩이를 키우고 키우기 위해 격검했다. 수련하던 연옥의 땀이 대웅전 뜰에 무수히 스며들어 있었다.

칼집 속의 칼이 연옥을 부르며 울어 댔다.

*　　　*　　　*

칼이 우는 소리를 따라 걸음을 옮긴 곤은 대웅전 앞뜰에서 얼어붙었다.

날카롭게 뻗은 칼이 양날에 차가운 기를 서리서리 매달아 하늘을 찔러 대고 있었다. 빈틈없이 짜인 동작은 한 치의 실수도 용납하지 않았다. 광대하나 섬세한 움직임과 폐부를 찌르는 사나운 기는 서글픈 분노로 바뀌어 통곡을 해 댔다. 그것은…… 통곡이었다.

더함도 덜함도 없는 절절함이 곤에게까지 전이되었다. 땅을 박차고 날아오른 칼의 주인과 눈이 마주쳤다. 챙 넓은 삿갓 아래로 슬쩍 비치는 눈이다. 곤은 순간 길들이고 싶은 매를 찾았다고 생각했다. 전혀 길들여지지 않은, 사람의 손을 타지 않은 순수하도록 거친 야생 매, 날지니를.

연옥은 한눈에 곤을 알아보았다. 순간적으로 균형을 잃으면서 자세가 흐트러졌다.

"칼질이나 하고 다닐 것 같으면 다시는 걸음하지 말라는데 오기는 뭐 하러 오누?"

만종 선사가 급히 끼어들며 핀잔을 주었다. 연옥이 곤과 정면으로 대면하는 것을 막으려는 듯 그는 그들 사이를 막아섰다.

곤은 비틀거리며 땅 위로 내려선 연옥이 만종 선사를 향해 합장하는 것을 흥미로운 눈길로 지켜보았다. 그는 만종 선사를 옆으로 밀며 한걸음 앞으로 내디뎠다.

"이름이 무엇이냐?"

답이 없다. 한 번 더 물었다.

"네 이름이 무엇이냐고 물었다."

조바심이 났다. 산 깊은 계곡의 푸른 하늘을 거침없이 휘저어 노니는 날지니는 숨이 막히도록 매혹적인 사냥감이었다. 점찍어 놓은 사냥감을 향해 활시위를 당길 것처럼 호흡을 죽인 채 한걸음 앞으로 다가섰다. 매가 달아날세라 재빨리 손을 뻗었다.

연옥이 방어하기 위해 뒤로 물러났지만 곤이 더 빨랐다. 그는 물러서는 연옥의 손목을 확 낚아챘다. 영원히 잡히지 않을 것처럼 창공을 나닐던 날지니를 포획했다는 착각이 들자 사냥에 성공한 맹수가 된 듯 희열감이 짜릿했다.

"벙어리냐 아니면 귀머거리냐?"

제 어깨보다도 넓은 삿갓을 쓰고 있으니 도시 얼굴을 확인할 수가 없다. 손아귀에 잡힌 손목은 계집의 것이 아닌가 싶을 만큼 뼈대가 가늘었고 손바닥으로 느껴지는 살갗이 비단처럼 부드러웠다.

연옥이 붙잡힌 손목을 비틀었다. 곤은 바위처럼 꿈쩍하지 않았다.

"허허. 어찌 이러시옵니까? 고정하소서."

만종 선사의 만류도 소용이 없다.

"허참. 이 아이의 법명은 없을 무에 잇달 연, 해서 무연이라 하옵니다. 속세에 연 닿을 일이 없는 아이지요. 소승이 어려서부터 거두어 글줄이나 익히고 무예랍시고 조금 가르친 아이옵니다. 그러니 이제 이놈을 놓아 주시옵소서."

사달이라도 날까 만종 선사는 전전긍긍했다.

참아라. 참아라, 아이야.

"무연. 무연이라……."

곤은 손아귀에 힘을 더 주었다. 괜한 역정을 냈다. 상대의 무심함이 자신을 거부하는 벽처럼 단단하게 느껴졌다. 그는 즉시 포악성을 내보였다.

"이름만큼이나 무례한 자로고. 없을 무에 잇달 연이라? 인간이 작은 연 하나 맺지 않고 세상을 어찌 산다더냐? 무연이라 하니 네놈에게는 지친도 없는 모양인 게다. 무릇 네가 아비의 씨를 받아 어미의 배를 빌어 세상에 났을 터. 당최 무연이 무어란 말이더냐. 방자함이 하늘을 찌르는구나!"

버티던 연옥의 손이 곤의 악력을 이기지 못하고 벌어졌다. 쥐고 있던 칼이 툭 떨어졌다. 삿갓은 원시의 시커먼 동굴처럼 아가리를 벌리고 그녀의 얼굴을 태반이나 잡아먹고 있었다.

곤은 연옥의 얼굴을 가린 삿갓을 벗겨 냈다. 때마침 부는 산들바람에 그녀의 잔머리가 흩날렸다. 가리어져 있던 얼굴이 온전히 드러났다. 곤의 눈동자가 예민해졌다. 강한 충격에 얼어붙었다.

*어찌 소녀더러 새 같다 하셨사옵니까? 어찌 소녀더러…….*

망령처럼 따라붙으며 괴롭히던 목소리가 귓가에 윙윙거렸다. 곤은 연옥의 초상을 떠올렸다. 화각함에 넣은 후 단 한 번도 꺼내 보지 않은 얼굴이었다. 보지 않았지만 몇 골이나 본 것처럼 철저하게 각인된 얼굴이었다.

그 아이, 서연옥이 자랐으면 이런 얼굴일까?

자신이 상상했던 소녀의 모습과 쌍생아처럼 똑 닮은 모습에 말을 잃었다.

기이한 일이었다. 관례를 치렀는지조차 의심스러울 정도로 앳된 모양새지만 검객이요, 사내였다. 연옥에게 저와 꼭 닮은 오라비나 제남(남동생)이 있었던 것도 아니다. 서자성의 손(孫)은 서연옥 하나뿐이었다. 하다못해 서자나 얼자도 없었다.

곤은 연옥의 얼굴을 뚫어질 듯 응시했다.

"너 계집이더냐, 사내이더냐?"

"사내요. 허니 놓아주시오."

이번에는 재빠른 대답이 돌아왔다. 변성조차 되지 않은, 제 피부만큼이나 매끄러운 음성이었다.

"어려서부터 소승이 보아 오던 아이라 하지 않았사옵니까? 틀림없는 사내니 이만 놓아주시옵소서."

만종 선사가 다시 한 번 끼어들었다. 곤은 연옥의 손목을 놓아주었다.

"네놈이 진정 사내라고?"

땅에 떨어진 삿갓과 칼을 집어 들던 연옥은 멈칫했다. 곤의 시선이 아예 노골적으로 세밀했다.

머리부터 발끝까지 온통 검은색이었다. 차림이라고 해 봐야 검은 적삼에 검은 쾌자(소매 없이 등솔기를 허리까지 튼 옛 전투복)가 전부였다. 전대도 없이 검은 비단으로 심을 싼 광대 하나만 허리춤을 바짝 졸라매고 손등까지 덮는 소매를 비갑 안에 단단히 잡아매 칼을 잡을 때 방해되지 않게끔 했다. 입성으로 보나 칼을 다루는 실력으로 보나 억지로 누르고 있지만 선연히 느껴지는 살기까지. 분명한 검객이었다.

그렇다 해도 자꾸만 찜찜하게 걸리는 무언가가 있었다.

연옥, 서연옥······.

무의미한 부름이 입안에서 맴돌았다. 손이 저도 모르게 연옥을 떠올리게 하는 사내의 얼굴로 향했다. 동시에 상대의 칼이 그에게로 날아들었다. 곤은 흔들림 없는 시선으로 상대를 마주했다. 손을 들어 자신의 목에 겨눠진 칼을 옆으로 치웠다. 실망감에 비틀린 미소를 지었다.

그립다 못해 머리가 어찌 되기라도 했단 말인가!

이록이 튀어 나오려다가 기를 가라앉혔다.

"허면 나는 이만 가 보리다. 내가 한 말을 유념하여 주시오."

곤은 성난 짐승처럼 만종 선사를 향해 으르렁거렸다. 합장도 하지 않고 도포 자락을 화악 치대며 연옥에게 사나운 눈길을 던졌다.

"인연이 닿아 어느 때, 어느 장소에서건 보게 된다면 그때는 나의 매가 되어야 할 것이다. 나는 이곤이라고 한다."

이름을 알려 준다는 것은 자신의 신분을 노출시키는 것과 다름없었다. 대놓고 나는 이 나라의 세자다 하고 외치는 꼴이었다. 시건방진 날지니 같은 놈 하나가 탐이 났기로, 내심 연옥과 같은 말간 얼굴에 부질없는 기대감이 생겨났기로서니, 해서는 안 되는 것이었다. 대체 누구인 줄 알고 입을 함부로 놀린 것일까?

곤은 경솔한 짓을 했다며 스스로를 책망했다.

연옥은 격하게 오르내리는 자신의 심장 소리를 들으며 멀어지는 곤의 등을 노려보았다. 이곳에서 마주치다니 예기치 못한 일이었다. 절제되어 있던 까만 눈동자에 광포한 불꽃이 튀었다.

"무연아."

만종 선사의 부름에 멍하니 돌아보았다.

"누군지 알겠느냐?"

"모를 리 있겠습니까? 지난 수년간 단 한 번도 잊어 본 적 없는 얼굴입니다."

칼을 쥔 손이 파르르 떨렸다.

"분노를 잠재우거라. 네 눈에 일렁이는 시뻘건 홍염을 다스리란 말이다."

애오라지 복수심에 기대어 생을 지탱해 온 삶이었다. 큰스님의 부처님 같은 설교가 귀에 들어올 리 만무했다. 숨어 있던 강력한 무기(武氣)가 아니었다면 칼을 뽑아 이곤, 그자의 가슴에 날카로운 칼날을 찔러 넣었을 것이다.

"김직언이 네놈 머리통에 무엇을 집어넣은 게냐. 그놈의 인사가 하는 불경 불충한 놀음에 끼어들지 말라 했거늘. 쯧쯧."

"저자로 인해 선부께서 돌아가시고 집안은 멸문이 되었습니다. 조모께서는 관비가 되시어 헤아릴 수 없는 고통 속에서 시름시름 앓으시다 돌아가셨습니다!"

"사방(四方)이 존재하는 이유가 무엇이라고 생각하느냐? 동으로도 보고, 서로도 보고, 남으로도 볼 것이며 북에서도 보거라. 네 눈에 보이는 사물이 비단 한 가지 모양만 하고 있지는 않을 것이다."

연옥은 이를 악물고 고개를 저었다.

"저의 선부께서는 한평생 충으로써 왕을 모신 분입니다. 그분의 함자 위로 역적이라는 불명예의 오물이 튀었으니 원한을 갚지 아니한다면 자식이라 할 수 있겠사옵니까?"

울분에 목소리가 갈라졌다.

"복수는 복수를 부르는 법이다. 네 손에 피를 보라고 칼을 쥐여 준 것이 아니란 말이다. 선연을 쌓지 못할 것이면 평생토록 절간이나 지키라지 않았느냐."

"제 마음속의 불덩이를 모르시는 것입니까?"

"알다마다. 아니 하는 소리다. 남을 해하면 해할수록 불덩이는 점점 더 커질 게다. 남을 태우기도 전에 그 불덩이에 네가 타 죽을…… 어허!"

만종 선사의 말이 끝나기도 전에 연옥이 몸을 돌려 곤을 뒤쫓기 시작했다.

"무연아, 무연아! ……이것아!"

만종 선사가 소리쳤지만 연옥은 홍제루 너머 사라지고 없었다. 경내는 일상으로 돌아가 조용해졌다. 기력이 부치자 만종 선사는 대웅전 계단에 주춤주춤 걸터앉았다.

어린 계집아이였던 연옥은 제 몸에 맞지도 않은 사내 복장을 하고 김직언을 따라 산사를 찾아왔었다. 그녀에게서 느껴지던 분노와 살기에 만종 선사는 받아들이기를 거부했다. 종내 오죽했으면 어린 것이 그리 독해졌을까, 마음을 돌렸으나 연옥이 품은 불덩이가 그를 항상 근심하도록 만들었다. 심법 공부를 시키고 또 시켜도 마음속에 단단히 들어앉은 응어리는 풀어질 줄 몰랐다.

세상사라는 것이 본시 그러했다. 제 입장에서 보면 억울하지 않은 일이 없는 법이다. 잘잘못을 따지고 들다 보면 딱히 잘한 사람도 잘못한 사람도 없었다. 그러니 수레바퀴 같은 인생이라는 것이 아닌가. 서로가 꼬리에 꼬리는 물며 한평생을 돌고 돌았다. 피는 피를 부르고 복수는 복수를 불렀다. 수레바퀴가 어디에서 멈출지는 본인의 선택과 의지에 따른 문제였다. 울분과 한을 다스려라 종시 일러 보았지만 연옥은 말을 듣지 않았다.

"나무아미타불."

만종 선사는 염주를 돌리며 홍제루를 보았다. 결국 모든 것이 부처님의 뜻일 게다.

　　　　*　　　　*　　　　*

"거짓말처럼 똑같지 않더냐. 말해 보아라. 네 눈엔 어찌 보이
더냐?"

　묵묵히 비탈길을 내려가던 곤이 보이지 않는 이록을 향해 물
었다. 걸음을 멈추고 울창한 산림을 돌아보았다. 날개를 넓게
펼친 용맹한 야생 매 한 마리가 날아들 것만 같았다.

　이록이 스르르 모습을 나타냈다.

"계속 찾아보고 있느냐?"

　곤은 습관처럼 물었다. 주어가 없을지라도 누구를 이름인지
이록은 자연스레 알아들었다. 그는 송구한 심정으로 고개를 숙
였다. 조선 전역을 벌써 몇 번이나 이 잡듯이 뒤졌어도 찾지 못
했다. 그래도 곤은 포기하지 않았다.

　아연 이록이 칼집에 손을 얹고 그를 가로막았다. 곤도 심상치
않은 기운을 느끼고 칼을 움켜쥐었다.

"비켜라."

　나지막한 명령에 이록이 당황했다.

"아니 되옵니다."

"비키라 하였다."

"삿된 기운이옵니다."

　수풀이 바스락거리며 밟히는 소리가 났다. 이록이 칼집에서
칼을 꺼내자 곤이 그의 손을 지그시 눌렀다.

"물러서라. 명령이다."

부득이 물러나면서도 이록은 경계를 흐트러트리지 않았다.

"나오너라."

눈부신 햇살이 무성한 수풀을 비추며 노랗게 쏟아져 내렸다. 연옥은 허리께까지 자란 풀들을 무자비하게 쳐 냈다. 그녀는 산림을 가로질러 비탈길까지 내려왔다. 칼을 쥔 손에 시퍼런 힘줄이 튀어 올랐다. 거꾸로 솟은 피가 이성을 갉아먹었다. 날을 바짝 세운 칼은 벌써부터 울어 댔다. 포악의 순간, 온전히 금수가 되어도 좋았다. 심장이 울어 대는 칼과 분노로 인하여 날뛰었다.

"무슨 일이냐?"

"묻고 싶은 것이 있습니다."

곤은 칼을 쥔 손을 풀었다.

"말해 보거라."

"저희 큰스님께서 말씀하시기를 정치란 서로가 서로를 속이고, 속여서 되지 않을 때에는 죽이고 마는 것이라 했습니다. 대의 때문에 사람을 죽이거나 살리는 자들이 대궐에 모인 정치꾼들이라고 말입니다."

"그래, 무엇이 궁금하냐?"

"대의를 위해서라면 누구라도 죽일 수 있는 것입니까?"

가슴에 이는 불덩이는 만종 선사의 말처럼 남을 태우기 이전에 자신을 먼저 태우고 말 것이다. 하여 연옥은 물어보고 싶었다. 곤을 쫓아 심장이 터지도록 미친 듯이 달렸다. 그가 하는 말

속에 얼마라도 미안한 감정이 스며들어 있다면, 애먼 목숨 거둬들인 것에 대한 회한이 일말이라도 느껴진다면. 어쩌면 정말이지 가슴에 끓어오르는 불길을, 그 불길이 만들어 내는 괴물 같은 불덩이를 조금이나마 누그러트릴 수 있으리라.

"대의를 위한 투쟁은 불가피한 것이다. 필요악이니라."

"살생입니다. 살인입니다. 학살입니다!"

"필요치 않은 죽음은 학살이지만 더 나은 세상과 더 나은 신념을 위해 마땅히 죽여야 할 대상이라면 어찌 그것을 머뭇거리겠느냐."

"대의가 무엇입니까?"

"하고픈 말이 무엇이냐?"

"대의도 사람이 살자고 펼치는 것이 아닙니까? 사람을 위하자고, 사람이 사는 세상을 위하자고 뜻을 두는 것이 대의입니다. 사람을 위하는 일에 사람을 죽이니 그것을 대의라고 할 수 있답니까?"

"다수를 위해 소수가 희생하는 것이다."

"당연한 것입니까?"

곤의 눈썹이 꿈틀거렸다.

"당연하다."

그의 대답에는 망설임이 없었다.

가까스로 붙어 있던 연옥의 이성이 우지끈 갈라졌다. 곤은 서자성의 희생과 일족에게 강요된 희생을 당연하다 말하고 있었다.

"타인의 죽음을 두고 가치 있는 희생이었다 말할 수 있을 만큼 그 대의가 정당한 것입니까?"

"믿음이지. 내가 그리 믿으면 그것이 나의 대의다. 옳고 그름은 시간이 흐른 뒤에야 비로소 역사에 드러날 것이고. 나는 믿음으로 행할 뿐, 판단은 후대가 할 것이다."

"아니지요. 대의를 핑계 삼은 탐욕이고 전횡입니다. 번지르르한 말 몇 마디로는 결코 용서받을 수 없는!"

이제 정말 마음속 불덩이가 얼마나 더 거대해지건 상관없었다. 거대해진 불덩이에 새까맣게 타서 회색빛 재가 되어 사라진대도 이젠 돌아갈 수 없는 강이었다.

연옥은 곤을 비호하고 서 있는 자를 흘깃 쳐다보았다. 세자익위사 좌익위 최이록일 것이다. 김직언이 말하기로 세자, 이곤을 보고 조선 제일 검이라 칭하는데 유일하게 대등한 자가 최이록이라 했다. 게다 충성스럽기까지 해서 세자가 가진 최고의 신하요, 무기라는 것이다. 조선 최고의 무인이 하나도 아니고 둘. 지금 덤벼 봐야 승산 없음이 자명했다.

갑자기 활시위에서 살이 튕기듯 곤이 칼을 뽑아 들고 연옥을 향해 달려들었다.

챙!

칼과 칼이 부딪쳤다. 연옥은 힘을 다해 곤을 막아 냈다.

지이익!

두 개의 몸이 애초에 하나인 듯 완벽하게 밀착되어 하염없이 밀렸다. 어느 순간 둘은 버티어 섰다.

"너는 누구냐? 무연이라는 시답잖은 법명 따위는 치워 버리는 것이 좋을 것이다."

으름장을 놓으며 곤은 연옥을 위협했다.

"인연이 닿아 어느 장소에서건 다시 보게 된다면 그때는 나의 매가 되어라 하였다. 내 앞을 가로막은 것 역시 인연일 터."

"악연도 인연이라 하시면 저는 주인의 숨통을 쪼아 먹는 매가 되겠습니다."

곤은 저주처럼 뇌까리는 연옥이 이해되지 않았다. 순간 그의 칼이 그녀의 칼을 화악 밀쳐 냈다. 연옥은 압도적인 힘에 멀찍이 밀려났다가 겨우 균형을 잡았다. 곤의 칼끝이 그녀의 턱밑까지 침투해 들어왔다.

"나를 아는구나."

"두고 보면 아실 일입니다."

미소 짓는 곤이다. 단정한 입매가 크게 휘어질수록 그의 눈빛은 석빙고 안 얼음보다도 차가워졌다.

"이래서 날지니가 매혹적이라지. 야생에서 제멋대로 자란 매를 기르는 재미가 거기에 있지 않겠느냐. 거칠 것 없는 놈을 순하게 길들이는 것 말이다."

"서두르지 마십시오. 쉬 끊어질 인연이 아닙니다. 오늘이 아니라도 재회의 날이 다가올 터이니 길을 들이시든 아니면 제게 숨통을 쪼아 먹히시든 그때 끝을 보게 되실 것입니다."

연옥이 곤의 눈을 똑바로 쳐다보았다. 짐승의 사나운 발톱처럼 날을 세운 곤의 칼이 그녀의 목과 가슴을 완만히 타고 내려와 명치를 지그시 눌렀다. 동시에 느슨하게 묶여 있던 연옥의 머리카락이 완전히 풀어헤쳐졌다. 어깨 밑으로 우수수 떨어지는 것이 흑단처럼 새까맣게 아름다운 머릿결이다. 바람에 날려 온 화향이 곤의 뇌리를 혼미하게 했다. 그는 칼끝에 힘을 주었다.

"놓아주면 내게 날아온다?"

"놓아 달라 사정하지 않았습니다."

"네 힘으로 나를 벗어날 수 있다? 훗. 더욱 잡고 싶은 매다."

이죽거리던 곤은 입을 다물었다. 수렁처럼 깊은 연옥의 눈을 장시간 들여다보았다. 그는 한참만에야 말을 이었다.

"가거라. 너무 늦지 않게 날아와야 할 것이야. 내 팔딱이는 숨통을 쪼아 먹고 싶다면 말이다."

"늦지 않을 것입니다."

예, 그럴 것입니다. 지옥의 악귀처럼 매일 밤 저를 찾아오는 악몽 속에서 벗어나는 길은 당신을 죽이는 것뿐이니 제가 어찌 걸음걸음 늦을 수 있겠습니까?

곤이 칼을 내리며 뒤로 물러났다.

긴 숨을 삼킨 연옥은 몸을 돌렸다. 찰나 보였던 그의 눈빛이 깊고도 무거웠다. 심장이 천 길 낭떠러지 밑으로 덜컥 내려앉는 느낌이다. 그녀는 심장을 부여잡고 걸었다. 걸을 때마다 수풀 밟히는 소리가 사박거리며 났다.

수풀 사이로 사라진 연옥을 곤은 멀거니 바라보았다.

"두 눈에 살의가 형형하였사옵니다."

이록의 말에 고개를 주억거렸다.

"그러게 말이다."

"필시 저하를 아는 자입니다. 놈에 대해서 알아보겠사옵니다."

"됐다. 제 발로 찾아온다지 않느냐."

"저하를 향한 태도에 독기를 품은 자이옵니다. 예사롭지가 않사옵니다."

"야생 매야 길들이다 아니 되면 날개를 부러트리면 될 일. 재미있으니 두어라. 스스로 날아올 날지니라…….기대가 되어 마음이 설레는구나. 진정 연이라면 그냥 두어도 언젠가는 볼 테지. 악연이든 선연이든 무엇이든 말이다."

이록은 연옥이 사라진 수풀을 재빨리 훑어보았다. 수풀은 잠잠해져 고요를 누릴 뿐 아무것도 없었다.

합죽선을 펼쳐 얼굴을 가린 곤이 잠연히 중얼거렸다.

"참으로, 참으로 닮지 않았느냐?"

무심한 어조에 그리움이 묻어났다.

이록은 곤에게 아무 대답도 하지 못했다. 지금껏 조선 구석구석 아니 가 본 곳이 없건만 아직도 연옥을 찾지 못했다. 어린 나이에 길바닥을 헤매다 굶어 죽었거나 그도 아니면 질 나쁜 모갑이(포주)에게 걸려 사창가에서 이름을 속이고 창기 노릇을 하고 있을지 모르는 노릇이었다. 그렇다면 차라리 찾지 못하는 편이 곤을 위해 나은 일이 아닐까 고심했다.

서 소저에 대한 저하의 마음은 과연 죄책감이란 말인가, 아니면 다른 무엇이란 말인가? 망가져 버린 소저를 보게 된다면 세자께서는 또 얼마나 마음을 다치실지……

연옥을 잊지 못한 곤이 그녀와 꼭 닮은 자로 인해 거센 혼돈으로 빠져드는 것이 이록은 염려스럽기만 했다.

"서두르지 마십시오. 쉬 끊어질 인연이 아닙니다. 오늘이 아니라도 재회의 날이 다가올 터이니 길을 들이시든 아니면 제게 숨통을 쪼아 먹히시든 그때 끝을 보게 되실 것입니다."

이록은 숨을 낮게 들이쉬었다. 감히 세자 시해를 입에 올린 자였다. 결코 좌시할 수 없었다.

三.

대전의 승전 내관이 상선이 보내는 기별을 가지고 세자궁 안으로 빠르게 달려들었다. 대청마루까지 급히 나온 박 내관이 그에게 귀를 가져다 댔다. 턱 끝까지 차오른 숨을 헐떡인 승전 내관은 심각한 분위기로 귀엣말을 속닥거렸다. 연신 고개를 끄덕인 박 내관이 부리나케 세자의 침방으로 들어갔다.

"중궁전에도 기별이 갔느냐?"

왕이 승하할 것 같다는 소식에 곤의 첫 번째 관심사는 보현이 이를 알고 있느냐 하는 것이었다.

"저하께 먼저 고하고 하명을 기다린다, 하였사옵니다. 법도에 따라 성상은 편전으로 모시고, 우선 지밀의 입단속은 했다 하옵니다."

곤은 골똘히 생각에 빠졌다.

평생 용상에서 내려오지 않을 것처럼 굴던 부왕은 자연의 이치를 거스르지 못해 죽어 가고 있었다. 서서히 자신이 쳐 놓은 불신과 열등감이라는 그물에 걸려 말라비틀어지던 부왕이었다. 단지 이 밤이 고비일 거라 생각하지 못한 것뿐 그다지 놀라울 것도, 당황할 것도 없었다.

곤은 고소를 머금었다. 병석에 누운 왕이 이리도 빨리 북망산 길을 재촉할지 누가 알았을까.

"내삼청으로 가거라."

그림자처럼 조용히 앉아 있던 이록이 고개를 들었다.

"겸사복장에게 궐문을 지키는 겸사복의 수를 늘리고 단단히 경계할 것임을 전하라."

왕과 대궐의 호위를 맡아보던 내금위, 겸사복, 우림위를 통칭 내삼청이라 하고 군사들을 금군이라 불렀다. 이들은 왕의 친위 부대로 궐에서 직숙하며 왕의 신변을 최측근에서 보호하는 자들이었는데 궐문을 지키는 수문의 역할은 금군 중에서도 겸사

복의 일이었다. 곤이 이록에게 겸사복장을 찾아가라 한 이유도
여기에 있었다.

내삼청이 곤의 수하로 들어왔다면 도성 수비 대장은 보현과
김직언의 사람이었다. 역시 왕의 옥후에 예의 주시하고 있을 그
들이었다.

"중궁과 김직언은 부왕의 고명을 저들끼리만 받으려 할 것이
다. 당신의 죽음을 예감한 부왕이 선위 교서를 내린 것이 확실하
다면 그들은 더더욱 도성 수비 대장을 불러 궐문과 편전의 문을
닫아걸려 할 테지. 선위 교서가 아직 내 손에 들어오기 전이니
부왕의 유교를 조작하거나 정신이 흐릿한 부왕을 설득해 선위
교서를 무용지물로 만들려고 말이다."

원체 변덕스러운 왕이었다. 왕이 마지막 가는 길에 변덕을 한
번 더 부린다 해도 이상스러운 일은 아니었다.

"도성 수비군이 들이닥치기 전에 금군이 먼저 대궐을 장악해
야 한다. 시간이 촉박하니 어서 움직여라."

이록이 밖으로 사라지자 이번에는 박 내관을 서안 가까이 불
렀다.

"판윤(심일강의 현 직책. 정이품의 한성부(漢城府) 으뜸 벼슬, 현 서
울시장 격)은 퇴궐했더냐?"

"빈청으로 사람을 보내 알아보겠사옵니다."

"국휼고명(國恤顧命 임금이 죽음을 앞두고 공개적으로 남기는 유
언)이 있을 것이니 명을 기다리라 해라. 때가 되면 지체 없이 중신

들을 규합해 편전으로 입시해야 할 것이라고 말이다. 알겠느냐?"

"그리하겠사옵니다."

"승정원 주서를 대령시켜라. 고명은 그자가 받들 것이다."

박 내관이 놀란 눈을 크게 뜨며 침을 꿀꺽 삼켰다.

"하오나 저하, 국휼고명이옵니다."

"시키는 대로 할 것이다. 중궁에게로 가는 기별은 내가 되었다 할 때까지 기필코 막아야 한다. 대전 지밀뿐만 아니라 부왕의 곁을 드나드는 내의원이나 액정서 관원들 역시 입단속을 철저히 하라."

박 내관의 말을 묵살한 곤은 저 할 말만 했다.

대관절 무슨 일이란 말인가. 한낱 내관은 무섭고 두려웠다. 왕의 옥후가 바람 앞에 촛불처럼 위중하다는 데도 세자는 초연하기만 했다.

사사로이는 아비의 임종을 목전에 둔 아들이 아니던가. 왕의 자리란, 왕을 바라보는 자리란 으레 이렇단 말인가. 참으로 냉정하고도 차가운 자리였다.

박 내관이 물러나자 곤은 두 눈을 감았다.

왕은 그리도 소망하던 자신의 대궐에서 얼마 살아 보지도 못하고 선정전(편전)에 누워 죽어 가고 있었다. 곤은 자식으로서 애통하고 절통해야 함에도 안도의 한숨이 나왔다. 자신을 향해 치닫던 부왕의 분노로부터 드디어 탈출할 수 있게 되었음이 더없이 기뻤다.

곤은 자신의 익선관을 내려다보며 강렬하게 내뿜던 부왕의 살기를 생각했다. 등줄기에 소름이 돋았다. 날로 쇠약해져 가는 옥체였다. 앉아서 만기를 친람하는 날보다 누워 있는 날이 많아지면서도 내내 악담을 해 대던 부왕이었다.

저주를 퍼붓던 부왕의 푸르르 떨리던 볼이 떠올랐다. 축 늘어지고 검게 죽어 가던 부왕의 추한 볼이.

곤은 아버지였으나 아버지이기를 거부하였고 왕이었으나 진정한 왕이 되지 못했던 자의 죽음을 조소했다. 죽어 가는 그에게 남은 것이 무엇이란 말인가. 보위를 사냥하기 위한 이리 떼의 날선 시선들뿐이다.

눈을 뜬 곤의 얼굴이 차갑게 굳었다.

* * *

왕을 진맥한 수의, 조웅래가 참담한 표정으로 고개를 저었다.

곤은 주변을 물리고 종이호랑이처럼 무방비하게 누운 왕과 독대했다. 시각이 흐르고 해가 서산으로 뉘엿뉘엿 넘어갔다. 황금빛으로 물든 노을이 지창을 뚫고 어두워지는 선정전을 비추었다.

왕은 잠이 든 것처럼 까무룩 하다가도 눈을 번쩍 뜨기를 반복했다. 그러다 정신이 맑아졌을 때를 놓치지 않고 손짓으로 곤을 불렀다. 무거운 추처럼 느릿하고 힘거운 동작이었다.

무표정하게 부왕을 내려다보던 곤이 무릎걸음으로 다가가 몸을 앞으로 기울였다.

"내가 너를 왕으로 만들 것이다."

신경을 집중해서 듣지 않으면 알아듣지 못할 정도로 작고 희미한 소리였다. 왕은 그동안 자신이 노골적으로 부정해 오던 세자를 인정함으로써 패배를 시인했다.

"너는 내게 무엇을 해 주겠느냐?"

생이 끝을 향해 다가가는 순간에도 왕은 협상을 포기하지 않았다. 곤은 부왕의 귀에 대고 속삭였다.

"협상은 동등한 자들의 것이옵니다. 아바마마께오선 달리 선택할 것이 없지 않사옵니까?"

"내가 아니면 네놈이 왕이 될 수 있을 것 같으냐?"

곤의 목소리가 더 낮아지고 더 내밀해졌다.

"허면 이제 갓 네 돌이 지난 어린 문호를 용상에 앉히려 하시옵니까? 평생 아바마마를 휘둘러 오던 신료란 것들이 이제는 코흘리개 아이를 휘두를 텐데 말이옵니다."

"그 아이는 나나 너와 같은 반쪽짜리가 아니다."

"그러니 아바마마, 문호가 장성할 때까지 강건하셨어야지요. 그랬다면 못난 이 소자를 궐 밖으로 내칠 수 있으셨을 것이옵니다."

"이, 이놈!"

"이제는 늦었사옵니다. 소자뿐이옵니다. 소자가 아니면 대안은……."

부러 뒷말을 흐린 곤이 몸을 일으켰다. 자세를 바로 한 그의 입술에 비릿한 미소가 걸렸다.

"없사옵니다."

왕이 경기를 일으키며 가슴을 쥐어뜯었다. 곤은 부왕의 발작을 심상한 눈길로 바라보았다. 문이 발칵 열리고 조웅래와 상선이 황급히 들어왔으나 곤의 날카로운 시선을 받고 주춤주춤 물러났다. 왕은 한동안 괴로워하다가 평온해졌다. 허공을 바라보는 시선이 멍했다. 할 말이 남은 것처럼 보였다.

"문호는 네 아우가 아니더냐. 죽이지만 말거라. 어린 것 무에가 잘못이 있어서……."

곤은 묻고 싶었다.

소자의 잘못은 무엇이기에 그리도 박대하셨나이까?

마지막까지 자신을 홀대하는 부왕에게 서러움과 울분이 북받쳐 올랐다.

"그것을 어찌 소자가 장담하오리까? 어린 것은 죄가 없을지 모르나 바람이 흔든다고 흔들리는 어리고 철없는 묘목은 죄가 있지요. 대죄일 것이옵니다. 단지 소자는 어리고 철없는 묘목이 바람에 휩쓸려 떠내려가지 않기를 바랄 뿐이옵니다."

"너…… 너!"

비정하리만치 차가운 대답에 왕은 의욕을 상실했다. 마저 말을 잇지 못하고 혼수상태로 빠져들었다. 곤은 퍼석거리는 왕의 얼굴을 찌를 듯이 노려보았다.

"저하, 차비하오리까?"

조심스레 다가온 상선이 물었다. 고개를 짧게 끄덕거렸다.

*　　　*　　　*

액정서 관원들이 동분서주하더니 선정전에 검은 휘장과 병풍이 차례로 둘러졌다. 어둠에 물든 대궐이 고요했다. 긴장감이 주위를 무겁게 내리눌렀다.

발소리를 죽여 가며 월대 위로 다급히 올라서는 내의원 관원들의 얼굴이 퍼렇게 질려 있었다. 이대로 끝내 국상이 일어날 판이었다. 추후 문책 받을 일이 미리부터 겁났다.

부랴부랴 입궐했지만 선뜻 선정전에 들지 못하고 삼삼오오 모여 향후 정국에 대해 수군거리기 바쁜 중신들 역시 긴장하기는 매한가지였다. 소북에 적을 둔 이들의 장탄식이 끊임없이 이어졌다. 세자의 서늘하면서도 단단한 눈빛을 한 번이라도 본 자들은 온몸의 솜털이 독 오른 바늘 끝처럼 바짝 솟아올라 부르르 떨었다. 장마철도 지난 삼하(三夏)의 열대야에 삼동(三冬)의 냉기가 통렬히 느껴졌다. 혀를 끌끌 차 보기도 하고 머리를 흔들어 보기도 하지만 세자의 즉위를 막을 방도가 딱히 떠오르지 않았다. 그들은 긴 한숨만 부질없이 흘려보내는 중이었다.

＊　　＊　　＊

"세자도 막지 못하고 궐문도 닫지 못했다는 말씀입니까?"

뒤늦은 기별에 보현은 대조전(중궁전)을 분망히 나왔다. 그녀는 선평문(대조전 정문)을 지나다 말고 돌아서서 김직언을 보았다. 하문을 받은 김직언의 얼굴이 난처함으로 딱딱하게 굳었다. 보현이 손짓으로 가까이 부르자 몸을 숙인 채 다가섰다.

"숙부님, 국휼고명입니다. 유교가 한번 내려지면 돌이킬 수가 없어요. 궐문을 당장 닫아걸고 중신들의 입시를 막아야 할 것이 아닙니까? 고명을 우리 쪽에서 받아내야 합니다. 모든 것을 세자가 주관하도록 내버려 둬서는 안 된다는 말입니다."

보현의 질책이 매서웠다.

"옥후가 급작스럽게 악화되신 터라……."

"그것을 말씀이라고 하십니까!"

"금일 신시(오후 세 시에서 다섯 시 사이) 정도까지만 해도 평온해 보이셨다 하여 마음을 놓았사온데 일이 이리 급박하게 될 줄은 미처 몰랐사옵니다."

김직언의 희끗거리는 수염이 곤혹스러움으로 파르르 떨렸다.

"그래도 오늘내일하시던 분이 아닙니까? 미리 대비를 하셨어야지요. 이제 어쩌실 것입니까? 유시(오후 다섯 시에서 일곱 시 사이)가 넘으면서 이미 세자가 편전에 들어 성상을 지키고 중신들에게까지 기별을 넣어 입시를 명하였으니 말입니다!"

보현의 목소리가 카랑카랑했다.

"도성 수비 대장은요? 중신들의 입시를 막을 수 없겠습니까?"

"마, 망극하옵니다. 대전 지밀과 금군이 세자의 휘하로 들어간 터라 소식이 늦어졌사옵니다. 금군이 벌써 대궐 안을 장악하여 궐문을 철통같이 지킨다 하옵니다."

보현의 목소리가 한층 낮아졌다.

"그럼 어쩌자는 겁니까?"

"송구하옵니다. 마마."

달리 할 말도 들을 말도 없었다. 노기 띤 눈으로 김직언의 관모를 뚫어지게 쳐다보던 보현의 눈이 방향을 달리해 선정전이 있는 곳으로 향했다.

아무런 방도도 떠오르지 않았다. 그들의 계획대로 왕이 위급할 시에 대궐 문을 닫아걸고 세자에게 갈 기별을 늦추어 소북파 중신들만 입시한 상태로 유교를 받았다면 일이 훨씬 쉬웠을 것이다. 증인만 없다면 유교야 얼마든지 뒤바꿀 수 있었다.

허나 세자가 선정전에 먼저 들어 있는 이상, 국조오례의(國朝五禮儀)에 따른 국휼고명의 절차가 시작되어 버린 작금으로는 왕이 창을 후사로 지명해 주기를 바라는 수밖에 없었다. 비록 닷새 전에 세자에게 선위 교서를 내렸다지만 어쩌면 어리디 어린 적자를 생각해서 어지를 바꿔 주지 않을까 내심으로 간절히 바랐다. 평소 왕의 변덕스러웠던 습성대로 말이다.

"무연은 어찌하고 있습니까?"

"부르심을 기다리고 있기는 하오나 성상께서 하필 이때에 위중해지신 터라…… 국상이 나면 아무래도 졸곡제 전까진 들이기 어렵지 않겠사옵니까?"

보현이 김직언을 쏘아보았다.

"되는 일이 없습니다. 그렇지 않습니까?"

"송구하옵니다. 이쪽에서 내의원에 심어 놓은 자가 거짓을 흘린 것이 아니옵니까? 분명 오래 사시진 못하더라도 당장 승하하시진 않을 것이라 하였사옵니다."

"이제 와 그것을 따져 무엇하겠습니까? 엎질러진 물입니다."

불안함, 혹은 당혹감 그도 아니면 분노. 젊은 왕비는 늙어 죽어 가는 왕을 떠올리며 아랫입술을 지그시 깨물었다.

그가, 늙은 왕이! 이럴 수는 없었다. 그렇게도 원하던 적자를 낳아 주었건만 어린 것이 다 자라기도 전에 나 몰라라 죽어 버리면 어쩐단 말인가. 이토록 무책임할 수가 있다던가!

보현은 멈췄던 걸음을 옮기기 시작했다. 선정전을 향한 그녀의 걸음이 점점 빨라졌다.

안정을 억지로라도 들어 올릴 것이다. 수퇘지처럼 통통한 옥체를 통렬하게 흔들어 댈 것이다. 하여 기필코 내 아들에게 후사를 넘긴다는 어지를 받아 내고야 말 것이다.

* * *

임종을 앞둔 왕을 위시해 좌우로 종친들이 자리를 잡고 앉았다. 입시한 중신들은 보다 멀리 떨어져 부복한 상태였다. 십수 명의 사람들이 모여 있음에도 숨소리만 들릴 뿐 실내는 쥐 죽은 듯 조용했다.

상선이 곤의 귓가에 대고 왕비가 당도하였음을 고했다. 곧이어 치맛자락이 바닥을 스적이는 소리가 났다. 보현이 걸어 들어오자 곤을 비롯한 종친과 중신들이 자리에서 일어나 읍을 했다.

"어마마마, 국휼고명이옵니다."

내외명부는 왕의 임종을 지켜보지 못하는 것이 왕실 법도였다. 보현을 향해 곤이 일침을 놓았다. 보현은 한동안 장승처럼 서서 왕을 멀뚱히 내려다보았다. 왕비가 물러나지도 않고 그렇다고 앉지도 않으니 다른 이들 역시 어쩌지 못하고 곤과 보현의 눈치만 살폈다.

"마마."

보다 못한 상선이 나서서 입을 열었다. 보현이 날카로운 눈초리로 그를 쏘아보았다.

"아무리 왕실 법도가 지엄하기로 부부지정보다 앞서겠느냐? 사가로 볼 것 같으면 함께 자식을 낳아 기른 지아비의 임종이니라. 내가 지키지 못할 이유가 무엇이야!"

"송구하나이다. 허나 마마, 법도가 그러하오니……."

"상선은 그만하라."

곤의 목소리가 선정전 마룻바닥을 울렸다. 누군가의 침 넘기는 소리가 유독 크게 들렸다.

보현은 왕의 살찐 육신을 노려보았다. 왕은 기력이 쇠해 눈조차 제대로 뜨지 못했다. 간헐적으로 들리는 숨소리가 그의 명줄이 얼마 남지 않았음을 말해 주었다.

이대로 승하하시려 하시옵니까?

물었으나 답이 돌아올 리 없었다.

전하께옵서는 신첩에게 빚이 있나이다. 추하고 늙으신 옥체로 신첩의 열여덟 젊음을 취하셨으니 응당 빚이요, 간절히 원하시던 적자를 보아 드렸으니 그 또한 빚이요, 신첩의 첫 정, 죽어도 아니 잊어질 그 첫 정을 애달피 끊어 놓으셨으니 어찌 큰 빚이 아니오리까?

왕의 숨소리가 더욱 거칠어졌다. 뚝뚝 끊기면서 토하듯 뱉어 내는 숨소리에 보현의 숨 또한 가파르게 차올랐다.

허니 갚아 주셔야 하옵니다. 전하의 적자가 누구이옵니까? 이 나라의 왕통, 그는 바로 신첩의 아들이란 말이옵니다. 원하시던 적자를 보셨으니 살길도 열어 놓으셔야지요. 이대로 그냥 가시면 아니 되옵니다. 세자를 왕으로 만드시면 신첩의 아들이 죽사옵니다. 전하. 전하!

죽어 가는 왕을 바라보는 보현의 눈이 불처럼 타올랐다. 그녀의 울부짖음이 소리 없이 절절했다.

보모상궁의 손에 이끌려 온 창이 중신들 사이를 아장아장 걸어 곤에게 다가갔다. 그래도 제 형님이랍시고 곤의 손을 꼭 쥐는 고사리 손이 물색 모르게 앙증맞았다.

철없는 아이의 행동에 곤과 보현의 눈길이 허공에서 부딪쳤다. 순간 다리가 풀린 보현은 비틀거리며 자리에 주저앉았다. 그제야 벌서듯 서 있던 이들도 앉을 수 있었다.

"수의는 어디 있느냐?"

왕의 머리맡에서 머리를 조아리던 조웅래가 고개를 들었다. 예민하게 흔들리는 보현의 눈이 섬뜩했다.

"내가 묻는 말에 한 점, 거짓이 없어야 한다."

"하문하시옵소서."

"성상께서 금야를 넘기시겠느냐?"

"소, 송구하나이다."

왕실의 건강을 책임지는 내의원 수장으로서, 무엇보다 옥후를 살펴야 하는 막중한 임무를 가진 자로서 왕을 쾌유케 하지 못한다면 참형을 당할 일이었다. 그나마 운이 좋아 일이 잘 풀린다면 곤과의 인연이 있으니 귀양살이 정도로 마무리될 가능성도 아예 없지 않겠으나, 왕비는 입장이 달랐다. 젊은 나이에 뒷방으로 물러나는 것으로도 모자라 생때같은 아들이 용상에서 멀어질 것이 분명한 시점에서 가장 만만한 화풀이 대상이 내의원과 수장인 조웅래일 터였다.

살 만큼 살아 이순(예순 살)을 넘기는 나이. 첩의 소생으로 천시 받으면서도 충실하고 혹독하게 살아왔다 자부하는 조웅래였다. 명의로 이름을 떨치고 의관으로는 더 이상 오를 수 없는 자리까지 이르렀으니 이만하면 주제에 아쉬울 것 없이 한 세상 잘 살았다 할 수 있지만 말년에 불명예스럽게 물러나야 함은 피할 수 없는 일이 되었다.

조웅래는 지난 세월이 허허롭기만 했다. 머잖아 닥쳐올 삭풍에 미리부터 움츠러드는 어깨를 무슨 수로 세운단 말인가. 인간의 마음이란 이리도 연약하고 이기적인 것을. 고개가 연자방아를 찧었다. 이마에 맺힌 식은땀이 툭 떨어졌다. 마치 자신의 심장이 떨어지는 모양인 양 지레 놀라 숨을 훅 들이켰다.

"평온하셨다 들었다. 하루 이틀 안에 승하하실 것은 아니라 하지 않았느냐? 연유가 무엇이기에 급작스레 옥후가 위중하시게 되었단 말이냐?"

입안이 바싹 말랐다. 조웅래는 부들거리는 입술을 겨우 열어 답하였다.

"본래 숙환(오래 앓은 병)으로 소갈증이 계시어 옥체가 여위시고 안질과 임질도 합병증처럼 발병하셨다……."

"그는 나도 아는 바가 아니냐! 성상께서 급격히 허약해지신 영문에 대해서 고하란 말이다. 내의원에서 너희가 탕제를 잘못 지어 올린 것이 아니겠느냐?"

냉갈령을 맵짜게 부리는 보현의 낯빛이 차가웠다. 선정전에 모인 사람들이 숨을 죽인 채 보현과 조웅래를 번갈아 보았다. 대경실색한 조웅래가 몸을 납작 엎드렸다. 그의 말이 빨라졌다.

"다, 당치 않으시옵니다, 마마! 탕제에 들어간 약재는 한 치의 틀림도 없이 옳은 것들이옵나이다."

"무엇을 약재로 썼느냐?"

"사물탕(당귀, 숙지황, 천궁, 백작약)에, 물을 많이 드시는 소갈증이시라 인삼, 오미자, 맥문동을 더하고 소변이 잦으시니 지모를 첨하여 탕제를 올려 드렸사옵니다. 그리하였더니 차츰 안정을 되찾으셨나이다. 다만……"

"거짓 없이 고할 것을 명하였다. 의심되는 것이 있느냐?"

"그, 그것이 신시 전에 생과방에서 성상께 약과를 올렸사 온데……"

"약과를 말이냐?"

보현이 상선을 보았다. 상선이 그러하오이다, 고개를 숙이자 이번에는 곤의 옆얼굴을 보았다.

곤은 왕을 호위하듯 두른 일월오봉병을 마주하고 있었다. 흰 달과 붉은 해, 치솟아 오른 다섯 개의 산봉우리와 거센 파도를 차례로 바라보았다. 붉은 가지의 무성한 소나무 한 쌍과 또 한 쌍의 폭포를 보았다. 그는 병풍 속 그림에 새삼 매혹된 듯 보였다.

곤을 따라 보현도 일월오봉병을 보았다. 병풍을 보던 그녀는 거연히 스스로에게 의문이 일었다.

세자와의 싸움이 모성 때문인가, 아니면 권력욕 때문인가? 생존을 위한 권력이란 말인가, 권력을 위한 생존이란 말인가!

"수의는 무엇을 하느냐. 마저 고하라."

보현의 상념을 행여 방해라도 할까 봐 눈치만 보던 조웅래가 서둘러 고했다.

　"하여 생과방에서 올린 약과를 젓수시는데 그만 목에 걸리시어 한참을 고통스러워하셨다 하옵니다."

　"뭐라? 지밀에 사람이 몇이관데!"

　"천행으로 걸린 것은 토해져 나왔사오나 연후로 옥후 위중하시게 되었나이다."

　"말이 되느냐? 막혔던 숨이 터졌으면 강건하셔야 할 것이 아니냐?"

　"기력이 쇠하신 상태에서 워낙 큰일을 당하시다 보니 높으신 보력에 그러하신 것이 아닌가 하옵니다."

　왕이 눈을 떴다. 보현은 긴장했다. 왕의 입술이 미미하게 들썩거렸다. 대령해 있던 승정원 주서가 재빨리 다가앉았다. 공손히 몸을 숙여 귀를 왕의 입술 가까이 가져다 댔다.

　왕은 간헐적으로 쉬던 숨조차 감당하기 버거워 보였다. 벌써부터 군은 사지가 미동조차 없었다. 그럼에도 왕의 눈은 형형하게 살아 있었다. 왕은 길게 말하지 않았다. 주서는 종이를 펼치고 왕의 고명을 받아 적었다.

　본디 주서가 할 일이 아니었다. 임종을 앞둔 왕의 고명은 특별히 지명된 고명대신이 받아야 했다. 왕은 김직언을 비롯한 몇 명을 골라 고명대신으로 지명했다. 그러나 곤은 그들을 의도적으로 배제하고 어느 당파에도 속하지 않은 주서 한 사람만 내세웠다. 정황상 선위 교서가 사라진 배후에 김직언이 주도적인 역할을 했을 것이라 생각하는 곤으로서는 그가 고명대신의 일을 받드는 것이 신경 쓰일 수밖에 없었다.

중신들은 주서 따위가 고명대신인 것을 두고 자기들끼리 설왕설래했다. 직접적으로 대립하는 자는 없었다. 대세는 기울었으며 눈치가 있는 자라면 몸을 숙여야 할 때임을 알았다.

국휼고명.

지지부진하게 끌어오던 후사 문제를 왕은 저승으로 가는 문턱 앞에서야 드디어 결정했다. 왕은 영원히 눈을 감았다.

곤은 왕의 마지막 교서를 주서에게서 넘겨받았다. 급히 써 내려진 교서에는 왕이 생전에 즐겨 쓰던 화려한 수사도 구구절절한 한탄도 없었다.


……만조백관은 들으라. 내가 이제 와 너희에게 이르노니, 경애당의 소생인 세자 강의군으로 하여금 과인의 뒤를 이어 왕통을 잇도록 할 것이다. 세자가 총명하여 사리에 밝아 영특함에 과인이 심려치 않으나 다만 심중 깊이 아픈 것이 있으니 어찌 늦게 얻은 어린 자식을 나 몰라라 하겠는가. 부디 세자와 만조백관은 문호대군을 가엾이 여기라. 겨우 네 해를 살아온 아이가 무엇을 알겠는가? 종친으로서 체면이나 유지시키면 족할 것인즉 세자는 아우를 어여삐 여기라. 과거 아비가 되어 두 자식 간을 오가며 방황한 것을 과히 허물치 말고 심중에 담아 두지 말라. 본디 아비

된 자의 마음과 왕이 된 자의 마음은 그 심법이 달라 그러한 것인
즉 과인이 어찌 마음 아파하지 않았겠는가…….

　곤은 실소했다. 그토록 꼬장꼬장하게 굴던 늙은 왕이었다. 아
비의 심법은 없고 왕의 심법으로만 살아온 자였다. 그마저도 자
리를 지키기에 급급한 졸렬한 모습이었다.
　왕의 고명은 북망산천을 넘기 전, 자식의 안위가 염려스러운
사가의 아비 된 자라면 누구라도 할 법한 한탄이었다. 그러나 그
가 남긴 글귀 어디에도 곤에 대한 안쓰러움은 없었다. 구구절절
늦둥이 아들을 향한 애끓는 심정뿐이었다. 뿐만 아니라 자신의
사후 나랏일에 대한 당부 한마디 없는 이 양반을 어이 일국의 왕
이었다 할 것이며 여러 자식을 둔 아비의 공정한 심사라 할까.
　이는 왕의 심법도 아니요, 아비의 심법도 아니었다.
　곤은 교서를 계속해서 읽어 나갔다.

　……또한 과인이 특별히 김직언에게 이르노니 사가로 이를 것
같으면 문호대군은 그대의 혈육이 아니겠는가. 그대는 문호대군
을 보살핌에 있어 부족함이 없어야 할 것이다. 그대의 공은 과인
이 이승을 떠나서도 결코 잊지 않을 것이로다. 왕이 아니라 아비
로서의 부탁임을 깊이 헤아리도록 하라.

　아바마마, 사람을 잘못 고르셨사옵니다. 필시 김직언의 무모

한 야욕은 창을 해하는 꼴이 될 것이니 이는 소자의 탓이 아닐 것이옵니다!

곤은 자신에 대한 왕의 불신을 곱씹으며 몸을 떨었다. 그는 어린아이처럼 울고 싶어졌다. 죽은 부왕의 몸을 부여잡고 '아버지! 아버지!' 목이 미어터지도록 불러 보고 싶었다. 알 수 없는 마음이었다. 용서할 수도 없고, 무엇을 용서해야 하는지도 몰랐다. 대국에 펼쳐져 있다는 모래사막처럼 시작점도 끝점도 모를 불신과 미움은 형체가 모호했다.

곤은 교서를 보현에게 건넸다. 보현은 교서를 읽으면서 입술을 악물었다. 입술이 미세한 경련을 일으켰다. 긴 속눈썹이 불안스레 깜박거렸다. 그녀는 교서를 던지다시피 내려놓고 외면했다.

주서가 교서를 챙겨 뒤로 물러나자 조웅래가 촉광례(왕의 임종을 확인하는 절차)를 하기 위해 왕 앞으로 엉금엉금 기어갔다. 후들거리는 손으로 왕의 코 밑에 명주솜을 놓았다. 명주솜이 움직이지 않는 것을 확인한 그가 소리 높여 곡을 했다.

"전하!"

이를 신호로 종친과 중신들이 곡을 하고 문밖의 지밀 궁관들이 곡을 했다. 그들의 통곡 소리가 구중궁궐 구석구석으로 퍼져 돈화문 밖으로 새어 나갔다.

보현은 왕을 향해 다가앉았다.

수의는 소갈증으로 인해 왕이 여위었다 했다. 실소가 터져 나왔다. 다른 이들보다 몇 곱의 무게가 나갈 것 같은 비대한 옥체이건만 어디가 여위었단 말인가.

눈을 부릅뜨고 왕의 얼굴을 노려보았다. 습윤하게 차오르는 보현의 눈물을 본 자들은 부부지정으로 알 터이지만 본연의 의미는 공포요 분노였다.

신첩의 아들은 어쩌라고, 어린 것을 어쩌라고 이대로 가시옵니까?

모든 것을 내려놓은 왕의 얼굴은 평화로웠다.

그 더럽고 추한 고깃덩어리 밑에 깔려 산 세월이 얼마인데 이렇게 도망치듯 버려두고 가시옵니까?

왕비 체면으로 소리 내지 못하고 속으로만 울부짖었다. 보현에게는 실로 무섭고도 외로운 날이었다.

그러지 마시고 일어나 보소서. 세자가 신첩과 전하의 아들에게 비수를 꽂기 전에 일어나시옵소서! 지켜 주마 하신 약조, 그 약조를 지켜 주시란 말이옵니다!

보현의 피눈물에는 아무도 관심을 두지 않았다. 왕이 바뀌는 일이었다. 앞날이 두려운 자가 어디 왕비 하나뿐이겠는가. 각자 비감에 젖은 것처럼 곡을 해 대지만 냉정한 머릿속은 제 살길을 도모하기 바빴다.

상선이 복의(죽은 왕이 평상시에 입던 옷)를 들고 선정전의 지붕으로 올라가 마룻대 위에 섰다. 북쪽을 향해 왼손으로는 복의의 깃을, 오른손으로는 복의의 허리를 잡아 검푸른 밤하늘을 향해 힘차게 펄럭거렸다.

그는 혼신을 다해 외쳤다.

"상위복!"

왕이여 돌아오소서.

"상위복!"

왕이여 돌아오소서.

"상위복!"

왕이여 돌아오소서.

지붕에서 내려온 늙은 내관은 평생을 굽어 지낸 탓인지, 단순히 늙은 육신 탓인지 더 이상 펴지지 않는 허리와 등을 의식하며 복의로 왕의 시신을 덮었다. 왕의 혼으로 하여금 자신의 체취가 밴 옷을 보고 되돌아오라는 의미였다.

그런들 떠난 혼이 돌아오는 법은 없었다.

늙은 내관의 젊음을 함께한 왕, 평생 그의 등과 허리를 굽어 지내게 만든 왕이 죽었다. 내내 열등의식 속에서 병적으로 의심하며 자신의 생을 자해하던 왕. 왕이었으나 왕으로서 살지 못했던 못난 왕의 죽음이었다.

불쌍하고도 불쌍한 임이여, 이제 떠나 저승에서나 편안하소서. 왕언(王言 왕의 말)에, 의심이 깃든 안정에 무고히 죽어 나가던 원귀들이여, 부디 이 추레한 왕의 혼을 가엽게들 여겨 원한의 발톱을 거둬 주시오.

상선은 자리에 주저앉아 지난한 세월을 함께한 늙은 왕을 위해 목 놓아 곡을 했다.

　그리고 국상이 선포되었다.

＊　　＊　　＊

　"왕이 되어 좋으시겠습니다."

　빈전으로 들어서는 곤을 향해 이제는 대비가 된 보현이 말했다. 머리를 풀고 거친 베로 만든 상복을 입은 그녀의 얼굴이 창백했다.

　곤은 무감한 눈길로 상대를 훑어보았다. 용무늬가 새겨진 선명한 색의 대란치마 차림도 아니고 눈이 부신 떨잠도 아니한 모습이 언뜻 왜소하고 처량해 보였다. 마음이 흔들렸으나 기색을 감추었다.

　보현의 손을 붙잡고 있던 창이 제 어미의 손을 놓고 쪼르륵 달려가 곤의 다리 근처에 매달렸다.

　"이리 온."

　어미의 부름에도 아랑곳하지 않고 어린 것은 또릿또릿한 눈을 하고서 제 형님을 올려다보았다.

　"부왕께 절은 올렸느냐?"

　"예, 형님마마."

　아이의 야무진 대답에 곤이 머리를 쓰다듬어 주었다. 보현이 아이의 팔을 확 잡아당겼다.

"형제간의 우애마저 쌓지 말라는 말씀이시옵니까?"

"그럴 리가요. 철모르는 아우라 하나 신하의 처집니다. 용상의 주인에게 예는 갖춰야지요."

한 음 한 음 가시가 박혀 바늘 송곳보다 날카롭다. 보현의 말을 묵묵히 듣던 곤이 창의 얼굴을 자상하게 바라보았다.

"너무 그러지 마옵소서. 부정이 그리울 나이가 아니옵니까? 부왕께오서 승하를 하셨으니 아이가 얼마나 안쓰러운지 모르옵니다. 소자가 아이에게 해 줄 일이 있을 것이옵니다."

보현은 저도 모르게 창의 손을 꽉 움켜쥐었다. 바람 한 점 불지 않은 바다처럼 곤의 눈빛이 잔잔했다. 그에 비해 보현의 것은 파도에 출렁이는 바다였다.

"참으로 고마우신 말씀입니다."

어미에게 잡힌 손이 아프다고 울먹이는 아이를 억지로 끌고 보현이 빈전을 나섰다.

"소자가 이 나라의 왕이 맞사옵니까?"

기습처럼 날아오는 질문에 문턱을 넘다 말고 멈칫했다. 고개를 반쯤 돌려 곤을 보았다.

"이미 옥새와 즉위를 윤허하는 교지를 내렸습니다. 무엇을 더 바라십니까?"

"그것이 마마의 진정이냐 여쭙고 있사옵니다."

"대행왕(大行王 왕이 죽은 뒤 시호(詩號)를 올리기 전의 칭호)의 고명을 받잡습니다. 할 말이 무에 있어서요."

곤은 보현의 시선을 강하게 옭아맸다.

"일월오봉병 말이옵니다. 편전에도 있고 침전에도 있으며 정전에도 있는…… 부왕께서 행차를 하실 때마다 따라다니던 그것 말이옵니다. 그것이 무엇을 뜻하는지 아시옵니까?"

보현은 질문에 대한 진의를 알지 못해 답하기를 꺼렸다.

"아시옵니까?"

이마에 얇은 주름을 그은 보현이 한참 만에야 대답했다.

"오로지 왕만이 누릴 수 있는 음양의 조화, 하늘의 이치를 받들어 이 땅의 만물을 다스리는 이의 권위의 상징 아닙니까. 그도 모를까 봐 물으십니까?"

"허니 무서운 것이 아니겠사옵니까?"

창의 울음소리가 커졌다. 보모상궁이 화급히 다가와 아이를 안고 물러났다. 보현이 몸을 돌려 곤을 정면으로 보았다.

"금상이 언제부터 곡언을 하셨답니까? 하시고 싶은 말씀을 하세요."

보현의 목소리가 날카롭게 갈라졌다.

"일월오봉병에는 권위만 있는 것이 아님을 말씀드리는 것이옵니다. 왕이 세상의 어버이가 되어 주었으면 하는 만백성의 바람이 그 병풍에 깃들어 있사옵니다. 옳은 정치로 인한 생명의 기운이 온 나라, 조선 땅을 풍요하게 물들여 주었으면 하는 간절함이옵니다."

곤의 목소리가 빈전을 떠돌아 보현의 머릿속을 울렸다.

"백성을 책임지지 못하면 음양의 조화도, 하늘의 이치도 허울 좋은 말장난이 아니겠는지요? 권위란 백성이 왕에게 주는 것. 그러한 것을 한낱 그림에 넣었나이다. 권위의 상징이라 하여 왕이 행차를 하는 곳이면 어디든지 딸려 보내지 않사옵니까."

"……."

"일월오봉병이 진정으로 상징하는 것은 사슬이옵니다. 왕은 고기를 먹고 비단을 입는 백성들의 노비라는 거지요. 평생을 사슬에 매여 하늘의 이치와 음양의 조화를 어깨에 짊어져야 하는 일이옵니다. 그리하지 못하면!"

말을 멈춘 곤이 보현에게 한 발짝 다가섰다. 흠칫, 물러서는 그녀의 손목을 재빨리 잡아 틀어쥐었다.

"무슨…… 이 무슨! 대행왕의 빈전입니다, 금상!"

허리를 굽힌 곤의 입술이 보현의 귓전으로 천천히 내려왔다.

"어마마마, 지금부터 소자가 드리는 말씀을 잘 들으셔야 하옵니다."

"손부터 놓으시지요. 아드님!"

"보소서. 기대가 충족되지 않는 백성들의 지독한 바람은 지탄이 되고 비난이 되어 일월오봉병을 찢어발길 것이옵니다. 저들이 주었던 권위를 저들이 짓밟고 말 것이옵니다. 하여 만백성에게 받은 권위, 그들의 열화와 같은 바람이 깃든 한낱 그림은! 실로 무서운 것이옵니다. 그런데 어찌 그 위험한 용상에 문호를 앉히려 하시옵니까?"

곤의 장광설이 막힘없이 쏟아졌다. 찬물이 끼얹어진 것처럼 보현의 정신이 확 깨었다.

"왕자 아기씨를 낳으셔야 하옵니다. 아기씨를 낳지 못하
면 적자 보기만을 원하는 포악하고 의심 많은 왕의 손에 내
쳐질 것이옵니다. 행여 낳았어도 왕이 될 수 없다면 반드시
죽을 것이옵니다."

친영례가 있기 전에 김직언이 단호하게 이르던 말을 속으로 되짚었다. 대군을 낳기 위해 중궁이 되었고 살기 위해 창을 왕으로 만들려 했다. 왜 왕을 만들지 못하면 죽어야 하는지 스스로 판단할 새도 없이 일문의 강요와 세뇌에 의해 지배당한 삶이었다. 죽는다 하니 죽을 줄 알았고 살고자 했을 뿐이다.

"권력은 무서운 것이옵니다. 지배당하는 자보다 때로는 휘두르는 자에게 더한 독이 될 수도 있사옵니다."

한결 부드러워진 곤의 목소리가 보현의 상념을 방해했다.

보현은 곤을 향해 네가 무엇을 아느냐? 왕을 만들지 못하면 죽은 목숨이라 여기고 십여 년을 살아온 내 불안한 세월을 네가 어찌 아느냐? 외치고 싶었다. 차라리 전부 놓아 버리고 싶을 때가 더 많았다고, 창을 안고 산속 깊숙이 들어가 꽁꽁 숨어 버리고 싶다고 말이다. 그렇게 화전이라도 일구어 살면 내 속에 불안과 공포가 종식되지 않을까 생각해 보기도 한다고 남김없이 토

해 내고 싶었다.

하지만 이미 멀리 와 버렸다. 일문과 소북은 권력에 기생하기 위해 창을 왕으로 만들려 하고 대북은 권력과 영화에 방해가 될까 봐 창을 죽이려 했다. 보현은 진저리 치는 무서움을 느꼈다.

그중 가장 무서운 것은 목전에 거대하게 서 있는 곤이었다. 그가 저 서늘한 눈빛으로 창을 볼 때면, 저 하얗게 반듯한 손으로 창의 머리를 쓰다듬을 때면 보현은 속에서부터 비명이 치고 올라왔다. 온전치 못한 출신이 가지는 필연적인 열등감이 그라고 없을까? 믿지 못하겠다. 무서워서 믿지 못하겠다. 너무 오래 세뇌를 당하고, 너무 오래 두려움에 익숙해지고, 너무 오래 불신을 쌓아 왔다.

생존을 위한 권력이란 말인가, 권력을 위한 생존이란 말인가!

싸움이 오래되어 무엇을 위해 싸우는지 둔감해졌다. 늦어 버렸다.

곤이 잡고 있던 보현의 손목을 놓아주었다.

"아우와 평안히 그리고 조용히 지내신다면 소자는 바랄 것이 없사옵니다."

괜한 짓 말고 잠자코 있으라는 거다. 보현의 입술이 비틀렸다.


*       *       *


빈전을 나온 보현은 벽을 짚고 섰다. 폭풍 전야의 바다는 더

없이 고요하고 잔잔했다. 곤은 폭풍 전야의 바다였다. 정 상궁의 부축을 받으며 마루를 내려와 백혜를 신었다. 눈에 들어오는 이가 있었다.

최이록.

싸움을 포기하지 못하는 또 다른 이유다. 잔혹하게 빼앗겨 버린 첫 정에 대한 보상. 미련 없이 돌아서던 임에 대한 분노. 이록을 발밑에 꿇리고 싶었다. 그를 밟고 군림하고 싶었다. 그에 권력을 위한 생존이 되어 버렸는지 모르겠다.

시선을 거둔 보현은 힘없는 걸음을 뗐다. 이 땅에서 가장 고결한 여인은 젊으나 젊은 나이에 청상이 되었다. 애처로운 상복 자락을 어찌지 못해 바라만 보는 시선을 그녀는 미처 알지 못했다.

*     *     *


곤은 빈전에 홀로 남았다. 코끝을 찌르고 머리를 어지럽히는 향내가 영좌 앞으로 자욱하니 흘렀다. 거기에 향을 하나 더했다. 그만큼 짙어진 향내다. 명정에 기록되어진 망자의 생전 지위가 눈에 들어왔다. 붉은 깃대에 백색으로 써진 '대행왕재궁'을 흐릿한 소리로 따라 읽었다.

고기 누린내가 나던 살찐 부왕은 대행왕이 되었다. 습관처럼 선위를 하마, 대소 신료들을 떠 보며 강짜를 놓더니 진실로 그리되었다. 단, 스스로의 결정이라기보다 어쩔 수 없음에 쫓기듯 내린 고명이었다.

"문호는 네 아우가 아니더냐. 죽이지만 말거라. 어린 것
무에가 잘못이 있어서……."

죽음의 길목에서까지 부왕의 눈에 유일하게 밟힌 자식은 곤의 다리에 매달리던 어린 창이었다.

밉다. 어린 것이 미워서 미쳐 버릴 지경이다!

창은 제 아비가 죽은 자와 산 자의 경계에 있을 때도 부자간의 이별됨을 알지 못했다.

곤은 엎드린 신하들 사이를 총총히 달려와 자신의 손에 찰싹 감겨들어 귀염을 떨던 아이의 얼굴을 그렸다. 입가에 웃음이 그어졌다. 그러다가도 금세 표정을 굳혔다. 미웠다가도 어여뻤다. 녀석만 생각하면 화가 나다가도 한편으로는 웃음이 실실 나왔다.

천덕꾸러기 자식에게 후사를 넘길 수밖에 없었던 죽은 부왕의 얼굴을 곤은 떠올리려 노력했으나 기억나지 않았다. 장시 묵힌 부왕의 고기 누린내와 겹겹이 겹친 두툼한 살덩이들이 기억의 전부였다. 혹은 성난 수퇘지의 울음 같던 고함이거나, 툭하면 날아오던 목상자이거나.

\*　　\*　　\*

국상이 선포된 지 엿새째 되던 날, 대행왕의 미운 서자였던 이곤은 부왕이 아등바등 지어 올린 대궐의 정전, 인정전 월대 위에서 즉위식을 치르고 조선의 새로운 국왕이 되었다.

四.

당년 겨울에 대행왕을 위한 졸곡제가 끝이 났다. 졸곡제 기간동안 새로운 왕은 매일 빈전에 나가 아침저녁으로 문안을 하며 곡을 했다. 국사를 돌보는 일은 일체 금지되었다. 오로지 대행왕을 애도하기 석 달, 마침내 졸곡제 이후 대행왕에게 시호와 묘호를 올린 새 왕은 상복에서 흰색 단령(삼 년 상이 끝날 때까지 착용)으로 갈아입고 백포로 싼 익선관을 쓸 수 있게 되었으며 국사를 친히 돌보게 되었다.

*       *       *

상참은 매주 한 번씩 있는 조회를 대신한 약식 조회로써 문무대신들이 빠짐없이 참석하는 자리였다. 상참의 의도는 윤대(행정부서 관료들의 업무보고) 전에 신하들이 왕을 알현하는 순수한 의식이었지만, 때로는 경서를 강론하고 국사를 논하는 자리가 되기도 했다.

"여기 황고(皇考 죽은 아버지를 높여 부르는 말)께서 승하하시기 전에 작성하신 선위 교서가 있소."

하절에 즉위한 젊은 왕의 목소리가 선정전 마룻바닥만큼이나 차갑고 시렸다. 좌우로 품계에 따라 앉은 중신들 중 몇몇은 선위 교서란 말에 당황한 기색이 역력했다. 대전 설리가 둘둘 말린 교서를 용상 앞 서안에 활짝 펼쳐 놓았다.

"이것이 참인지 궁금하다면 누구라도 과인 앞으로 다가와 살피도록 하오."

누군가는 등줄기에 식은땀이 나고, 누군가는 머리털이 바짝 섰다. 당연하게도 앞으로 나서는 자가 있을 리 없었다.

용상에 반듯한 자세로 앉은 곤은 흐트러짐 없는 눈길로 중신들을 한 명, 한 명 훑어보았다. 풍성한 소맷자락 안에 숨긴 두 손이 주먹을 거머쥐었다.

"쯧쯧. 들도 보도 못한 선위 교서가 하늘에서 뚝 떨어졌는데도 경들은 어찌하여 의심조차 하지 않는 거요?"

교서를 들고 용상에서 내려온 곤은 뒷짐을 진 채 골몰했다. 나른한 걸음으로 마룻바닥을 휘저어 거니는 모습이 금원을 산책하듯 여유로웠다.

불현듯 김직언 앞에 멈춰 선 곤이 교서를 불쑥 내밀었다. 김직언이 선뜻 교서를 받아 들지 않자

"설마하니 과인의 팔이 떨어지기라도 기다리는 것이오?"

농을 치며 유들거렸다.

김직언은 도리 없이 교서를 받아 들었다.

"좌의정."

"예, 전하."

"경의 손에 들린 것이 정녕, 황고께서 내리신 선위 교서가 맞소이까?"

선명하게 찍힌 시명지보(임금의 금 도장)가 선왕이 내린 교서임을 명백히 확인시켜 주었다. 혈기왕성하고 시건방진 젊은 왕은 늙고 노회한 정치 구 단의 중신들을 상대로 쥐잡이 놀이를 하고 싶은 모양이었다. 상복을 벗어던지고 친정을 펼치자마자 기다렸다는 듯이 선왕의 교서를 흔들어 대는 모습이 다가올 숙청의 전조처럼 보였다.

김직언은 꽉 다물린 입술 안으로 이를 사리물었다.

"좌상은 글을 읽지 못하는 것이오, 아니면 옥새를 알아보지 못하는 것이오?"

곤이 성마르게 재촉을 하고 나서야 김직언은 내키지 않는 투로 대답했다.

"선왕 전하께옵서 내리신 선위 교서가 맞사옵니다."

다리를 펴고 일어난 곤이 좌중을 보았다.

"모두들 들었소? 선위 교서가 맞다는구려."

짧은 한마디가 선전포고처럼 들렸다.

곤은 용상으로 돌아가 앉았다.

"허면 어쩐다? 황고께서 내리신, 망극하기 그지없는 이 교서가 어찌하여 사라졌으며 이제야 나타났는지 아무래도 과인과 경들이 이쯤해서 함께 생각이라는 것을 해 봐야지 않겠소?"

소북의 중신들이 그들의 영수인 김직언의 눈치를 살피며 소곤거리는 것을 곤은 놓치지 않았다. 대전 설리가 교서를 둘둘 말아 챙겨 들고 뒤로 물러났다.

"선위란 무엇이오?"

답하는 자가 없었다. 곤은 입술을 비틀며 조소했다.

"경들 중에는 아는 이가 없는 모양이니 허면 과인이 저기 서 있는 상책에게 물어보도록 하리다."

소스라치게 놀란 대전 설리는 지은 죄도 없이 자리에 엎드렸다. 문서 심부름이나 하는 대전 설리가 그의 한미한 직책이었다. 중신들이 모여 조정의 일을 논하는 자리에 끼어들 주제가 아니었다. 매서운 시선들이 전장의 포화처럼 쏟아졌다. 고래 싸움에 새우 등 터진다더니 왕언 한마디가 대전 설리를 곤혹스럽게 했다.

"상책은 선위가 무엇인지 답하라."

"전하! 부디 하문을 거두어 주시옵소서."

"너도 모른단 말이냐? 왕을 보필해야 할 지밀 내관이 그것 하나 모른대서야 말이 되느냐. 종사품의 상책이 되어 명색이 대전 설리씩이나 하는 놈이 참으로 뻔뻔하도다. 내 너를 당장 그 자리에서 끌어내려야 답을 하겠느냐!"

카랑카랑하게 퍼부어 대는 질타가 선정전을 뒤덮었다. 세자 시절부터 냉정하고도 가차 없는 품성이 워낙에 유명한 왕이었다.

바른 답을 고하지 않는다면 궐 밖으로 쫓겨날 것이 자명했다.

"서, 선위라 함은 왕께서 살아 계시올 때 보위를 물려주시는 것이옵나이다, 전하."

대전 설리는 사시나무 떨듯이 떨면서 간신히 대답했다. 중신들의 독화살 같은 눈초리가 느껴졌지만 두 눈을 시퍼렇게 뜨고 쏘아 대는 왕보다야 덜 무서웠다.

초록색 단령을 흠뻑 적실 만큼 전신에 식은땀이 흘렀다. 마른 침을 꿀꺽 삼키며 왕의 얼굴을 흘끗 훔쳐보았다. 차분해진 용안에 낮은 한숨을 쉬었다. 왕의 관심에서 자신이 사라졌음을 확인하자 안도되었다.

"황고께서는 승하하시기 불과 닷새 전, 해시가 지났을 무렵 입직 승지를 불러 이 교서를 작성하셨소."

"히익!"

입직 승지라는 말에 김진한이 딸꾹질을 했다.

졸곡제 전까지 지난 몇 달간 얼마나 마음을 졸였던가. 국휼고명을 받드는 일에서 선왕 말년에 가장 신임을 받았던 김직언과 승정원 도승지인 자신이 제외됐을 때, 만종 선사에게 맡긴 선왕의 선위 교서가 문제 되지 싶었다. 김직언이 교서를 돌려받기 위해 만종 선사를 찾아 진관사에 올라갔지만 선사는 이미 행각(行脚 여러 곳을 다니며 수행함)의 길을 떠난다며 자취를 감춘 후였다. 은밀히 사람을 풀어 전국의 사찰이란 사찰은 모두 뒤져 보았으나 끝내 그를 찾을 순 없었다.

그로부터 김진한은 한시도 불안하지 않은 날이 없었다.

"히익. 힉!"

딸꾹질이 점점 심해지고 있었다. 곤은 아직 결정적인 말을 한 것이 없건만 김진한은 도둑이 제 발이 저린다고 쉬이 진정하지 못했다. 얼굴은 벌겋게 달아오르고 이마에 맺힌 땀은 폭포수처럼 쉼 없이 떨어졌다. 김직언이 그를 노여운 눈길로 보았다.

심일강은 혀끝을 차며 김직언과 김진한을 비웃었다. 소북은 똥 마려운 강아지마냥 안절부절못했으며 대북은 상대적으로 여유로웠다. 서인이나 남인은 사태의 추이를 흥미롭게 지켜보았다.

"지엄하신 황고의 교서는 작성된 그날 밤에 사라졌으며 교서를 받아쓰고 마지막까지 본 자는 입직 승지요. 그를 마지막으로 교서가 증발되었으니…… 이를 무어라 설명할 것인가, 도승지?"

김진한은 불안한 듯 마룻바닥만 긁어 댔다. 보다 못한 김직언이 나섰다.

"전하, 말씀하신 바대로 갑자기 하늘에서 떨어진 교서가 아니옵니까? 필시 곡절이 있을 것이니 의정부에서 책임지고 이 일을 알아……."

"좌의정은 입을 다물도록 하오."

곤이 김직언의 말을 가로막았다.

"도승지가 경의 일문인 것은 알겠으나 때와 장소를 가려 편을 들어야 할 것이오."

"전하 그것이 아니옵고⋯⋯."

"아니면 무엇이란 말이오? 이 일을 의정부로 가지고 가다니 과인은 이해가 되질 않는구려. 왕명과 관계되며 왕권과 직결된 일. 왕명의 출납을 책임져야 할 도승지가 소임을 다하지 못하였으니 엄히 다스려 물어야 할 일이 아니겠소? 판윤의 생각은 어떠하오?"

곤의 물음이 심일강을 향했다. 노회한 정객의 안광이 번뜩였다.

"전하 아뢰옵기 망극하오나 이는 역이옵니다."

"무엇에 근거하오?"

"어명을 바로 전달치 않고 숨겼으니 첫 번째 역이요, 선위 교서를 숨긴다 함은 선왕께옵서 지목하신 후계를 인정치 않는다는 뜻으로 차기 왕에 대한 두 번째 역일 것이옵니다. 송구하오나 전하, 교서를 어찌 찾으셨나이까?"

상참 전에 한차례 독대를 해 놓고서 모르는 척 시치미를 떼는 심일강이다.

의뭉스러운 늙은이 같으니.

편치 않은 심기에 곤의 미간이 찌푸려졌다. 도무지 행태가 마땅치 않은 늙은이였다.

"전하?"

심일강의 부름에 곤은 미간을 매끄럽게 폈다. 그는 김직언을 보았고 김진한을 보았다. 마지막으로 사냥개처럼 왈왈 짖어 댈 준비를 하는 심일강을 보았다.

국상이 선포되자 대세가 기울었음을 직감한 만종 선사는 스스로 교서를 들고 대궐까지 찾아왔다. 교서를 직접 숨긴 자들은 대죄를 면키 어려울 것이나 대비께서는 어린 아드님을 향한 모성으로 실수를 하신 것이니 한 번은 보아 넘겨 달라 했다.

눈을 감았다 뜬 곤은 천천히 입을 열었다.

"진관사의 주지승인 만종이 보관하고 있었소. 그가 좌의정과 도승지의 일문임은 다들 알 거요. 산사에 틀어박혀 불경이나 외는 이에게 누가 구중궁궐에서 작성된 교서를 가져다주었겠소?"

좌중이 한차례 시끄러워졌다. 대북은 소북을 향해 삿대질을 하며 역모를 꾀했다 호통쳤고 김직언을 위시한 소북은 그런 일이 없다며 읍소했다.

심일강이 소리를 높였다.

"전하! 좌의정과 도승지의 일문인 자가 선왕 전하의 선위 교서를 보관하고 있었다면 이는 소북과 모종의 관련이 있을 터. 관련자들을 한 사람도 빠짐없이 의금부로 압송하여 진상을 조사케 하라 어명을 내려 주사이다!"

이것이야말로 새 왕이 금일 상참에서 이끌어 내고자 하는 결론일 것이다.

"전하, 통촉하여 주시옵소서!"

무술년 옥사 이후 대북의 위세는 그리 오래가지 못했다. 첫 회임에서 공주를 생산했던 대비가 몇 해 지나지 않아 두 번째 회임을 했다. 대비에게서 대군이 태어나게 되자 정국의 주도권은 다시 소북에게로 넘어갔다. 소북의 눈치를 보며 엎드려 있던 지난 몇 년간, 이날이 오기만을 기다린 심일강이었다. 심일강은 인내에 대한 보답이 이제 오는가 하여 조급증을 냈다.

곤이 손을 들어 좌중의 이목을 집중시켰다. 그는 그 상태로 잠시 시간을 보낸 후 명령했다.

"의금부는 사헌부, 사간원과 합좌하여 의혹 없이 이번 일을 명명백백 밝혀내도록 하라."

소북파 중신들 쪽에서 탄식이 흘러나왔다.

"판윤 심일강은 들으시오. 경을 영의정에 제수하고 위관(국문관)으로 겸직케 할 것이니 그대는 한시도 늦추지 말고 추국장을 설치토록 하여 관련자들을 잡아들이도록 하오."

"전하, 성심을 다하겠나이다."

심일강이 누구이던가. 대북의 영수로서 소북이라고 하면 치를 떠는 꼬장꼬장한 노인네였다. 그런 자가 영의정에 제수되어 위관까지 맡다니, 줄줄이 엮여 목이 날아갈 판이었으므로 소북으로서는 오금이 저리지 않을 수 없었다. 판윤의 자리에 오른 것이 금년인데 한 해가 지나기도 전에 영의정에 제수되다니 국구가 좋긴 좋다며 비아냥거리면서도 목전에 닥친 난국을 어찌 타개하나 저들끼리 우왕좌왕했다.

곤이 단호히 뇌까렸다.

"소홀함이 없어야 할 것이오."

의금부 도사가 나장들을 이끌고 들어와 김진한을 끌고 나가자 선정전은 충격과 경악의 도가니가 되었다. 풍랑을 만난 거룻배처럼 격심하게 흔들렸다. 명색이 고관대작의 체면에도 불구하고 저잣거리 백성들처럼 소란스러웠다.

*      *      *

선정전을 뒤로하고 유유히 밖으로 나온 곤의 눈길이 길게 뻗은 추녀로 향했다. 시푸른 청기와를 받쳐 주는 오색창연한 단청의 호화로움에 눈이 멀었다.

흰 눈이 꽃잎처럼 날리고 있었다. 소복하게 쌓인 눈은 궐 안을 새초롬한 설국으로 만들어 놓았다.

"연을 대령하오리까?"

곤이 즉위하면서 자연히 대전의 승전 내관으로 승차한 박 내관이 허연 입김을 뿜으며 물었다.

곤이 월대로부터 한 발짝 내디뎠다.

"조금 걸어야겠다."

선정문(편전인 선정전의 정문)을 나온 곤을 향해 박 내관이 다시 물었다.

"어디로 거둥하시겠나이까?"

"금원으로 가자."

　　　　　＊　　　＊　　　＊

　전란 중에 불타 버린 북궐, 경복궁이 백악산을 주산으로 삼고
남면에 자리 잡고 있었다면 동궐인 창덕궁은 백악산의 산줄기가
시원스레 뻗어 내린 동쪽 응봉, 끝자락에 자리하고 있었다. 이궁
일 뿐이던 곳이 중건 후 폐허로 남은 경복궁을 대신하여 조선의
정궁이 되었다. 전국 각지에서 모인 장인들이 피와 땀을 섞어 만
들어 낸 무수한 전각의 자태가 빼어났다.

　금원은 궁중 정원으로서 호화로운 궁중 문화의 정수를 보여
주었다. 기이한 암석과 여러 갈래로 흐르는 골짜기와 천, 수백
종의 수풀이 우거진 천혜의 자연 경관을 자랑했다. 백악산을 병
풍처럼 두른 왕가의 휴식처, 왕의 동산이라 불리는 곳이었다.

　방대한 면적을 자랑하는 왕가의 정원답게 금원은 곳곳에 화
려한 누각이나 정자가 많았다. 각각의 건물들이 쓰임과 모양새
가 달라 개성이 다양했다. 살아 있는 모든 것들은 태초의 것 그
대로 두어 규칙이 없었다. 이곳의 건축은 자연에 조화된 불규칙
속의 규칙이었다. 자연 속에 이루어진 규칙이 창의적이면서도
신비로웠다.

　왕의 행렬은 금원의 눈 쌓인 오솔길을 따라 걸었다. 눈밭이 어
린아이 볼처럼 도톰했다. 걸음을 뗄 때마다 서벅서벅 눈 밟는 소
리가 났다. 가지런한 발자국들이 수줍었다. 헐벗은 나뭇가지마
다 두꺼운 목화솜 이불처럼 켜켜이 쌓인 눈이 따사로웠다.

후두두.

별안간 눈 쏟아지는 소리에 곤의 고개가 본능적으로 돌아갔다. 삼동에 먹이를 찾아 산길을 헤매던 다람쥐 한 마리가 후다닥 산속 깊이 숨어들었다. 미물의 앙증맞은 발자국이 어지러이 나 있었다.

곤은 뒤편에 떨어져 걷는 이록을 손짓으로 불렀다.

"여전히 무소식이더냐?"

으레 그렇듯이 앞뒤를 생략하고 대뜸 물었다.

이록은 주저하며 좀체 입을 열지 않았다. 그런 그를 잠시 바라본 곤은 북쪽 산기슭으로 방향을 잡았다.

"닮은 이를 보았다는 이가 있더냐? 혹 사는 모양새가 무참하다 하더냐? 하여 고하지 못하는 것이냐?"

목측(目測)하기 어려운 먼 산 중턱 즈음에 무수한 나무들 사이로 붉은 석양이 내려앉고 있었다. 석양은 점차로 번져 세상을 뒤덮을 것처럼 보였다.

이록은 저 아래, 여수 땅을 생각했다. 이름이 기억나지 않는 여수 관아의 누군가로부터 서 소저를 닮은 여인이 관기로 있다는 연통을 받았다. 가장 빠른 말을 타고 어서 가 보라며 수하 둘을 보냈으나 선뜻 왕에게 고해지지 않았다.

관기는 지방 양반들과 고을 수령의 노리개였다. 관아의 꽃이었다. 아무나 뽑고 부러트려도 운명처럼 사는 이들이었다. 왕이 상상하는 것들 중 가장 최악의 상황일지도 모른다. 아니다, 그래도 매음굴의 창기로 사는 것보다야 훨씬 나을 것이다. 길바닥에서 굶어 죽지 않음이 다행이었다. 그렇게 애써 생각해 보지만 본래도 무거운 입이 도통 열리지 않았다. 여수 관아의 여인이 서소저가 아니래도 실망할 것이요, 만일 서 소저라면 그것 또한 어심을 상하게 할 터였다.

"내금위장은 답을 하라."

곤의 목소리가 나직하게 산속을 울렸다. 왕이 된 곤을 따라 왕의 호위가 되면서 이록 역시 박 내관과 마찬가지로 승차되었다. 곤은 이록의 새로운 직책을 부르며 그가 답하기를 종용했다. 기어코 무슨 말이라도 들을 심산이었다.

이록은 머릿속을 파고드는 상념을 털어 냈다. 겨우 입을 열었다.

"여수 관아의 관기로 있는 이가 서 소저의 인상착의와 비슷하다 하옵니다. 내금위 둘을 보내 확인케 하였으니 곧 기별이 있을 것이옵니다."

공연한 죄책감에 이록의 목소리가 굳어졌다. 여수 관아의 여인이 연옥이기를 바라면서도 아니기를 바라는 마음이 멈춰 선 곤의 두 발에서 느껴졌다.

드높은 하늘, 석양을 등진 채 새매 한 마리가 날아올랐다.

"관기라 하였느냐?"

"그러하옵니다."

"일전엔 강화 어디선가에서 보았다는 자가 있었지?"

"……."

"그전에는 어디, 해남이라 하였던가?"

"……."

"목포에서도, 돌산에서도 보았다 했다. 이름조차 기억나지 않는 어느 고을의 저잣거리 유곽에서도 보았다 했으며 어느 집 노비로 산다 하였고 길바닥에 나앉아 구걸하는 것을 보았다는 자도 있었다."

뒤돌아 선 곤이 이록과 눈을 마주쳤다.

"여수라…… 어쩌다 그리로 흘러들어 갔을까. 현무공이 전라 좌수사로 있을 적에, 북서풍이 삼동 내내 매섭기가 한량없는 것이 여수 바다라 하였다. 강퍅한 눈보라가 포구를 휘몰아치고 잿빛의 거대한 난운(亂雲)이 여수 면을 심술궂게 내리누르는데 어찌 그곳에 연옥이 있을 수 있단 말이냐? 이곳 도성에서 여수니라."

알고 있었다. 역적의 딸이 되어 도망치는 신세, 어디로든 갈 수 있고 어디서든 숨을 수밖에 없는 신세인 것을. 허나 알면서도 지금처럼 어느 관아에서 관기 노릇을 하는 것 같다는 소식이 들려오면 가슴이 철렁했다.

"내가 기억하는 서연옥은 열두 살 어린 소녀였다. 계집이라 할 수도 없는 젖내 나는 어린 것 말이다. 계집도 아닌 코흘리개가 관기가 될 수 있단 말이냐?"

여수 관아의 여인이 연옥이기를 바라는 것인가, 아니기를 바라는 것인가?

스스로 알지 못함에 곤은 머쓱해졌다. 이제는 그만 떠돌고 이내 손에 잡혀 주기를 바라면서도 정작 닮았다는 여수 관아의 관기가 연옥이 아니기를 바라는 마음이 스멀스멀 피어올랐다.

"전하, 석양이 지고 있사옵니다. 어두워지기 전에 이만 침전으로 납시옵소서. 이러다 풍한에 감모 드시옵나이다."

뼛속까지 시린 강추위였다. 박 내관은 행여 옥체에 해가 갈까 두려워 노심초사했다. 성화를 부리는 그의 목소리가 먼 거리에서 들려오는 소리처럼 곤의 귓가를 아득하게 웅웅거렸다. 지근을 뱅뱅 맴돌다 근처 나뭇가지에 얌전히 앉아 있던 새매가 푸드득 날갯짓을 했다.

"아니다. 더 걸을 것이다."

박모(薄暮 해가 진 뒤 컴컴해지기 전)로 향하는 일석의 시간은 쓸쓸했다. 사방으로 부서지던 석양이 스스로 빛을 거둬들이며 어둠을 분산시켰다. 빛과 어둠의 교차는 사람의 마음을 알 수 없이 싱숭생숭하게 만들었다. 곤은 쓸쓸함을 온몸으로 받아들였다. 걷고 또 걸었다.

"문호의 호위 별감으로 새롭게 천거된 자가 있지 않느냐?"

창이 나면서부터 대군으로 진봉(작위를 높여 주는 일)되었건만 호위하는 자들이 신통치 않아 신분에 맞지 않는 처사라는 것이 보현의 주장이었다. 국상을 당하여 세월이 하 수상하니 어미 된 마음으로 불안과 근심이 가시지 않는다는 것이다. 궐 밖에 무재가 괜찮다는 이가 하나 있어 창의 지근거리 호위 별감으로 삼았으면 하고 뜻을 비쳤다.

"하명하신 대로 건영헌 무예별감에 차정되었다 하옵니다. 하오나……."

이록이 미적거리며 말끝을 흐렸다.

"대비가 천거한 것이 마음에 걸리느냐?"

"……."

"기껏해야 문호의 호위다. 말단의 무예별감이 무엇을 하겠느냐?"

"그렇기는 하옵니다만……."

"내 앞에는 감히 나설 수도 없는 자가 아니냐. 뒷방으로 물러나 있는 대비다. 굶기면 온순하던 짐승도 맹수가 되는 게지. 그러니 너무 몰 것 없다. 그저 지켜보면 될 것이다."

이록은 묵묵히 곤의 뒤를 따라 걸었다.

박 내관은 애가 타들어 갔다.

이 길로 쭉 올라가다 보면 백악산에서 내려온 금수와 마주치고도 남음이었다. 궁중 정원이라지만 산자락과 이어진 곳이었다. 자연의 모습 그대로 보존한 편이라 산기슭이 제법 험준하기도 해서 산에 사는 짐승들이 제집 안마당인 줄 알고 들어오는 경우가 있었다. 더구나 한겨울이 아니던가. 굶주린 짐승들이 눈이 시뻘개져서 돌아다닐 텐데 어이하여 왕께서는 옥체 중하신지 모르실까.

박 내관은 새삼 자신의 신세가 한탄스러웠다. 연방 한숨을 내쉬며 곤의 걸음을 부지런히 따라잡았다.

"꽤액!"

갑자기 들리는 거친 산짐승 소리에 이록과 내금위들이 재빨리 곤을 둘러쌌다.

빛은 사라지고 어둠이 내려앉은 시각이었다. 범이 내려와도, 멧돼지가 내려와도 이상하지 않건만 겁 없는 왕 때문에 이리되었다 남모르게 탓을 하면서도 박 내관은 양팔을 벌려 곤을 비호했다. 손가락 끝이 부들부들 떨렸다. 내관과 궁인들이 곤에게서 떨어지지 않고 겹겹이 에워쌌다.

호젓한 산속에 예기치 않은 긴장감이 흘렀다. 숨소리조차 내지 않고 서로의 눈치를 살피며 어둠 속에 숨은 적을 찾아 부지런히 동공을 굴렸다.

"제등."

이록이 조용히 뇌까리자 길을 밝히던 내관이 그에게 제등을 내밀었다. 등을 받아 든 이록이 사위를 구석구석 비쳤으나 아무것도 보이지 않았다. 빽빽이 들어선 나무와 암석, 구불구불 흐르는 천에 비치는 달빛 뿐 적요함을 깨트리는 삿된 기운은 쉽사리 잡히지 않았다.

"으아앙!"

"꾸에엑!"

적막한 어둠을 찢어 내며 어린아이 울음과 짐승의 포효가 동시에 들렸다. 어린아이를 품에 안고 사력을 다해 뛰는 사내를 멧돼지 한 마리가 맹렬하게 추격하고 있었다.

"으아앙! 앙앙!"

사내의 품속에서 아이는 숨이 넘어갈 듯 울어 댔다. 멧돼지가 튀어 올라 아가리를 열고 사내의 목을 물어뜯을 것처럼 위협했다. 미친 듯이 달리던 사내의 발이 솟아난 돌부리에 걸려 사나운 짐승의 발아래 넘어지고 말았다. 사내는 아이를 제 몸으로 덮었다. 짐승의 날카로운 발톱으로부터 어리고 약한 육체를 보호하고자 했다.

이록이 칼을 꺼내 들고 쏜살같이 달려 나갔다. 순간 거대한 산짐승의 사나운 눈길이 흔들렸다. 녀석은 누구를 먼저 상대할까 멈칫하며 고민했다.

찰나, 이록의 칼이 주저 없이 놈의 목을 뚫었다.

"꽤액! 꾸에엑!"

예상치 못한 일격을 받은 맹수는 발광했다. 쓰러져 가는 맹수의 울음소리가 어둠을 뒤흔들었다. 놈의 목에서 칼을 뽑아낸 이록은 칼을 다시 높이 들었다. 그리곤 허공을 휙 갈랐다. 그의 칼이 커다란 곡선을 그리며 제자리로 내려왔다. 맹수의 목이 몸에서 떨어져 나와 데구루루 굴렀다.

위험천만했던 순간이 지나자 사내는 몸을 일으켜 아이를 바로 세웠다. 아이는 바닥에 뒹구는 멧돼지 수급에 거듭 소스라쳤다. 잦아들어 가던 아이의 울음소리가 커졌다.

"으아앙! 나 어마마마한테 갈래. 갈 거란 말이야. 으앙! 앙앙!"

곤은 눈썹 끝을 치켜올렸다.

사내에게 안긴 뒷모습만으로는 아이가 누구인지 식별이 불가능했지만 아이가 입고 있는 옷은 사규삼이었다. 사가에서는 관례 때 사내아이가 입는 예복이요, 왕실에서는 어린 왕자의 평상복이었다. 일반인의 출입이 금지된 금원에서 사규삼 차림으로 '어마마마'를 찾으며 발견된 아이였다. 다른 왕자들은 장성해서 출궁을 한 지 오래. 사규삼을 입을 만한 어린 왕자는 대비의 소생이자 이복 아우인 창과 왕비 심씨와의 사이에서 태어난 원자 호뿐이었다. 호는 타고난 몸이 약해 외가에 피접을 나가 있어 실지 궐 안의 왕자는 창 하나였다.

곤의 시선이 창을 안고 있는 사내에게로 향했다. 울어 대는 아이를 달래느라 예를 차릴 정신이 없어 보였다.

"아니, 대군 아기씨가 아니시옵니까?"

박 내관이 창을 알아보았다. 아이가 삐쭉 고개를 돌렸다. 자신을 부른 이가 대전의 내관이라는 것도, 세상에서 제일 좋아마지않는 형님마마가 자신을 내려다보고 있는 것도 확인한 어린 아이의 눈이 커다래졌다. 신기하게도 눈물을 뚝 그쳤다. 울어서 발그레해진 볼에 반색이 돌았다.

"마마, 형님마마!"

사내를 밀어낸 아이가 짧은 두 발로 곤에게 뛰어들었다. 아이는 제 형님의 다리를 꽉 부여잡고 두 볼을 연신 비벼 댔다.

뒤늦게 사내는 고개를 숙이며 엎드렸다. 숙인 고개가 무거운 추처럼 유난히 깊었다.

창을 번쩍 들어 안은 곤의 눈길이 사내에게로 향했다. 철릭과 전립을 차례로 훑었다.

"건영헌의 무예별감이더냐?"

답이 없다.

"이번에 차정된 건영헌의 호위가 맞느냐?"

묵묵부답인 자를 곤은 짜증스레 보았다.

"소제의 호위 별감이 맞사옵니다, 형님마마."

창이 끼어들었다. 울음기가 가신 아이의 목소리가 밝게 개었다.

"등을 가져오라."

아이를 내려놓고 제등을 받아 든 곤은 별감에게로 다가갔다. 환하게 타오르는 등을 별감의 얼굴 가까이 들이밀었다. 화기에 움찔한 별감이 저도 모르게 고개를 들었다.

"그대로! 그대로 있으라."

곤이 별감의 턱을 움켜잡았다.

지글거리는 불빛에 별감의 얼굴이 완연히 드러났다. 하얀 쌀알처럼 뽀얀 피부가 불빛을 받아 노랗게 물들었다. 아름답게 휘어진 눈썹이 당황한 듯 살포시 일그러졌다. 멀뚱히 구경하던 새매가 마른 나뭇가지들 사이를 이리저리 헤집고 다니다 하늘로 솟아올랐다. 나무 위에 소복하던 눈이 은가루처럼 흩어져 사방으로 날렸다. 별감의 전립 위로 눈이 보시시 내려앉았다.

매다! 날지니다!

별감을 찬찬히 살피던 곤의 눈에 이채가 떠올랐다.

"무연이냐?"

성마른 목소리가 조급하게 터져 나왔다.

밤처럼 까만 연옥의 동자가 잔잔한 파동을 일으키며 흔들렸다. 밤하늘을 휘돌아 그들의 머리 위로 돌아온 새매가 번식기도 아니건만 '캬앗 캬앗' 울음소리를 내었다.

"전하, 죽여 주시옵소서!"

건영헌의 보모상궁이 내달려 오더니 차디찬 눈 바닥에 쓰러지듯 엎어졌다. 잠시 다른 볼일 보았을 뿐인데 애송이 호위 별감이 대체 무슨 일을 어찌 저질렀기에 사달이 났나, 황망했다.

"아지(阿之 궁궐에서 유모를 이르던 말)는 무엇을 하는 사람이오? 해가 저문 시각에 어린 대군으로 하여금 산세 어두운 금원을 헤매도록 하다니 정녕 큰일이 날 뻔하였소이다."

곤을 대신해 박 내관이 질책했다. 그제야 주변에 죽은 산짐승을 흘깃 본 보모상궁이 숨을 '헉' 들이켰다.

"저, 전하! 죽을죄를 졌나이다. 사가에서 사람이 찾아와 잠시 자리를 비운다는 것이……."

"됐느니. 아지는 문호를 데리고 처소로 돌아가라."

부랴부랴 일어선 보모상궁이 창을 안고 뒷걸음했다. 곤은 연옥의 턱을 놓아주었다. 곤의 손에서 놓이자 부복해 있던 연옥이 몸을 일으켰다.

"어디를 가는 것이냐?"

"대군을 데리고 물러나라 하시지 않으셨사옵니까?"

"너는 남거라."

창을 안고 어정쩡하게 서 있는 보모상궁을 향해 곤은 물러가지 않고 무엇을 하느냐며 손을 휘휘 저었다. 고개를 들어 새매를 보았다. 커다란 날개를 힘차게 펄럭이며 끊임없이 울어 대는 매다.

"응사(매사냥에서 쓰는 매를 맡아 기르는 벼슬아치)에게 일러 저 매를 당장 잡아들이도록 하라. 응방(사냥에 쓰이는 매를 기르던 곳)으로 갈 것인즉."

곤이 연옥을 지나치며

"따르라."

낮게 뇌었다.

## 四章
## 줄밥, 칼, 메기주둥이
## 그리고 계집의 몸

대전 직속 기관으로 창설된 응방은 내시부 내관 정오품의 상호가 관장했다. 사냥 때 쓸 매를 길렀는데 매뿐만 아니라 사냥개는 물론, 여러 종류의 새와 야생 짐승도 함께 사육해 왕이 수렵을 나갈 때마다 수행했다.

어두웠던 응방 곳곳에 횃불이 밝혀지고 용교의(龍交椅 임금이 앉는 의자)가 놓였다. 짐승 우리와 새장에서 저마다 우는 소리들이 들렸다.

휘이~ 휘이~

곤이 휘파람을 불었다. 수지니(사람의 손에 길들여진 매) 한 마리가 날아왔다. 가죽버렁(매를 받을 때 끼는 두꺼운 장갑)을 찬 팔을 내밀자 녀석이 거리낌 없이 걸터앉았다.

"매우 사나운 녀석이었다. 다섯 해 전이던가? 수렵에서 내가 직접 잡아 온 녀석이지. 이 녀석을 어찌 길들였는지 아느냐?"

매에게 날밥을 먹이며 곤이 물었다. 커다란 매는 위용에 걸맞지 않게 매우 온순했다. 먹이를 주면 주는 족족 콕콕 찍어 채 가는 모습이 귀염성까지 있었다. 매를 날려 보내고 용교의에 앉은 곤은 삐딱한 자세로 이마를 짚었다. 장승처럼 서 있는 연옥을 지그시 보았다.

"나는 너에게 나의 매가 되어야 할 것이라고 말했다. 너는 아직도 내 숨통을 쪼아 먹는 매가 되겠느냐?"

"장부가 되어 한 입으로 두말을 하겠나이까?"

"장부라니. 계집처럼 생긴 놈이 말은 장하구나."

흠칫, 아미를 구기는 연옥이다.

"대비의 천거로 입궐하였다지?"

"만종 선사가 대비마마의 지친인 줄로 아옵니다."

때마침 응사와 사복시 망패가 금원에서 매를 포획해 왔다. 푸드득, 푸드득 거대한 날개를 치대며 반항하는 새매와 응사의 힘겨루기가 한창이었다. '캬앗'거리며 울어 대는 매소리가 어둑한 지천을 시끄럽게 헤집었다.

"갓 잡은 매에게는 줄밥을 주는 법이다."

응사가 매의 다리에 줄을 매어 곤에게 바쳤다. 줄 끝을 잡고 선 곤이 먹이를 보이자 사나웠던 날지니가 얌전해졌다.

"뱃속을 채워 주는 행위야말로 거친 새매를 길들이는 최적의 방법이니라. 이렇게 줄에 묶어 팔뚝에서 키우며 먹이를 주는 것이지."

먹이를 삼키는 매의 모습에 곤의 미소가 잔잔했다.

"낮에는 사람의 손에서, 밤에는 등불에서 기르는 게야. 본래 하늘로 솟구치려는 본성이 있으나 먹이가 내게 있으니 제 놈이 어이할꼬. 바짝 묶어 옴짝달싹하지 못하게 한 후, 굶기기도 하고 목이 마르게도 하다가 한 번씩 닭이며 참새 따위를 주는 게다. 허니 별수 있겠느냐. 먹이를 먹기 위해서라면 주인의 손에 익숙해지고 길들여지는 수밖에. 그러면 어여쁘다, 귀하다 쓰다듬어 주고 주물러 주면서 순하게 만드는 것이다. 그렇게 삼십 일이 지나면 친해지고 오십 일이 지나면 스스럼없어지지."

매를 응사에게 넘긴 곤이 연옥의 팔을 낚아챘다. 순간적으로 일어난 일이라 미처 대응하기 어려웠다. 버렁을 묶은 가죽 끈을 풀어 헤친 곤은 그 끈을 연옥의 팔목에 옮겨 묶었다.

"이것이 너를 내게로 인도할 줄이니라. 원하던 날지니가 제 스스로 찾아왔으니 내가 어찌 기쁘지 않겠느냐? 기쁜 듯이 길들여 줄 것이다."

"어심이 뜻하시는 대로 되지는 않을 것이옵니다."

연옥이 잡힌 손을 풀기 위해 용을 쓰며 손목을 비틀었다. 타고난 신체의 한계는 뼛속까지 사내인 곤의 악력을 당해 내지 못했다. 곤은 한참이 지나서야 연옥의 손목을 풀어 주었다.

"풀지 말라. 어명이다."

끈을 풀려던 손이 허공에서 멈칫했다. 연옥이 입술을 질끈 깨물며 손을 떨어트렸다.

"말단의 별감 놈 주제에 왕이 하사한 것을 풀려 하느냐? 되었다 할 때까지 풀지 말라. 어길 시에는 네놈 삼족을 멸할 것이다. 물론…… 그 전에 네놈에게 숨통을 쪼아 먹히지 않는다면 말이다."

"한 번이면 족하지요. 두 번은 아니 되옵니다."

몸을 돌리던 곤이 움찔하며 그 자리에 멈춰 섰다.

"네놈의 주둥이가 지금 내게 무어라 나불대는 것이냐?"

입을 딱, 다무는 연옥이다. 그녀와 곤을 둘러싼 미물 하나까지 움직임이 정지되었다. 한참이 지난 뒤에야 실없는 놈이라며 자리를 뜨는 곤이다.


희정당으로 가면서 곤은 그에게 날아든 날지니를 생각했다. 날개를 퍼덕여 제 발로 찾아온 팔팔한 날지니였다. 이상한 것은 녀석의 눈이었다. 분노에 잠식되고 분노로부터 솟구치듯 녀석의 검은 동자는 차분히 가라앉았으되 극한으로 날이 선 모습을 했다. 어리고 젊은 것이 산처럼 무거운 한을 어깨 한가득 걸머지고 있었다.


"대의를 위해서라면 누구라도 죽일 수 있는 것입니까?"


삼각산 숲길 사이로 흩어지던 녀석의 질문이 되돌아와 뇌리를 어지럽혔다.

서연옥, 그 아이도 내게 그리 물었을까? 그렇다면 과연 나는 똑같이 대의를 위한 투쟁은 불가피한 것이라고 답을 하였을까? 필요치 않은 죽음은 학살이 될 것이나 더 나은 세상과 더 나은 이념을 위해 마땅히 죽여야 할 대상이라면 어찌 그것을 머뭇거리겠느냐고 당당히 말할 수 있었을까?

곤은 스스로의 질문에 답하지 못했다.

칼을 잡은 놈 같지 않게 건영헌의 호위 별감에게서는 단내가 났다. 달짝지근한 향취는 분노에 잠식되고 분노로부터 솟구치던 검은 동공에 위배되었다. 어딘지 계집의 냄새가 나는 얼굴과 몸이었다. 녀석의 얼굴은 계자(달걀)와 같이 둥글고 원만했으며 흐르는 몸의 선은 낭창거렸다. 가라앉았으되 극한으로 날이 선, 녀석의 검은 동공에 위배되는 달짝지근한 향취의 몸이었다. 연옥의 모습을 하였으되 연옥이 아니었고 계집의 향을 가졌으되 계집이 아닌 참으로 요사스러운 것이었다.

\*          \*          \*

"서얼금고(庶孼禁錮 서자는 과거 응시가 안 되는 등의 첩의 자식에 대한 차별법)의 폐지라……."

젊은 민홍수의 얼굴을 들여다보던 김직언은 혀를 끌끌 찼다.

"때가 어느 때인데 그런 상소문을 올리누? 물색을 몰라도 그렇지. 철없는 인사들 같으니라고. 쯧쯧쯧."

"오죽하면 그랬겠습니까? 첩의 자식이라도 사대부의 피를 받은
저희들입니다. 뜻이 있고 재질이 있으나 앞길이 막혀 젊으나 젊은
몸뚱어리 파락호 짓이나 하며 삽니다. 왕도 서자가 아닙니까?"

민홍수를 비롯해 명문가 서얼들이 모였다. 서얼의 출사를 막
는 금고의 부당함을 주장하며 상소를 올렸으나 묵살되었다. 신
분이 낮은 자에게 재능은 때로 독이 되었다. 분출하지 못한 열정
과 재능으로 심중 깊이 악만 쌓여 갔다.

"생각을 해야지. 선왕의 선위 교서 건으로 김진한이 추국을
당하는 중이야. 소북이라는 소리만 들려도 죄 잡혀 들어갈 지경
이란 말일세. 헌데 소북에 적을 둔 자를 아비로 둔 자네가 이리
나서서 서얼금고 폐지를 주장하다니…… 임금이 어찌 나올 것
같은가?"

힐난하는 김직언의 얼굴을 민홍수가 정면으로 쏘아보았다.

"하여 도와주지 못하시겠다, 이 말씀이 아니시옵니까? 됐습니
다. 천한 시생은 이만 물러가겠사옵니다. 천년만년 만수무강하
시고 자알 지내시지요."

"조용히 지내시게. 하던 파락호 짓이나 해. 도성 바닥에 몰려
다니면서 임금 눈에 띄지 말고 어디로 외유나 나가던지."

벌떡 일어나 방을 나서던 민홍수가 홱 돌아섰다.

"정지된 세상은 없습니다. 바뀌기 마련인 것이 세상이란 말이
외다. 두고 보십시오. 반드시 적서의 차별을 없애고 말 터이니!"

"세상이 그리 쉽게 바뀌면 쓰겠는가? 그저 한 사람만 바뀌면 될 것을."

"그게 무슨……."

"가시게 그만. 어험!"

민홍수는 마른 입술을 적시며 한숨을 쉬었다. 문을 발칵 열고 대청마루로 나왔다. 문밖에 기척 없이 서 있는 낯선 자를 보고 이마를 일그러트렸다.

"안 들어오고 무엇을 하는 게야!"

김직언이 부르는 소리에 그자가 방안으로 들어갔다.


혁주는 자리에 앉자마자 푸른 비단보로 싼 함부터 내놓았다. 비단보를 풀자 사치스러운 옻칠 자개함이 모습을 드러냈다. 뚜껑을 열어 은자와 패물이 가득 들어 있는 것을 보여 주고는 슬그머니 김직언에게 밀었다.

흘깃 쳐다보고 마는 김직언이다.

"저런 파락호들이 많아야 너희 놈들 장사도 흥할 터인데 말이다. 그래야 네놈이 주는 용돈도 두둑할 것이 아니냐? 첩자가 왕이 되더니 너도나도 우후죽순 고개를 들이밀어. 마땅치 않아서원. 그래 부르지도 않았거늘 심야에 네놈이 웬일이냐?"

품속에서 필첩을 꺼낸 혁주가 간단히 글을 적었다.

「궐에 들어가고 싶사옵니다.」

김직언이 코웃음 쳤다.

"허! 이놈 보게? 신분을 숨기고 도망 다니는 노비 놈 주제에 가당찮게 궐이 웬 말이더냐."

「왕은 소인이 죽일 것이옵니다.」

"오호라. 네놈 속이 그것이구나. 무연이 걱정되어 안달이 난 게야. 허나 안 되는 일은 안 되는 일."

「금군에 들어가게만 해 주십시오.」

"금군이 뉘 집 개 이름이라더냐. 내금위가 될 것 같으면 양반이어야 하고 그보다 격이 떨어지는 겸사복과 우림위도 하다못해 중인 신분은 되어야 하거늘, 신분이랄 것도 없이 태생부터 천출인 네놈을 무슨 수로 밀어 넣으랴? 무연도 저 들어갈 자리가 없어 겨우 별감으로나 들인 것을."

「신분은 소인이 알아서 하겠사옵니다. 취재(取才 재주로 사람을 뽑음)만 볼 수 있도록 해 주십시오.」

"틀렸다, 이놈아. 금군을 뽑는 취재는 춘추에 한 번씩이니라. 국상으로 가을 취재를 건넜으니 다음번 취재는 명년 봄일 것이다. 그때쯤이면 네놈이 애틋해 마지않는 무연이 일을 마무리하지 않았겠느냐?"

냉랭하게 돌아앉은 김직언이 서책을 펼쳐 들고 읽는 시늉이다. 망부석이 된 듯 고집을 피우며 앉아 있던 혁주가 입술을 질끈 깨물었다. 무릎 위에 가지런히 놓인 두 손이 주먹을 쥐었다. 힘줄이 투두둑, 튀어 올랐다.

一.

너울거리는 촛불이 흑칠원족반을 환하게 비추었다. 노란 유기는 그보다 노랗게 빛이 났다. 반, 탕, 조치, 찜, 자반, 구이, 침채(김치의 옛말)와 세 가지의 장을 격에 맞게 올린 수라상이었다. 기름진 음식 냄새가 코를 찔렀다. 방 안 저편에 군학장생도가 그려진 장지문이 활짝 열렸다. 문턱 너머 부복한 상태로 대령한 지밀나인들이 허기가 지는지 남몰래 코를 킁킁거렸다.

수라 상궁이 유기의 뚜껑을 하나하나 열어 곁반에 내려놓자 기미 상궁이 빈 접시에 찬물(반찬)을 조금씩 덜어 기미를 보았다. 음식을 꼭꼭 씹어 세심하게 살피는 표정이 사뭇 진지했다.

"전하, 이제 젓수시옵소서."

만족한 기미 상궁이 저와 접시를 곁반에 내려놓고 물러났다. 수라 상궁이 자반의 살을 발랐다. 먹기에 큰 것은 작게 잘라 빈 접시에 담고 멀리 있는 찬물의 위치는 가까이 바꾸어 놓았다.

음식의 맛도 보지 않고 수라상을 보기만 한 곤은 들었던 수저를 내려놓았다.

"전하, 찬물이 구중(왕의 입)에 맞지 않으시옵니까?"

수라 상궁이 염려하여 물었다.

곤은 곁반에 있는 별찬(회나 수란)이나 화로 위에서 데워지고 있는 전철(전골)을 무심한 눈길로 훑었다. 두 눈을 뜨고 수라상을 보기는 했으나 실상 보지 않은 것이나 진배없었다.

곤의 의식은 며칠째 건영헌을 향해 있었다. 그곳에 있는 연옥의 모습을 하였으되 연옥이 아니었고, 계집의 향을 가졌으되 계집이 아닌 참으로 요사스러운 자에 대해 생각했다. 생각을 하면 할수록 마음은 알 수 없이 초조했다. 도무지 수저가 들리지 않았다.

"전하, 허면 다른 것을 차비하여 올리라 하겠나이다."

수라 상궁의 목소리가 예민하게 날이 선, 곤의 신경 하나를 툭 건드렸다.

그제야 반상 위에 놓인 찬물들이 뒤늦게 온전히 보이기 시작했다. 조치는 무엇으로 끓였으며, 찜은 무슨 고기를 썼고 자반은 어떤 생선인지 별스러우리만치 쏘아보았다. 고기 누린내가 다른 날보다 진했다. 생선 비린내가 코를 찔렀다.

"물리라."

무릎 위에 두른 얇은 모시 휘건(궁중에서 음식을 먹을 때 무릎 위에 두르는 수건)을 잡아채듯 던졌다. 수라 상궁이 당혹해서 판내시부사(判內侍府事 종이품의 내시부 으뜸 벼슬)가 된 노(老) 상선을 바라보았다.

"전하, 옥후 미령하시옵니까? 어의를 들라 하겠사옵니다."

"됐네."

짧게 일갈한 곤은 아예 돌아앉았다.

하는 수 없이 상선이 수라상을 물리라는 신호를 보내자 그제야 수라 상궁이 주춤주춤 일어났다. 대령하고 있던 지밀나인들이 장지문을 건너와 수라상을 내갔다. 움직임들이 일사불란했다. 수라상이 수저 한번 대지 않고 퇴선간(수라상을 차리고 물리던 곳)으로 물러 나오자 젊은 지밀나인들이 좋아서 히죽거렸다. 수라간에서는 지밀나인들을 위한 음식을 따로 마련하지 않고 왕이 수라를 남기면 밥만 새로 지어 남은 음식으로 끼니를 때우는 것이 법도였다. 검약한 왕이 수라를 간단히 차리도록 명하였다지만 그래도 왕께서 드시는 수랏상이었다. 일반 백성이나 궁인들이 평소 먹는 것에 비하면 칠첩반상의 수라상은 호화롭기 짝이 없는 산해진미였다. 평소에도 왕은 누린내가 싫다 하여 어육에는 눈길도 주지 않아 기름진 음식들은 고스란히 지밀나인들의 차지였으나 오늘처럼 수라상을 온전히 맛볼 수 있는 날이 자주 찾아오는 것은 아니었다.

수라상을 물린 곤은 장침에 비스듬히 기대어 여전히 혼자만의 생각에 골몰했다.

"전하, 내의원에 일러 타락죽이라도 올리라 하겠사옵니다."

머리가 하얗게 센 상선이 체머리를 떨었다. 곤의 시선이 그에게 닿았다. 하루 종일 서 있기도 버거운 노구(老軀)가 새삼 눈에 들어왔다.

"단지 상념에 빠졌을 뿐이네. 한 끼 굶었다고 야단 떨 것 없으이."

"지존이신 분. 전하께서 강건하셔야 백성들도 보살피시는 법이옵니다."

"유난 떨 것 없다지 않은가."

상선은 잔잔한 목소리에 미미하게 묻어나는 역정을 알아챘다. 까닭을 모르니 어심을 풀어 드릴 방도가 없다. 신경에 거슬리지 않도록 물러나 있을 수밖에. 그는 불빛이 닿지 않은 어두운 구석으로 조용히 뒷걸음질 쳤다.

"상선은 자리에 앉으시게."

곤이 흘리듯 중얼거렸다. 무심한 투에 상선은 자신이 맞게 들은 것인지 몰라 자리에 앉지도 서지도 못하고 당황했다.

"침전 아니 무너지네."

곤이 한 번 더 말을 하고 나서야 상선은 저를 보고 한 말임을 알았다. 그는 노구가 쑤시는지 높은 산을 타고 내려오듯 느리고 힘겹게 움직였다. 뼈마디가 삐걱거렸다.

"이후로는 노구에 서 있을 것 없으이."

"전하, 어찌 하잘것없는 노구까지 챙기시옵니까? 성은이 망극하나이다."

감복한 상선이 앉았던 몸을 도로 일으켜 큰절을 올렸다.

새롭게 즉위하신 젊은 왕께서는 차갑기가 서빙고 속 얼음덩이 같건만 어느 때는 참으로 자상하지 않으신가!

주책없이 눈물이 찔끔 흘렀다. 노인이 되면 별수 없이 감정적으로 바뀌는가 보다. 슬그머니 고개를 돌려 옷고름에 눈물을 찍었다.

곤은 흔들리는 촛불에 눈길을 주었다. 저녁 내내 그를 괴롭히던 상념 속으로 되돌아갔다.

제등에 노랗게 물들어 가던 뽀얀 얼굴을 떠올렸다. 나무 위에 소복하게 쌓였다가 은가루처럼 흩어져 사방으로 날리던 눈이 미약처럼 머릿속을 취하게 만들었다. 어지럼증과 울렁증이 동시에 일었다.

무연.

녀석의 눈이 잊어지지 않았다. 자꾸만 그놈의 얼굴에 연옥의 얼굴이 겹쳐 보였다. 어린 소녀의 눈에서 보았던 무언가를 녀석의 눈에 투영시켰다.

"가원이 있느냐?"

밖에 대령해 있던 박 내관이 서둘러 들어왔다.

"전하, 찾아계시옵니까?"

"내자시로 달려가 부고 좀 열어 달라 해라."

"부고에서 찾아보실 것이라도 있으시옵니까?"

"오래전에 보관하라 일렀던 화각함을 가져오거라."

"화각함이라 하시면?"

희미한 기억을 짜낸 박 내관의 눈이 커졌다.

"그래. 그것 말이다."

백악산 자락에 끼어 있던 자하골의 계곡물 흐르는 소리가 선연했다. 곤은 빛나던 여름, 초록이 푸르게 수놓았던 반짝이는 수풀들을 기억했다. 키 큰 소나무 사이로 찬란하게 쏟아져 내린 햇살에 얼마나 눈이 부셨는지.

쓰르라미 우는 소리가 현실처럼 곤의 귓가를 맴돌았다. 그는 귀밑머리를 날리며, 산들바람에 미미하게 웃던 소녀의 홍안을 떠올렸다. 백지 위에 노닐던 붓끝을 따라 쓱쓱 그려지던 소녀의 초상을.

박 내관은 냉큼 심부름을 떠나지 못하고 머뭇거렸다.

퇴선간으로 물리는 수라상을 보니 전혀 젓수지 않으셨기에 이상타 했건만 또 어찌 저러시는가!

봉인 후 한 번도 꺼내 보지 않으시던 것을 느닷없이 찾아오라 명하시다니, 어이하여 어심에서 서 소저를 놓지 못하시는지 박 내관의 심정이 착잡했다.

"서둘러 다녀 오거라."

곤은 잠이 든 것처럼 눈을 감았다. 확인하면 될 일이었다. 세월의 먼지가 층층이 쌓인 함 속, 연옥의 얼굴을 꺼내어 직접 대면해 볼 작정이었다.


입직 숙위를 서기 위해 희정당 일원으로 들어서는 이록이 보였다. 허연 솜털 같은 눈이 하나둘 허공을 떠다니고 있었다. 월대를 내려선 박 내관이 그새 차가워진 손을 비비며 이록에게 다가갔다.

"내금위장 영감, 석반은 드셨습니까?"

그의 물음에 이록이 고개를 짧게 끄덕였다.

"어심이 이상하외다."

두리번거리며 주위를 살핀 박 내관의 목소리가 낮아졌다.

"세자 시절에 손수 그리신 서 소저의 초상을 찾아 오라십니다. 이제껏 한 번도 찾지 않으시더니 말입니다."

박 내관이 몸을 훅 들이밀었다.

"금원에서 문호대군 아기씨와 호위 별감을 보신 뒤로 부쩍 심란해하셨지요. 영감께서는 아무래도 짚이는 것이 있지 않으십니까?"

이록의 눈썹이 위로 올라갔다가 제자리로 내려왔다. 답답하다는 듯 박 내관의 말이 빨라졌다.

"석수라도 젓수지 않으셨어요. 최근 얼마간은 포기하신 듯하시더니 그도 아니셨던 모양이지요. 금원에서도 소저의 행방에 대해 그리 안타까워하시지 않으셨습니까? 해서 말입니다만 건영헌의 호위 별감이 서 소저를 연상시키는 무언가가 있어 어심을 건드린 것이 아니겠습니까?"

"그것을 내가 어찌 알겠는가."

"잘 좀 생각해 보십시오. 저야 그때 잠깐 초상으로나 흘려봐서 모르지만 영감께서는 서 소저를 직접 보셨으니 말입니다."

"모르겠네."

대충 답을 한 이록이 박 내관을 옆으로 밀치는 시늉을 했다. 그러고는 숙위 중인 내금위들이 있는 곳으로 저벅저벅 걸어갔다. 허공에 대고 입만 뻐끔거린 박 내관의 얼굴이 뚱하니 굳어졌다.

지난 무술년을 생각해 보면 작금의 일이 어디 대수롭지 않은 일이던가. 서 소저를 놓치고 세자 시절의 왕이 몇 날 며칠 식음을 전폐하는 바람에 얼마나 애를 태웠는지. 행여 선왕의 귀에 일이 흘러 들어가 그렇지 않아도 미움 받는 처지에 경이라도 칠까봐 고심이 이루 말할 수 없었던 때였다.

설마하니 당시의 열병이 되풀이되진 않겠지만 노파심이 드는 것은 어쩔 수 없었다. 매사에 침착하고 이성적이던 왕이다. 그런 그가 처음이자 마지막으로 처절하게 무너지는 모습을 곁에서 보아 온 박 내관으로서는 당연한 염려였다.

초록색 단령포 자락을 휘날리며 내자시가 있는 인달방(한양의 서부)쪽의 지름길로 박 내관이 사라지자 이록의 이마가 일그러졌다. 시선을 돌려 희정당을 올려다보았다. 등촉이 밝게 새어 나오는 곳에 왕의 그림자가 정교하게 짜인 꽃살문을 타고 검게 너울거렸다.

*　　　*　　　*

내자시로, 부고로 뛰어다닌 박 내관은 곤의 인내심이 바닥날 즈음 화각함을 들고 돌아왔다.

곤은 손을 저어 주위를 물렀다. 비로소 홀로 남은 방 안에 어둠이 바다처럼 흐르고 심연 같은 정적이 스며들었다. 곤은 미동도 없이 어둠에 파묻혔다. 석상처럼 굳어서 화각함을 노려보았다. 그러다 안구가 뻑뻑해지고 흰자위의 붉은 실핏줄이 터질 것처럼 통증이 올 때서야 그것을 끌어당겼다.

함 뚜껑을 여는 손끝이 공연히 저려 왔다. 촛대를 가까이 가져와 불빛을 비추었다. 세월을 이기지 못한 화지는 누렇게 변색되어 있었다. 여러 번 접힌 화지를 펼치자 심장이 아프게 뛰었다.

소녀는 그곳에 있었다. 기억하던 그대로였다. 뇌리에 각인된 모습 그대로 변함없이 맑고 고운 표정이었다. 누런 화지가 민망할 정도로 소녀는 여전히 깨끗하고 청아했다. 자하골을 휘감던 신선한 바람 내음이 방안에 흐르는 것처럼 착각되었다.

소녀의 얼굴 위로 호위 별감의 얼굴을 덧대 보았다. 닮았으나 닮지 않은, 닮은 모습에 혼란을 느꼈다.

대체 누구란 말이냐?

실재되어 되어 나오지 않는 물음은 시커먼 우물 안을 울리는 소리의 파동처럼 곤의 머릿속을 거대하게 울렸다.

하나이더냐, 둘이더냐? 너는 누구고 너희는 누구냐?

곤의 손아귀에 초상이 바스라진 꽃잎처럼 무참히 짓이겨졌다. 보료를 박차고 일어선 곤은 방을 가로질러 장지문을 발칵 열었다. 문 앞에 서 있던 박 내관과 상선이 그를 황망히 보았다. 오늘따라 지밀을 겹겹이 둘러싼 방들이 미로처럼 길고 끝없게 느껴졌다. 대청마루로 향하는 걸음걸음이 광풍과도 같았다. 문마다 지키고 앉았던 나인들이 기별도 없이 문을 열어젖히는 왕에게 놀라 몸을 낮게 엎드렸다. 곤의 보폭을 따라잡기 위해 박 내관이 종종거리며 걸었다. 노구의 상선은 저만큼 뒤처진 지 오래였다.

"잠이나 자는 곳이 왜 이리 넓은 것이냐?!"

알 수 없는 노기에 박 내관은 진땀이 흘렀다.

"전하, 무엇 때문에 그러시나이까? 소신이 미욱하여 어심을 헤아리지 못하겠나이다."

드디어 대청마루에 다다른 곤이 박 내관더러 건영헌으로 가자 했다. 얼마 후면 인경이었다. 어린 왕자는 잠이 들었을 것이다.

"전하, 송구하오나 시각이 야심하옵니다."

그러거나 말거나 곤은 이미 저만치 월대를 내려가는 중이었다. 남여(궁내에서 왕이 타던 이동수단)를 대령시킬 틈도 없었다. 흑피화를 신는 둥 마는 둥 박 내관이 부랴부랴 쫓아갔다. 이록과 내금위 역시 영문을 모른 채 뒤를 따랐다.

곤의 기세가 구멍 뚫린 하늘의 폭풍우처럼 극렬했다. 누구하나 입도 달싹하지 못했다. 드문드문 내리던 눈은 유난히 희고 반짝이는 함박눈으로 변해 있었다. 마치 탐스러운 목련 꽃송이가 낙화하듯 떨어졌다.


혹한의 칼바람이 얼굴을 할퀴고 지나갔다. 펑펑 쏟아지는 눈송이가 건영헌의 처마 밑으로 밀려들었다. 연옥은 숨을 크게 들이쉬며 얼음장 같은 공기를 폐부 깊숙이 받아들였다. 손을 뻗자 깨끗한 눈송이가 살포시 내려앉았다. 푸시시 녹아내려 물기만 남은 손을 감싸 쥐었다.

누적된 하루의 피로가 몰려들었다. 몰려들기 시작한 피로는 육신과 정신을 나른하게 만들었다. 인경 치는 소리가 환청처럼 흐릿했다. 무거워진 눈썹이 까무룩 내려앉았다.

연옥은 억지로 눈꺼풀을 들어 올렸다. 그녀는 지난 십 여 년을 줄곧 그래 왔듯 잠을 거부했다. 부득불 밖으로 나와 얼음장 같은 기단에 앉아 냉기를 온몸으로 받아들였다.

인경이 치면 궐 밖 사람들뿐만 아니라 궐 안의 사람들 역시 통행이 금지되었다. 건영헌 일원은 어둠에 잠겨 사람 그림자 하나 보이지 않은 적막강산(寂寞江山)이었다.

붉은 일산(의장(儀仗)의 한 가지로 큰 양산) 위로 눈이 빠르게 쌓였다. 곤은 일산을 벗어나 어둠을 가로질렀다. 건영헌 마당에 소복이 쌓인 눈 위로 곤의 발자국이 남았다. 박 내관이 따라나서는 것을 이록이 막아섰다.

연옥은 북풍한설로 이불을 삼고, 지붕을 삼아 선잠이 들어 있었다. 살을 에는 추위에 무방비하게 방치되었다. 웅크린 몸으로 꾸벅꾸벅 연자방아를 찧는 모습이 여리고 가엽게 보였다.

곤은 연옥을 물끄러미 보았다. 잠결에 그녀의 고개가 앞으로 숙여졌다. 제등을 그녀의 얼굴 가까이 비추었다.

전립을 벗은 탓에 반듯한 이마, 적당히 솟은 콧마루, 갈매기처럼 휘어진 눈썹과 복사꽃 같은 볼이 여과 없이 눈에 들어왔다. 불그스레한 입술에서 멈췄던 시선을 위로 올려 감긴 눈에서 정지했다. 전각의 추녀마루처럼 길게 휘어진 속눈썹이 파르르 떨렸다. 무언가 속눈썹 밑에서 투명하게 빛이 났다.

심장이 옥죄어지는 느낌이다.

꿈을 꾸는 것이냐?

가벼운 진저리를 친 연옥은 이내 잠잠해졌다.

무슨 꿈을 꾸는 것이냐?

투명하게 빛나던 것이 눈물임을 알아챈 곤은 저도 모르게 손을 들어 그녀의 눈물을 닦아 냈다. 새털처럼 가볍게, 다녀간 줄도 모를 만큼 조심스러운 손길이었다.

거짓말처럼 연옥이 눈을 떴다. 검고 짙은 눈에 고요를 담아 곤을 바라보았다. 곤은 심장이 내려앉았다. 시간은 다만 흐를 뿐이었다. '휘이잉' 불어오는 바람 소리가 아슬아슬하게 이어져 있던 긴장감을 투두둑 끊어놓았다.

곤은 연옥에게 어찌 우느냐고 물었다.

"꿈을 꾸었사옵니다."

"슬프더냐?"

"더럽혀진 아비의 도포 자락을 보았사옵니다."

"그것이 슬퍼 우는 것이더냐?"

"단 한 번도 더럽혀진 적이 없는 순결하고도 깨끗한 도포였사옵니다. 저 달처럼, 저기 저 눈처럼 몹시도 새하얀……."

연옥은 말을 끝맺지 못했다. 눈썹을 떨어뜨리고 고개를 돌렸다.

"너는…… 너는 대체 누구냐?"

"건영헌의 호위 별감이옵니다. 무연이옵니다."

"네가 서연옥이냐?"

"누구를 이르심이옵니까?"

"내가 놓친 작은 새가 하나 있다. 치맛자락 나부끼며 운종가를 날아다니던 어린 청조였다. 참으로 고운 계집아이였지. 네가 아니더냐?"

"계집이라니 당치 않으시옵니다."

곤은 정갈하게 빗어 올린 그녀의 상투머리를 보았다. 허리께에서 찰랑이던 열두 살 소녀의 붉은 댕기가 떠올라 가슴 한구석이 시큰거렸다. 들려오는 바람 소리가 황량했다.

"사내놈더러 계집이 아니냐 하였으니 내가 실언을 하였다."

"날지니는 청조가 아니옵니다."

"너를 내금위 군관으로 차정할 것이다. 그리 알라."

"양반이 아니면 내금위가 될 수 없다고 들었사옵니다."

곤이 입술을 비틀었다.

"말하지 않았더냐. 갓 잡은 날지니는 낮에는 손에서 키우고 밤에는 등불 아래서 키운다고 말이다."

곤의 눈길이 연옥의 손목을 향했다. 자신이 감아 놓은 끈이 제자리에 묶여 있음을 확인했다. 그는 뜬금없이 뇌었다.

"한 번이다. 한 번은 내게 갚아야 할 것이다."

연옥이 입술에 경련을 일으켰다.

"무엇을 갚아야 하옵니까?"

"맹수의 아가리에서 구해 주었더니 네놈이 철면피처럼 모르쇠하기더냐."

"그것은 내금위장이……."

"그가 내 사람이다."

"재주는 다른 이가 부리고 빚은 전하께서 받으시옵니까?"

"그래서 왕 자리가 좋은 게지."

유유히 멀어지는 곤을 연옥은 하염없이 쏘아보았다.

서자성은 매일 밤 찢기고 더럽혀진 도포 차림으로 찾아왔다. 목이 없는 채로 휘적휘적 연옥의 의식과 무의식의 경계를 돌아다녔다.

연옥은 숨이 막혔다. 가슴이 찌릿 아파 왔다. 격통을 이길 방도가 없었다. 주먹 쥔 손으로 내려치는 것이 전부였다. 시퍼런 멍이 들어 새까맣게 될 때까지 그녀는 가슴을 쳤다.

\*     \*     \*

이튿날, 내금위장의 집무실로 불려간 연옥은 속을 알 수 없는 이록의 시선을 감내했다. 사람을 불러다 놓고 가타부타 말이 없는 내금위장의 예사롭지 않은 태도가 긴장감을 불러일으켰다.

"네 칼을 다오."

연옥이 숙인 고개를 들었다.

"제 칼을 말입니까?"

"이리 다오."

"위장영감, 이놈의 칼은 어찌 달라 하십니까?"

탁자를 돌아 가까이 다가온 이록이 손을 내밀었다. 머뭇거리는 연옥에게서 반강제적으로 칼을 건네받았다. 이록은 칼을 세워 날을 들여다보았다.

피를 머금지 않았으나 피에 굶주린 칼이었다. 새벽의 빛처럼 시푸른 칼은 날것처럼 팔팔했고 새것처럼 반질거렸으며 전장의 병사처럼 사기가 있었다. 언제고 맹렬하게 솟아날 준비가 된 잘 갈린 칼이었다.

"사계절 푸른 난과 먹이 잘 갈리는 벼루는 강인한 본성의 투영이로다."

이록은 칼날 아래 몇 글자 새겨진 것을 소리 내어 읽었다. 읽고 나서 연옥에게 물었다.

"검명(劍銘)이냐?"

연옥은 대답하지 않았다.

"금일부로 너는 내금위 군관이다. 어명으로 특별히 입속 시켰음을 하시(何時 언제)라도 잊으면 아니 될 일."

이록은 칼을 돌려주었다.

"네 눈과 칼에 깃든 살기의 향방을 지켜볼 것이다."

"칼을 쓰는 무사에게 살기가 없을 수 있겠습니까?"

"네 입으로 전하의 숨통을 쪼아 먹는 매가 되겠다 하였다."

"불안하시면 이대로 내치실 일입니다."

"나의 불안은 내가 감당할 일. 어명은 나와 네가 받들어야 할 일이다. 내금위를 포함한 금군은 전하의 친병. 전하의 안위를 최우선으로 알아야 한다."

칼을 칼집에 넣은 연옥이 허리를 숙였다.

"칼은 사람을 죽이나 살리기도 함을 너 역시 알 터."

집무실을 나오는 등 뒤로 이록의 경고가 날아와 박혔다.


二.


"금상이 너를 내금위로 차정하였다지?"

보현은 내훈을 읽고 있었다. 책장 넘기는 소리가 고적한 방안을 부유하다 흔적 없이 이지러졌다.

추국장이 설치되고 심일강이 며칠째 김진한을 추국하는 중이었다. 꽃담을 넘나드는 추국장의 참혹한 비명 소리가 연일 보현의 평안을 깨트리고 있었다.

"나를 좀 보려무나."

연옥은 고개를 들어 보현의 얼굴을 마주 보았다. 가느스름한 눈초리에 걸친 노곤과 번민의 흔적이 연옥은 안쓰러웠다. 바늘방석처럼 불편하고 낭떠러지처럼 위태위태한 세월이 면부에 스미어 필시 봄볕처럼 부드러웠을 홍안에 삭막함과 신경질만이 남았다.

"하마터면 문호가 금원에서 맹수에게 해코지를 당할 뻔하였다고?"

"송구하나이다."

"탓을 하려는 것이 아니다. 어련히 알아서 하였을꼬. 네 몸을 던져 대군을 보호하였다 들었다."

"내금위장의 덕인 줄로 아옵니다."

보현은 책장을 지그시 움켜쥐었다.

"금원에는 부러 갔느냐?"

"그런 것은 아니옵니다. 대군이 원하여 잠시 놀이를 간 것이옵니다."

"나는 또 금상과 마주치기 위해 부러 맹수라도 푼 줄 알았지."

"당치 않으시옵니다."

"농이다. 웃을 일이 없으니 사람이 실없어지는 모양이다."

보현의 입가에 쓸쓸함이 걸렸다. 책을 덮고 넌지시 연옥을 보았다.

"건영헌의 호위 별감으로 있을 때와는 다르지 않겠느냐? 그때는 곁방에 들어 너 홀로 쉴 수 있었을 것이나 내금위 숙처는 온통 사내들인데 말이다."

"심려치 마소서."

"여인이 사내들 사이에 있는데 어찌 심려치 않으랴. 조심한다 하여도 꼬리가 잡힐 것이다. 자는 것이며…… 씻는 것까지 침식이 불편할 게다."

"마마."

천정만 쏘아보던 김직언이 참다못해 부르자 보현이 그를 돌아보았다.

"어찌 그러십니까, 숙부님?"

"한가하게 담소를 나누실 때가 아니 옵니다."

"그렇습니까?"

"김진한은 얼마 버티지 못할 것이옵니다. 벌써 소북의 절반이 잡혀 들어갔나이다. 서두르셔야 하옵니다."

성균관 유생들이 태학소니 사학소니 하면서 관유소를 올리겠다, 하고 향촌 유생들도 향유소를 올린다는 소리가 들리는 실정이었다. 하다 못해 이름 없는 선비들까지 무차별적으로 상소를 올려 선왕의 교서가 사라진 사건을 철저히 조사하여 관련자들을 일벌백계하라 돈화문 밖에서 읍소하는 마당이었다. 무던하기만 한 보현의 태도가 김직언은 어지간히 갑갑했다.

"대군을 지키셔야 할 것이 아니옵니까? 임금이 종당에는 누구를 노리겠나이까? 대군이옵니다."

"그래서 무연을 부른 것이 아닙니까?"

보현이 다시 연옥을 보았다.

"궐에 들어온 너의 목적이 무엇이더냐? 금상은 자신이 해치울 첫 번째 국사로 이번 옥사를 획책하지 않았겠느냐. 무술년 옥사를 기억하려무나. 시간이 없다. 그를…… 죽여라."

보현은 연옥이 가진 기억의 한 자락을 건드렸다. 약간만 건드려도 기억은 분노로 화했다.

몸을 꼿꼿이 세운 연옥은 침착한 눈길로 보현의 연두 당의를 바라보았다. 윤택이 흐르는 비단에 새겨진 수복자 무늬가 단순히 호화롭다면, 가슴과 양어깨에 덧댄 쌍 봉황 흉배는 호화로움에 돌덩이 같은 무게를 더했다. 그것들이 보현의 작은 몸을 숨막히도록 내리눌러 견디기 버거워 보였다.

"금야에 내금위장 최이록이 대궐을 비운다 하옵니다."

"내금위장이?"

"예. 각별히 주의하여 숙위를 서야 할 것이라고 그가 직접 당부하며 한 말이옵니다."

"별일이구나. 한시도 금상의 지근을 떠나지 않던 내금위장이 아니냐?"

"연유는 모르오나 기회인 것은 틀림이 없사옵니다."

"내금위장만 없다면 직접 임금의 침전으로 들어도 승산이 있다?"

김직언이 미심쩍은 투로 되잡아 물었다. 그의 입술이 심술궂게 뒤틀렸다. 시퍼런 칼날 아래 가슴을 움켜쥐고 피를 토해 내는 곤의 모습을 상상한 그는 만족스러운 듯 숨을 크게 들이쉬었다.

"너에게 출입패가 필요하겠구나."

보현이 정 상궁을 불렀다.

"일전에 준비해 둔 물건을 찾아오너라."

정 상궁이 문갑 깊이 넣어 두었던 것을 가지고 와 보현에게 올렸다. 보현은 그것을 연옥에게 주었다. 궁인들이 외출 시에 차고 다니는 목패였다.

"일각도 지체할 것 없다. 요금문(궁인들이 드나들던 문)으로 나가면 될 것이다."

일이 끝나면 사람들 눈에 띄기 전에 궐내를 빠져나가란 소리였다.

"이만 물러가겠사옵니다."

"무연아."

목패를 챙겨 물러나는 연옥을 보현이 불러 세웠다.

"만일 실패하거든 잡히지 말아야 한다. 네가 금상에게 잡혀도 나는 너를 도와줄 방도가 없느니라. 허니 살아남는 것은 너의 몫이니라."


대비전을 나온 연옥은 희정당이 있는 곳을 바라보았다. 만감이 교차했다. 무감하던 그녀의 표정이 복잡해졌다. 차갑게 식은 가슴에 파문이 일었다.

명일이 되면 곤이든 연옥이든 누구 하나는 죽고 없을 것이다. 오직 이때만을 기다리며 이를 악문 연옥이다. 절제되지 않는 분노에 짓눌려 밤마다 식은땀을 흘렸고 가슴을 쥐어뜯었다. 드디어 찾아온 기회였다. 연옥은 고개를 들어 하늘을 보았다.

그자가 아닌 내가 이 싸움에서 죽더라도 그건 그거대로 나을 것이다.

눈이 날리지 않는 하늘은 어느새 맑게 개어 있었다. 아비를 죽인 철천지원수와 같은 하늘을 지고, 같은 땅을 밟고 사는 것은 고문이었다. 어떤 식으로든 결론은 나야 했다. 악몽 같은 세월도, 지옥 같은 악몽도 그로 인한 불면의 나날도 끝이 날 테니 기실 이 일로 죽는 자가 누구라 할지라도 상관없었다.

"일을 치른 후에 무연을 처리하겠사옵니다."

보현과 둘만 남게 되자 김직언이 서안 앞으로 다가앉으며 말했다. 보현의 눈에 불꽃이 튀었다.

"처리하시다니요? 무슨 말씀이십니까?"

"마무리가 깔끔하지 못한 거사는 탈이 나기 마련이옵니다."

운수가 나빠 연옥이 금군에게 잡히기라도 한다면 처치 곤란이었다. 강산이 변하도록 곁에 두었으나 김직언에게 있어 연옥은 가차 없이 쓰고 버릴, 딱 그 정도의 존재였다.

"그럴 수는 없습니다. 안 되는 일입니다."

보현의 단호한 반대에도 김직언은 물러서지 않았다.

"마마, 못 믿을 것이 살아 있는 자의 입이옵니다. 궐내에 선왕께옵서 승하하신 연고에 대해 말들이 분분하옵니다. 약과가 목에 걸린 일, 말이옵니다."

"그 일이 어쨌다는 것입니까?"

소문에 대해서는 보현도 일찍이 들었으나 부러 모른 척 되물었다.

"이런 것이지요. 목에 걸린 것이 토해져 나와 다행이다 하였는데 한순간에 위독해지셔서 승하셨으니 그것이 자연스러운 죽음이겠느냐는 것이옵니다."

"금상이 선왕을 시해라도 했다는 소립니까?"

"그럴 수도, 아닐 수도 있는 일이옵니다. 약과가 목에 걸려 놀란 부왕에게 탕약을 바치면서 독극물을 탔다는 것이지요."

"금상을 알아요. 그럴 사람이 아닙니다. 선왕과 대립을 했을지언정 아비를 죽일 위인은 아니란 말입니다."

"단언하시옵니까?"

"조선은 유교의 나라입니다. 군주의 불효는 용상을 뒤흔들 만한 일이에요. 문호는 어리고 선왕은 북망산 길을 앞에 두고 있었습니다. 입만 벌리고 서 있으면 용상이 제 입속으로 떨어지는데 그런 무모한 짓을 저지를 정도로 어리석은 자가 아닙니다."

"중요한 것은 말이옵니다. 소문의 진실과는 상관없이 훼손되어 버린 임금의 정통성에 있지 않겠사옵니까?"

김직언의 목소리가 은밀해졌다.

"임금이라고 소문을 듣지 못했겠사옵니까? 소문이 퍼지는 것을 언제까지고 두고만 보지 않을 것이옵니다. 여차하면 소문을 입에 담은 자들을 모조리 잡아 죽이겠다고 길길이 날뛰겠지요. 금야에 죽지 않는다면 말이옵니다."

"본인의 정통성에 금이 가는 것을 좌시하지 않는다?"

보현은 혼잣말처럼 중얼거렸다.

"태생부터가 불완전한 신분 아니오니까? 편전에서의 권위가 땅에 떨어지기 전에 어떻게든 수습할 것이 자명하옵니다. 그것과 같사옵니다."

사방침에 올려진 보현의 손이 주먹을 쥐었다.

"숨겨야 할 것은 철저히 숨겨야 하옵니다. 명색이 마마께옵서 임금의 모후이시고, 대군은 그 아우가 아니오니까? 헌데 마마께옵서 임금을 시해하고 대군을 용상에 앉혔다는 소문이 돌면 그때는 손을 쓸 수가 없사옵니다. 발 없는 말이 천 리를 가서 민심을 어지럽힐 것이옵니다."

"……."

"빈청에 모인 신하들 사이에서 정통성을 잃은 어리신 왕은 비웃음거리가 될 것이며 역사는 이를 어찌 기록하겠사옵니까? 이번 일이 사람들의 입을 타게 되는 순간 왕통을 이을 대군의 앞날에 크나큰 비구름이 낄 것이옵니다."

"입을 가벼이 놀릴 아이처럼 보이진 않더이다."

"선왕께서 무엇 때문에 힘들어하셨사옵니까? 지금의 임금이 대북이 아닌 다른 당파의 지지를 받지 못하는 이유가 무엇이옵니까? 온전치 못한 정통성 때문이옵니다. 입이 무거워 거사를 도모하기에 적합할는지 몰라도 굳이 우리의 약점을 알고 있는 자를 살려 둘 필요는 없사옵니다. 불안한 요소는 없애면 그만이지요. 살아 있는 자의 입보다는 죽은 자의 입이 무거운 법이니 말이옵니다."

김직언의 말은 명확했고 거침이 없었다.

"약조를 했어요. 제 아비의 누명을 벗겨 주마 약조했단 말입니다. 한 입을 가지고 두말을 하라 하십니까? 아이의 눈을 보면 압니다. 가식이 없어요. 속임이 없다는 말입니다. 무연이, 그 아이가 배신할 리 없지요. 그래요. 그럴 리가…… 그럴 리가 없습니다."

쏟아 내는 말들 사이로 보현의 고뇌가 비쳤다.

"가식이 없는 것이 아니옵니다. 무연의 눈에는 아예 아무것도 없사옵니다. 보이지 않는 장막이옵니다. 비밀스럽고 음산하여 한 치 앞을 보지 못하는 안개 속이나 암로를 보는 것과도 같사옵니다."

"지나친 우려가 아닙니까? 토사구팽할 수 없습니다."

"십여 년을 보아 왔으나 무엇을 생각하는지 종잡을 수 없었나이다. 해서 위험한 계집이지요. 아무것도 없는 눈에서 대체 무엇을 보셨나이까? 그와 비슷한 눈을 가진 자가 한 명 있사옵니다. 임금이 그러하옵니다."

고개를 돌려 김직언의 시선을 외면한 보현의 어깨가 움찔했다. 안개가 두 겹, 세 겹 짙게 깔린 칠흑 같은 밤처럼 아무것도 보이지 않고, 아무것도 알 수 없었던 곤의 눈을 떠올렸다. 주변을 에워싸는 갑작스러운 한기를 느끼며 주먹을 부르르 떨었다. 보현은 동요함을 숨기고 완강한 얼굴로 김직언을 보았다.

"숙부님. 무연에게 손대지 마세요. 필요하다면 제가 직접 결단을 내릴 것입니다."

"마마!"

"제 손으로 직접 거둔 아입니다."

"목적이 있어 거둔 것이옵니다. 효용이 떨어져 쓸모없어질 아이옵니다. 불안의 근원이 될 것이옵니다."

"나를!"

고성이 보현의 입을 뚫고 터져 나왔다.

"이 질녀를…… 파렴치한으로 만들지 마시라는 말입니다. 아이의 아비가 전 병조판서 서자성입니다. 소북의 거두 중 한 명이었어요. 지은 죄도 없이 소북이란 이유로, 나의 소생을 지지한다는 이유로 모함을 받아 죽었습니다. 심지어 대군이 나기도 전에 말이에요. 지켜야 할 의리가 있습니다."

"정치는 의(義)가 아니라 이(利)로 하는 것이옵니다."

"당장의 이보다는 멀리 있더라도 진정한 이를 추구해야지요. 사람이 재산입니다. 내 사람이이에요."

"후회하실 것이옵니다."

"듣지 않겠습니다. 그만 나가 보도록 하세요."

확고한 축객령에 김직언은 더 이상 반론하지 못했다.

"허면 숙부는 이만 물러가겠사옵니다."

그는 물러나면서도 마뜩찮은 듯 인상을 잔뜩 찌푸렸다.

누가 대비를 선왕의 여인으로 만들었단 말인가. 하찮은 후궁 따위가 아니라 내명부의 주인으로 만들었다. 지금껏 누려온 영

달이 누구의 공이란 말인가. 순하여 말을 잘 듣던 질녀가 나이가
드니 대비랍시고 상석을 차지하고 앉아 그의 말을 거부하며 외
려 이래라 저래라 명령을 내리니 고까웠다.

배알이 뒤틀린 김직언의 숨소리가 거칠었다.


제까짓 것이 무엇이라고!

대비전 월대를 내려온 김직언은 관복 자락을 팩 치대며 노기
를 다스렸다.

보잘것없는 계집 하나 죽이는 일이야, 구태여 대비의 윤허가
필요하겠는가? 죽여 버린 연후에 사라졌다고 하면 될 일. 구중
궁궐에 자리 잡아 앉으니 저가 뭐라도 되는 듯이 구는구나. 내가
아니면 임금에게 언제 쫓겨날지 모르는 뒷방 계모 주제에 말이
다!

김직언은 광대뼈를 꿈틀거렸다. 자신의 뜻을 관철시키지 못
한 것이 아무리 생각해도 부아가 났다. 화중에 달아오른 안색이
붉으락푸르락했다. 일문과 대군을 위한 처사임을 저도 알 터인
데 어찌 저리도 고집을 부린단 말인가!

나인 서넛이 조잘대며 길을 가다가 김직언을 보고 옆으로 비
켜섰다. 김직언은 성난 눈길로 공연히 그네들을 째려보았다.


\*　　　\*　　　\*

몇 년 만에 얼굴을 마주한 후궁에게서는 사향 냄새가 났다. 왕비가 세자빈이던 시절, 태기가 없는 것을 핑계로 소북에서 선왕의 명을 빌미 삼아 부득불 밀어 넣은 여인이었다.

곤은 후궁의 아비와 뒷배가 누구인지 기억조차 나지 않았다. 첩지가 숙용이라는 것만이 그가 기억하는 전부였다. 기실 초야를 보낸 뒤로는 없는 이처럼 발길을 뚝 끊었으니 후궁의 얼굴이 낯설기만 했다.

왕이 숙용의 처소로 거둥하겠다고 하자 대전 지밀의 염탐꾼들이 바빠졌다. 왕과 숙용의 합방 소식은 무수리에 각심이들까지 모르는 이가 없을 정도로 순식간에 퍼져 나갔다.

궐 안에 첩지를 받은 후궁은 숙용 한 사람뿐이었다. 왕의 여인이라고는 왕비와 숙용이 전부였다. 그들의 처소에 왕이 전혀 걸음하지 않으니 안팎으로 눈알을 굴리는 이들이 많았다. 궐 안이 온통 꽃밭인데도 승은을 입었다는 궁인 하나 나오지 않자 신료들은 당파를 막론하고 새로운 후궁을 천거하기 위해 안달이었다. 자기 당의 사람으로 후궁을 삼기 위해 빈청에서는 갑론을박이 자주 일었다.

창이 태어나기 한해 전에 왕비 심씨에게서 원자가 태어난 것을 빌미로 왕비 쪽 일문의 세도가 나날이 커지는 추세였다. 곤은 왕비 일문의 기를 눌러놓고자 했다. 정책의 동반자로 대북이 전부가 아님을, 자신이 소북을 완전히 적으로 돌리지 않았음을 보이고자 했다. 더불어 또 다른 후궁을 간택하는 일로 시달리지 않

기 위해서 숙용에게 몸 달아 있는 것을 대외적으로 보일 필요가
있었다.

어둠과 일렁이는 촛불 사이에 끼인 여인의 얼굴이 명확하지
않았다. 곤은 기억나지 않는 후궁의 얼굴을 멀거니 바라보다가
술잔을 들었다. 백자에 화려하게 새겨진 푸른 문양을 무심한 눈
길로 보았다.

술잔 속에 출렁이는 아황주는 황적색의 빛깔을 뿜내며 진한
향을 풍기고 있었다. 한 모금 들이키자 임 숙용이 빛 좋은 상화
병을 하나 집어 입 앞에 대령했다. 손을 들어 턱밑에 대령한 저
를 치우자 움찔한 그녀의 표정이 새치름해졌다.

"자네 아비가 누구라고?"

"이조참의 임정호가 아비 되옵니다."

저를 상 위에 가지런히 내려놓은 임 숙용이 대답했다. 빈 잔에
술을 채우며 잔잔히 미소 짓는 붉은 입술을 촛불이 입체적으로
비추었다. 나이를 가늠할 순 없으나 윤기 흐르는 피부가 주름
한 점 없이 매끈했다. 왕실에 진상되는 도자만큼이나 윤택한 살
결이었다.

"인경이 쳤느냐?"

잔을 비우며 묻는 말에 고개를 모로 돌린 임 숙용의 얼굴에 홍
조가 피었다.

"이미 반 시진 전에 쳤나이다."

"하면은 벌써 침수 들어야 할 시간이구나."

곤이 주안상을 옆으로 밀었다. 손을 뻗어 옴폭 팬 여인의 허리를 잡았다. 가까이 끌어당기자 임 숙용은 뿌리 얕은 화초처럼 쉬이 뽑혀져 곤의 품에 풀썩 쓰러졌다.

"전하."

애교가 담뿍 담긴 음성이 간살스러웠다. 곤은 밀어트리듯 보료 위로 임 숙용을 눕혔다. 잘 익은 과실처럼 농익은 육체에 올라탔다. 당의를 벗기고 저고리 고름을 풀어헤쳤다. 임 숙용은 달아오른 몸을 어쩌지 못해 몸을 배배 비틀어 댔다. 치마 고름을 풀고 속적삼까지 벗겨 냈다.

동산처럼 부풀어 오른 가슴에 곤의 시선이 차갑게 꽂혔다.

"전하, 전하!"

부르짖는 임 숙용의 목소리가 잔뜩 쉬었다.

격정을 이기지 못하고 곤의 어깨와 목을 이리저리 분주히 방황하던 두 손이 기어이 그의 익선관을 벗겨 내어 멀찍이 던져 버리고 말았다.

왕의 관을 함부로 하다니!

반성이라도 하듯 임 숙용은 거침없던 손길을 주춤했다. 곁눈으로 방바닥에 나뒹구는 익선관을 본 곤은 임 숙용의 가슴을 움켜쥐었다. 붉게 벌어진 임 숙용의 입술 사이로 진득한 신음이 터져 나왔다.

"저, 전하! 신첩은 오로지 전하의 것이옵니다. 하아, 하아!"

주절주절 떠드는 소리가 듣기 싫었다.

임 숙용의 입 안으로 곤의 혀가 파고들었다. 그는 그녀의 혀를 무자비하게 빨아 당겼다. 입술을 잘근잘근 씹어 대는 포악성에 임 숙용은 고통과 희열을 넘나들었다. 그녀는 몸을 부르르 떨었다. 침입자를 환영하면서 그녀의 다리가 무방비하게 벌어졌다.

서걱거리는 임 숙용의 속곳을 다급하게 헤집은 곤은 물기 젖은 다리 사이로 침투해 들어갔다. 풍만하게 살 오른 둔부와 보들보들한 허벅지 살을 한 손으로 희롱했다. 다른 쪽 손은 여전히 임 숙용의 가슴 위에서 노닐었다. 돌기가 선 유두를 미친 것처럼 문질러 댔다.

곤은 땀으로 범벅이 된, 끈적이는 가슴을 짓이기다 쇄골을 지나 임 숙용의 턱을 움켜쥐었다. 벌어진 임 숙용의 입술 사이로 비명과도 같은 탄식이 흘렀다. 텁텁한 훈김이 혹 뿜어져 나왔다. 축축하고 질척거리는 땀의 질펀함이 느껴졌다.

곤의 손이 임 숙용의 볼을 쥐어뜯을 듯이 지나 땀방울이 송골송골 맺힌 이마에 닿았다. 임 숙용의 다리 사이를 떠돌던 다른 손에 힘이 들어갔다. 누가 시키지도 않건만 임 숙용은 둔부를 들어 그의 손가락을 잡아당겼다.

"흐어억!"

자극적이고 비릿한 임 숙용의 교성이 방 안을 울리고 문지방을 넘어 문밖에 시립 중인 궁관들의 귀에까지 파고들었다.

그때, 봉지(왕이나 왕비의 바지)를 내리기 위해 몸을 들어 허리춤을 풀던 곤은 무심코 임 숙용의 얼굴을 훑어보았다. 훑다가 찬물을 끼얹은 것처럼 얼어붙었다.

*어찌 소녀더러 새 같다 하셨사옵니까? 어찌 소녀더러……*

잔잔한 음색으로 묻던 소녀의 홍안이 더럭 떠올랐다.

욕정으로 펄떡거리는 육신을 이기지 못하고 스스로 제 가슴을 비벼 대며 가르릉거리는 여인은 분명 임 숙용이었다. 초점 잃은 눈으로 가라앉지 않은 육욕에 진저리를 쳐 대는 모습은 순진한 소녀의 것이 아니다. 농익을 대로 농익어 손끝만 대도 짓물러 흐물흐물 흘러내릴 것 같은 여인의 것이었다.

기이하고도 묘한 일이었다. 진실로 이상했다.

"전하, 어이 그러시옵니까?"

임 숙용이 가늘게 할딱이며 물었다. 끝을 보지 못한 욕망의 뜨거움 속에서 여전히 헤매듯 임 숙용의 거친 숨소리가 방 안을 떠돌았다. 식어 버린 옥체에 불을 지피기 위해 임 숙용은 곤의 손을 자신의 다리 사이로 이끌었다.

"치워라."

조금 전까지만 해도 전혀 느끼지 못하던 시큼하고 비릿한 땀 냄새가 비위를 상하게 했다. 기꺼이 부풀어 올랐던 봉지의 것이 푸시시 꺼져 들었다.

곤은 임 숙용을 밀치고 일어나 앉았다. 주안상을 당겨 잔에 술을 채웠다. 황적색 짙은 빛깔의 액체가 철철 흘러넘치도록 한

동안 멍하니 허공만 주시했다.

곤이 자리를 박차고 일어서자 당황한 기색으로 임 숙용이 다급히 외쳤다.

"전하! 신첩이 잘못한 것이 있사옵니까? 말씀하여 주시옵소서."

"됐다. 침전으로 돌아갈 것이다."

흐트러진 의관을 마저 정제하기도 전에 곤은 방문을 열어젖혔다. 대령해 있던 자들이 놀라서 주춤주춤 물러섰다. 대전별감들과 궁관들을 차례로 돌아본 곤은 그들을 헤치고 거침없이 앞으로 나아갔다.

왕의 남여가 멀어졌다.

임 숙용 처소의 박공지붕 위에서 기척을 숨긴 연옥의 표정이 심각해졌다. 대전 설리는 왕이 임 숙용의 처소에서 침수 들 것이라 했는데 어떻게 된 영문인지 모를 일이었다. 이 빠진 수레바퀴가 덜컹이듯 혹시 금야의 계획 또한 그러한 것이 아닌가, 불안했다. 후일을 기약해야 하나 고민했지만 고개를 가로저었다. 내금위장이 오늘처럼 자리를 비우는 일은 극히 드물었다. 왕을 죽이려면 금일이 가장 적기였다.

가슴을 스치는 불안을 애써 털어 낸 연옥은 박공지붕 아래로 훌쩍 뛰어내렸다. 어둠이 그녀의 몸을 집어삼켰다.

침방에 금침이 깔리고 장지문이 닫혔다. 좌등은 사위의 것들을 붉게, 혹은 누렇게 물들였다. 닫힌 장지문 중앙에 난 불발기 창으로 바깥의 훤한 불빛이 스며들었다. 은은하게 침투해 들어온 불빛은 문에 그려진 군학장생도를 세상과 단절된 선경 세계처럼 신비롭게 했다. 끝 모를 어둠 속에서 어느 것은 보이고 어느 것은 보이지 않았다. 보이지 않는 것들로 인하여 보이는 것들이 도드라져 보였다. 군데군데 어둠을 뚫고 드러나는 붉거나 혹은 노란 입체의 향연이 기괴하고도 섬뜩했다.

잠이 든 세상의 고적함을 곤은 괴로워했다. 아무런 소리도 들리지 않고 아무런 기척도 느껴지지 않았다. 닫힌 장지문 너머 입직 궁관들의 움직임 역시 느낄 수 없었다. 그들은 정물이라도 되어 버린 것처럼 자신들이 있어야 할 자리에 그대로 앉아 있을 뿐, 살아 있는 자의 활력이 없었다.

곤은 모두가 잠이 든 시각조차 잠들기를 고집스레 거부했다. 베개를 베고 금침 위에 반듯하게 누워 있으나 두 눈은 천장을 뚫을 듯 주시했다.

휘이잉!

바람이 손톱을 세워 지창을 할퀴고 지나갔다. 순간 오스스 도는 소름에 온몸이 선득했다. 팔을 들어 이마 위에 지그시 걸쳤다. 무겁지도 가볍지도 않은 무게감에 짧은 한숨을 쉬었다.

부왕의 혼은 밤마다 찾아왔다. 정신이 혼미해지고 몽롱해진 상태로 적요한 방 안을 떠돌다 잠이 들라치면 붉게 물든 낯빛을 하고 보이지 않는 것들 사이에서 툭 튀어나왔다. 그럴 때면 곤은 어린아이처럼 웅크리고 앉아 어둠을 무시한 채 좌등만 노려보았다.

보이지 않는 것은 보이는 것을 돋보이게 하나, 보이는 것은 보이지 않는 것을 깊이 숨겨 주었다. 우물 안, 가장 밑바닥처럼 보이지 않는 어둠은 많은 것을 안고 있었다. 상대의 두려움을 하나하나 예고 없이 꺼내 보였다.

어둠 속에서 부왕의 혼은 언제부터인가 끊임없이 곤을 찾았다. 귓가에 대고 속삭이는 부왕의 입김은 차디찼다. 거기서 파생된 냉기는 곤의 오장육부를 모조리 얼려 버릴 것처럼 매서웠다.

용상을 차지하고 앉으니 그 자리가 진정 너의 것인 줄 아느냐? 어리석은 놈이로다. 참으로 어리석은 놈이로다. 장차 주인은 따로 있음이다!

무겁게 내려앉았던 눈썹이 푸드득 떠졌다. 숨이 토사물처럼 토해져 나왔다. 비와 같이 쏟아 낸 땀이 어느새 야장의를 흥건히 적셔 놓았다. 몸을 일으켜 머리맡에 둔 자리끼(밤에 자다가 마시기 위해 준비해 두는 물)를 벌컥벌컥 들이마셨다. 목을 태울 것 같은 갈증이 가시자 좌등과, 장지문의 불발기창과, 군학장생도가 차례로 눈에 들어왔다. 지금이라도 당장 저 문을 열고 부왕이 들어올 것만 같았다.

부왕은 어찌하여 저승에서까지 나를 이리도 괴롭히신단 말인가! 이 자리가 이리도 내게 참람하단 말인가!

파문이 일어난 마음은 쉬 진정되지 않았다.

"근자에는 자꾸만 부왕의 꿈을 꾼다."

평소대로라면 협실에서 밤새 숙위 중일 이록을 향해 말을 걸었다. 아무 답도 돌아오지 않자 고개를 돌려 협실이 있는 곳을 바라보았다. 항시 보이던 이록의 그림자가 보이지 않았다.

"고립무원…… 진실로 고립무원이다."

곤은 나직이 중얼거렸다.

"아무도, 내게는 아무도 없구나. 사방을 돌아보아도 내 뜻을 제 뜻처럼 진정으로 도와줄 이가 단 한 명도 없으니 말로는 왕이되, 따르는 자 하나 없으니 이를 왕이라 할 수 있으랴. 한 껍질 벗겨 내었을 때 순수함으로 무장한 자가 과연 있기나 할까."

혼잣말을 하며 탄식하는 곤이다. 짙은 한숨이 공기 중에 흩어졌다. 금침에 몸을 뉘였다. 파루가 칠 때까지 곤한 육체와 달리 정신은 맑을 것이다.

곤은 고단한 몸을 자꾸 뒤척였다. 외로움이 밀려들었다. 외로움은 두려움과 함께 공존했다.

일순간 '스윽' 미음(微音)이 들렸다. 처음엔 바람 소리인가 싶어 돌아보지 않았다. 정신은 또렷했으나 두 눈은 감은 채였다. 복잡한 머릿속을 떠도는 잡다한 상념들로 다른 때라면 알아챘을 소리의 출처를 미처 잡아내지 못했다. 묘연한 소리의 기척은 아득한 곳에서부터 시나브로 가까워졌다.

자객이다!

곤은 잠버릇처럼 일월오봉병을 향해 몸을 모로 뉘였다. 깊이 잠이 든 듯 쌕쌕, 숨 쉬는 소리를 냈다. 두터운 금침 아래 놓아두었던 칼을 더듬어 집었다. 드르륵. 장지문이 열렸다. 입직하는 자들의 움직임이 없었다.

기척을 능숙하게 숨긴 자객은 문지방을 넘어 금침 가까이 다가왔다. 무예를 닦지 않은 자는 물론이거니와 닦았어도 어지간한 자들은 알아채지 못했을 것이다. 하물며 잠들기까지 했다면 응당 손 한번 써 보지 못하고 죽임을 당할 만큼 놈의 움직임은 유려하면서도 조용했다.

차가운 칼날이 오른쪽 볼 지척에서 느껴졌다. 열려진 장지문을 타고 바람이 흘러들어 왔다. 공기의 흐름이 바람을 탔다.

"웬 놈이냐?"

곤은 여전히 두 눈을 감은 상태로 낯선 자에게 물었다. 긴장을 감춘 심상한 투였다. 그가 온전히 잠들었으리라 생각했던지 상대의 기가 찰나 흐트러지면서 움찔했다.

눈을 번쩍 뜬 곤이 때를 놓치지 않고 칼을 들어 자객의 오른쪽 가슴을 노렸다. 자객이 몸을 틀어 그의 칼을 아슬아슬하게 피했다.

곤은 금침을 차고 일어나 곧바로 적의 목을 노렸다. 자객은 뒷걸음질하며 자신의 목을 찔러 들어오는 곤의 칼을 맞받아쳤다. 격렬한 진동이 느껴졌다. 자객의 몸놀림은 가볍고 민첩했으나 힘이 부족했다. 기습에는 유리해도 지금과 같은 대치 상황에서는 단연 불리했다.

곤은 맞닿은 칼 너머 복면 쓴 자객의 눈을 노려보았다. 시뻘건 홍염으로 화한 분노가 뚝뚝 떨어지는 눈이었다. 비감에 젖은 눈이고, 또한 비장했다. 그와 같은 눈을 가진 자는 마음속에 으레 괴물을 하나씩 담아 두고 살기 마련이었다.

우스꽝스럽게도 곤은 사연을 묻고 싶었다.

무엇이냐? 무엇이 네 안의 괴물로 화했느냐? 그 괴물은 어찌하여 나를 죽이라 한단 말이냐?

순간을 스치는 동질감, 동류의식에 실없는 웃음이 흘렀다. 곤은 물에 젖어 번지는 수묵화처럼 얼굴을 일그러트렸다. 피부 안을 타고 흐르는 더운 피를 끌어모아 힘을 만들었다. 거대하게 농축된 힘은 괴력을 발휘했다. 자객의 몸이 뒤로 나가떨어져 쓰러지기도 전에 곤은 칼을 수습해서 자객에게 달려들었다. 결코 호락호락하지 않은 자객의 칼이 그를 겨누었다. 곤은 턱밑까지 달려드는 칼을 받아치면서 자객의 왼쪽 허리를 깊숙이 찔러 넣었다.

허리를 움켜쥔 자객은 뒤로 물러섰다. 한 발, 두 발 물러서다 딱딱한 벽에 퇴로가 차단되었다. 미끈거리는 메기주둥이처럼, 헤벌쭉 벌어진 허리의 상처에서 진득한 피가 토해졌다. 피는 허벅지를 타고 줄줄 흘러내려 목화를 적시고 바닥을 적시면서 얄은 웅덩이를 만들었다. 칼을 세워 구부러진 몸을 지탱한 자객은 한사코 버티었다. 비틀거리면서 한없이 허물어지는 자세를 바로 세웠다.

곤은 마른 눈길로 자객을 바라보았다. 절반은 어둠에 묻히고 절반은 좌등의 불빛에 비치어 어둠에 양각된 조각처럼 보였다. 홍염이 튀던 눈을 가만히 들여다보았다.

죽이지 못한 것이 서러운 것인가, 죽지 못한 것이 서러운 것인가…….

묘한 눈이었다. 다른 이들이라면 저 속을 어찌 알리오, 진저리를 칠 만한 눈이었다. 그러나 보이지 않는다는 것은 보이고 싶지 않다는 말. 그만큼 감출 것이 많은 눈이요, 동류의 누군가에게는 너무도 잘 보이는 사연 많은 눈이었다.

결국 자객의 다리 하나가 꺾어졌다. 복면 뒤의, 고집스레 악다문 입술 안으로 고통에 찬 신음을 억지로 삼켰을 것이다.

실패로 끝난 자객의 시도는 실로 아름다웠다. 바늘 끝처럼 예리하게 갈아 놓은 칼의 양날은 날끝보다 매서운 기를 매달고 있었다. 가야금을 타는 여인의 손길만큼 섬세함으로 칼을 연주했다. 징징 울어 대는 칼의 울음은 곡조를 탄 노래였다. 광대한 가락에 맞춰 서글피 울어 대는 노래는 절절함으로 자연마저 통곡케 했다.

곤은 진관사에서 보았던 무연의 격검을 떠올렸다. 그때의 절절함이 고스란히 떠올랐다. 바닥을 차고 날아오른 검기의 통곡은 살을 찢도록 애달프고 섬세했다. 상대의 정신을 홀리는 것이 오만방자했다.

칼을 붙들고 있던 자객의 손이 제 의지와 상관없이 벌어졌다. 칼은 쓰러지고 칼의 주인도 쓰러졌다. 웅덩이를 이룬 피는 제 주인을 찾아 척척하게 스며들었다.

곤은 자객의 복면을 벗겨 냈다. 핏기가 빠져나가 창백함을 뒤집어쓴 얼굴이 나타났다. 곤은 잡아 죽일 듯 자신을 노려보던 자객의 얼굴을 멍하니 바라보았다.


"너무 늦지 않게 날아와야 할 것이야. 내 팔딱이는 숨통
을 쪼아 먹고 싶다면 말이다."


진관사에서 무연을 향해 자신이 했던 말을 곱씹었다. 광인처럼 키득거렸다.

연옥을 닮은 놈. 사람의 손을 타지 않아 순수하게 거칠었던 야생 매. 전혀 길들여지지 않아 매혹적이던……

곤은 절반쯤 열린 장지문과 고통 속에서 숨을 헐떡이다 종내 실신해 버리고 만 자객을 번갈아 보았다.

밖으로 나가자 쓰러져 있는 궁관들의 축 늘어진 몸뚱이가 발에 채였다. 피 한 방울 흘리지 않고 조금씩 꿈틀거리는 것이 죽이진 않은 모양이었다.

대전별감과 내금위들이 뒤늦게 달려와 지밀 앞에 너부러진 궁

관들을 황망히 보았다.

"전하!"

별감 중 하나가 곤의 야장의 차림에 붉게 튄 피를 보고 기함하여 외쳤다. 곤은 손을 들어 그의 접근을 차단했다.

"자객이다."

"전하, 어의를 불러 옥체를 살피도록 하소서."

"괜찮으니."

"야장의에 혈이……."

"내 것이 아니다. 너희들은 당장 내삼청에 기별을 넣어 일각을 지체 말고 자객을 잡아들여라. 지밀은 살필 것 없다."

어명에 대전별감과 내금위들은 왔던 길을 허둥지둥 되돌아 나갔다.

"자객이라니 이 무슨 황망하신 말씀이시옵니까?!"

뒤통수를 주무르며 정신을 차린 박 내관이 자객이라는 소리에 몸을 일으키다 말고 소스라쳤다. 누가 오는지도 모르게 뒤통수를 '툭' 치는 소리가 나더니 격렬한 통증과 함께 쓰러진 것밖에 기억나는 것이 없었다. 박 내관의 안색이 점차로 파리해졌다.

"전하! 어이하여 이런 천인공노할 일이 일어날 수 있단 말이옵니까? 모든 것이 침전을 지키지 못한 소신들의 불충이요, 무력함이오니 대죄를 청하옵나이다."

흉악한 자객 놈에게 왕의 지밀이 범하여지는 것을 막지 못했으니 살고자 함이 염치없었다. 바닥에 엎드려 처분을 기다리는 그의 뒷목에 소름이 오스스 돋았다.

"들어오라."

꼼짝없이 벌을 받겠구나, 했는데 왕의 말이 뜻밖이었다. 재촉하는 눈빛에 서둘러 침방 안으로 들어갔다.

"문을 닫고 가까이."

명대로 문을 닫고 돌아선 박 내관은 숨을 '흡' 들이켰다. 왕이 내려다보고 있는 것은 별감과 내금위들이 잡으러 간 자객이었다. 게다가 그냥 자객도 아니었다. 박 내관은 금원에서 보았던 건영헌 호위 별감의 얼굴을 떠올렸다. 얼마 전에 내금위로 승차된 인물이었다.

"궐 밖으로 데려갈 것이다. 내의원에 가서 번을 서는 의관을 데려오거라."

"전하, 자, 자객이옵니다!"

"유난 떨 것 없다."

대저 왕께서 미치기라도 하셨단 말인가!

지밀을 습격한 자객을 살리시겠다니 알다가도 모를 일이었다. 박 내관이 기어들어가는 목소리로 물었다.

"입직 의관이라 하오시면?"

매일 신시가 되면 야간에 대궐 숙위를 맡을 군사들과 각 처 숙직 관료들의 명단을 확인하는 것이 왕의 일과 중 하나였다. 그들의 성명과 관직을 모다 외울 수는 없지만 간혹 안면이 있는 자들은 기억에 남아 있기도 했다.

"주부(종육품. 내의원 관직), 조웅래 말이다."

문밖에 쓰러져 있던 궁관들이 깨어나 저마다 죄를 청하는 소리가 들렸다. 지밀을 지키지 못한 죄가 실로 크니 죽음으로써 다스려 달라 빌었다. 대령상궁이 옥체를 살필 수 있도록 안으로 들게 허하여 달라 통사정했으나 곤은 묵묵부답했다. 판내시부사가 늙어 선왕 이후로는 번을 자주 서지 않은 것이 다행이었다. 만약 이 자리에 있었다면 문밖이 지금보다 훨씬 소란스러워졌을 테니 말이다.

"서두르라."

마지못해 내의원으로 가는 박 내관의 등 뒤에 대고 곤의 당부가 이어졌다.

"밖을 물리고 조웅래는 은밀히 데려와야 할 것이다."


박 내관의 길밝이 등을 쫓는 조웅래의 걸음에서 긴장이 묻어났다. 관청을 서로 구분 짓는 담벼락이 미로처럼 늘어진 궐내 각사의 좁은 길을 지나 희정당을 향해 가면서도 은밀한 부름의 연유를 몰라 어리둥절했다. 자상 치료에 필요한 도구를 챙겨 급히 따르라는 박 내관의 채근에 부랴부랴 나선 길이었다.

우주의 만물이 잠들어 사방이 적막해야 할 시간이지만 분위기가 심상치 않았다. 대궐 안을 순찰하는 순라군만 벌써 여럿 마주쳤다. 다른 날과 달리 그들의 걸음이 부산했다. 순라군 외에도 금군과 별감들이 내시부의 내관들과 함께 궐 안 이곳저곳을 앞다투어 수색 중이었다.

틀림없이 사달이 난 것 아닌가!

수색 중인 자들을 마주칠 때마다 앞서 걷던 박 내관의 좁은 어깨가 움찔하는 것으로 보아 보통 심상치 않은 일이 아님을 짐작했다.

수색자들이 횃불을 가까이 들이밀면 매일 왕이 정하여 병조에 내리는 야간 군호를 박 내관이 빠른 투로 속삭였다. 그들은 별다른 제지 없이 가던 길을 갈 수 있었다. 희정당이 가까워지자 박 내관의 발걸음이 한층 기민해졌다. 따르는 조웅래 역시 발걸음을 빨리했다. 옆구리에 낀 함을 바싹 추켜올렸다.

침방은 산속의 텅 빈 폐가처럼 스산했다. 지창을 뚫고 귀신처럼 울어 대는 북풍의 숨소리가 거칠었다. 북에서 온 바람이 숨을 들이 쉬고 내쉴 적마다 지창이 덜컹이며 소음을 냈다.

곤은 모로 처진 자객의 목을 보았다. 숱 많은 머리카락을 상투를 틀어 드러낸 하얀 목이었다. 아기처럼 보송보송한, 검은 듯 하얀 솜털이 강가에 물비늘처럼 반짝였다. 틀어 올린 머리 타래에서 드문드문 빠져나온 잔머리가 여러 갈래로 갈라진 강줄기처럼 흰 목을 타고 흘러내렸다.

손을 뻗어 목을 관통해 흐르는 맥을 짚어 보았다. 피를 뿜어내는 삶의 역동이 미약하게나마 손마디를 타고 전해졌다. 곤은 자객의 몸을 안아 흐트러진 금침 위로 옮겨 놓았다. 살쾡이처럼 달려들 때와 달리 얼혼이 나간 육신은 물에 젖은 옷가지처럼 축 늘어졌다.

일월오봉병 뒤로 인기척이 나더니 박 내관이 고하는 소리가 들렸다.

"전하, 내의원 주부……."

"들라."

박 내관이 미처 다 고하기도 전에 조급증을 내며 불러들였다. 병풍을 밀치고 박 내관과 함께 조웅래가 두리번거리며 모습을 드러냈다. 비밀통로라니, 희한히 여긴 조웅래는 얼떨떨한 기분이었다.

"왼편 허리를 칼에 찔렸다."

궁금증을 풀 새도 없이 곤이 본론부터 꺼냈다. 고개를 숙인 채 무릎걸음으로 다가선 조웅래의 고개가 슬그니 들렸다. 검은색 일색인 복색에서 음모와 비밀의 냄새가 나는 부상자였다.

"자객이다."

국상 때, 조웅래는 참형을 기다리는 신세였다. 수의로서 선왕을 살리지 못했으니 죽인 것이 아니냐는 논리 아닌 논리에 맞설 힘이 없었던 그는 소복을 입고 머리를 산발했다. 대죄를 청하면서도 자신의 죄가 무엇인지 알지 못했다.

선왕을 죽인 것은 조웅래, 자신이 아니라 강물처럼 유유히 흘러가는 덧없는 세월이었다. 죽은 왕은 늙었으며 너무 많이 먹었고 몸을 조금도 움직이려 하지 않았다. 늙은 뱃가죽에 차오른 기름은 본래 선왕이 가지고 있던 화(火)를 만나 손쓸 수 없이 활활 타올랐다. 타오른 화가 살을 발라 먹고 내장을 갉아먹었다.

의원은 신이 아니었다. 사물이 낡듯 사람의 육신도 시간이 지나 쓰면 쓸수록 낡아지는 것이 당연지사였다. 세월이 때가 되어 기어이 데려가는 것을 사람의 손으로 막을 순 없었다. 최선을 다하였으나 자연의 생장성을 이기지 못했다. 하여 죄가 아니었다. 사람이란 자연의 미물에 그칠 뿐이었다.

"내가 믿을 수 있는 자는 삼의사에서 오직 그대 하나뿐이다."

조웅래를 끝까지 버리지 않고 거두어 준 이가 곤이었다. 곤은 열병에서 자신을 구해 준 조웅래를 잊지 않았다. 조웅래를 벌하라는 중신들과 유생들의 빗발친 상소와 정청에도 굴하지 않았다. 죽이지도 내치지도 않았다.

벼슬은 종육품의 주부로 강등되어 어의라 불리지 않게 되었으나 죽지 않고 의술을 계속해서 펼칠 수 있다는 사실만으로도 조웅래는 감읍했다.

"전하, 소신이 황감하여 몸 둘 바를 모르겠나이다."

"자네가 나를 살려 주고 내가 자네를 살려 주었으니 상호 간에 신뢰가 깊다 하여도 되겠느냐?"

조웅래는 대답 대신 순종의 의미로 몸을 더욱 숙였다. 짧은 수염이 바닥에 닿을 듯 말 듯 아슬아슬했다.

"맥을 짚어 보니 죽지는 않았으나 자상이 제법 깊다. 살릴 수 있겠느냐?"

조웅래의 작은 눈이 상처 부위를 찾아 연옥의 허리 부근을 재빨리 훑었다. 빳빳한 광대 속에서 바짝 졸라매진 허리의 모양새가 호리병처럼 쏙 들어가 가늘었다. 피 흘린 몸에서 비린내가 진동을 했다.

"아뢰옵기 송구하오나, 의녀가 한 명 필요하옵니다."

"모르겠느냐? 이는 사람의 이목을 피해야 할 일이니라."

"자상을 살피자면 먼저 탈의를 시켜야 하지 않겠사옵니까?"

평생 사람의 몸을 만지고 보는 것이 조웅래의 업이었다. 여인과 하등 관계없는 차림에 얼핏 스쳐보면 속아 넘어가 줄 수도 있을 테지만 겉옷 속에 감추어진 본질을 알아보지 못할 만큼 조웅래의 눈이 천치는 아니었다.

곤이 눈살을 찌푸렸다.

"사내놈 몸뚱어리. 자네가 벗기면 어때서 그러느냐?"

"전하, 사내가 아니오니다."

"사내가 아니라니?"

"계집의 몸이오니다."

벼락을 맞은 듯 곤은 한동안 정지되었다.

마찬가지로 박 내관의 입이 떡 벌어져서 닫힐 줄 몰랐다. 궁가의 호위 별감으로 궐에 들어온 자가 왕을 시해하려 했다는 것도 경악할 일인데 심지어 사내도 아닌 계집이었다니. 도통 일이 어찌 돌아가는 상황인지 둔한 머리가 팽팽 돌지 않아 답답했다.

"계집이라 하였느냐?"

"틀림이 없사옵니다."

곤은 허탈함을 감추지 못하고 입술을 짓이겼다.

너였느냐? 네가 서연옥이었느냐? 그렇게 찾아 헤매도록 머리카락 한 올 보이지 않더니 너는 어느새 날아와 나의 숨통을 쪼아 먹고 있었구나!

분노가 떠올랐다. 기가 막혀서 헛웃음이 나왔다.

"전하?"

"내가 할 것이다!"

필요 이상으로 고성이 터져 나왔다.

"전하께옵서 말씀이시옵니까?"

"지체하지 말라. 자네가 어찌하라 말을 하면 그대로 할 것이니."

성상께옵서 어찌 그러실 수 있느냐며, 박 내관이 아니 된다 했다. 그러나 이내 쏘아보는 곤의 눈길에 주눅이 들어 입술만 꼼지락꼼지락 삐죽거렸다.

박 내관이 발을 치고 물러나자 곤과 조웅래 사이에 경계가 생겼다. 발 너머 흐릿하게 보이는 곤과 연옥의 모습을 본 조웅래가 옆으로 돌아앉았다.

"아뢰옵기 송구하오나 전하, 우선 환자의 상의를 탈의시키시옵소서."

핏기가 빠져나간 연옥의 안색이 동야(冬夜)의 하얀 달처럼, 암연 속에서 창백했다. 달빛의 차가운 파편들이 지창의 한지를 뚫고 들어와 등촉의 노랗고 붉은 불빛과 뒤섞여 연옥의 얼굴을 아슬아슬하게 비껴갔다. 그녀의 이목구비 위로 내려앉은 어스레한 명암이 곤으로 하여금 기기묘묘한 감정을 불러일으켰다.

곤은 연옥의 몸에 선뜻 손을 대지 못했다. 혼절해 있는 연옥은 인위와 자연이 섞인 빛을 받아 자체로 이질적이면서도 신비스러워 손을 댈 수 없었다. 한참을 주저하자 조응래가 조용히 재촉하는 소리가 들렸다.

"어서 지혈을 하지 않으시오면 위험할 것이옵니다."

곤은 굳은 손길로 연옥의 허리를 옭아맨 광대와 손목을 바싹 조인 비갑을 풀었다. 자신이 묶어 준 가죽 끈이 눈에 들어왔다. 적삼의 고름을 풀면서 곤은 갑자기 찾아온 갈증에 시달렸다. 불빛도 필요 없이 저 홀로 하얗게 빛나는 연옥의 속살이 드러나자 갈증은 더욱 심해졌다. 헝겊으로 꽁꽁 싸맨 연옥의 젖가슴에서 곤의 시선은 얼어붙었다. 갈증처럼 서러움이 갑작스레 찾아왔다. 자연스레 솟아야 할 젖무덤이 처참하게 짓이겨진 것이 서러웠다.

몰라보았구나. 내가 몰라보았던 게야. 옥아, 연옥아! 너는 어찌 이리도 태연자약했단 말이냐? 독한 것이로다. 참으로 독한 것이로다!

솟구치는 설움을 외면하듯 자상을 찾아 시선을 돌렸다.

"자상의 길이는 한 치가 조금 넘을 것이고 깊이는 세 치 이상으로 찔린 듯하며 피가 멈추지를 않는다."

"전하, 소신이 맥을 살펴보겠사옵니다."

조웅래가 실을 밀며 하는 말에 연옥의 손목에 실을 이어 그에게 건네주었다. 신중하게 맥을 짚어 본 조웅래가 실을 내려놓았다.

곤이 성마르게 물었다.

"살겠느냐?"

"가늘기는 하지만 맥이 트여 있사옵니다. 장을 건드려 끊어졌으면 회생키 어렵고, 끊어지지 않았어도 위중하였을 것이지만 다행히 장을 건드리지는 않은 듯하옵니다."

"어찌할 것이냐?"

"절인 물고기의 부레가 지혈과 상처를 아물게 하는 데 특효이나 소신이 미처 준비하지 못했나이다."

"허면?"

"우선 혈갈 가루를 내어 자상에 붙이면 당장은 지혈이 될 것이옵니다."

챙겨온 함을 열어 약연과 혈갈을 꺼내는 조웅래의 손이 부산했다.

"전하, 소신이 가루를 낼 것이오니 환부 주변을 젖은 수건으로 닦아 주시옵소서."

"다른 필요한 것은?"

"그것이면 되옵니다."

조웅래가 혈갈을 필요한 만큼 잘라 약연에 넣고 가는 사이 곤은 박 내관을 시켜 대야에 물을 받아 오도록 했다.

　수건을 물에 적셔 연옥의 상처를 닦아 주면서 곤은 그녀에게서 나는 피비린내에 익숙해졌다. 매상 흐트러짐 없이 먼지 한 톨 허락지 않았던 지밀이 아수라장이 되었다. 피로 칠갑을 한 바닥과 금침, 나뒹구는 칼과 칼. 마치 피의 잔치처럼 보였다.

　연옥의 몸을 물들인 피는 쉽게 지워지지 않았다. 멈추지 않고 흐르는 피를 그깟 수건 따위로 감당할 수가 없었다. 곤은 연옥의 자상 위로 자신의 손을 얹었다. 풍성한 소매가 그녀에게서 뿜어져 나오는 피를 여과 없이 빨아들였다. 하얗게 서걱거리던 야장의가 빨갛게 절여졌다.

　"전하, 이제 혈갈 가루를 환부에 고루 붙여 주시옵소서."

　조옹래가 발 아래로 약연을 밀어 넣었다. 소맷자락이 연옥의 피로 젖어 들어가는 것을 멍하니 보던 곤은 흠칫 약연을 보았다. 약연에 담긴 혈갈 가루를 보는 그의 시선이 낯설었다.

　"전하?"

　조옹래의 목소리가 귓가를 두드렸다. 그제야 현실로 완전히 돌아와 약연을 들었다. 부슬거리는 가루를 꾹꾹 눌러 집어 연옥의 자상 위로 빈틈없이 붙였다. 메기주둥이처럼 뻐끔거리던 상처가 날름거리며 탐욕스레 혈갈 가루를 집어삼켰다.

　"혈갈 가루를 붙이셨으면 깨끗한 천으로 싸매 주서야 하옵니다."

　곤은 조옹래가 시키는 대로 움직였다. 연옥의 몸을 조심스럽게 일으켜 자신의 몸에 기대어 앉게 하고 상처를 싸매 주었다. 벗긴 옷을 도로 입히는 손길이 굳은 표정과 달리 세심하고 신중했다.

연옥은 혼절한 상태에서 가늘게 이어지는 호흡을 견디며 무의식적으로 고통을 호소했다. 그녀가 알 수 없는 말을 중얼거리고 경련을 일으킬 때마다 곤은 그녀와 함께 움찔거렸다.

"전하, 시급한 지혈은 했으나 이제부터가 중요하옵니다. 신열이 있을 것이며 지혈한 상처 부위가 곪을 수도 있으니 시간을 두고 살펴야 하나이다."

"궐 밖으로 데려가야 한다. 궐 밖으로……."

곤은 같은 말을 뇌까렸다.

연옥을 계속 희정당에 두는 것은 불가능했다. 지밀의 눈이 기백이 넘었다. 왕의 사생활을 밖으로 실어다 나르는 자들이 한둘이 아니었다. 궐내 다른 처소들도 마땅치 않기는 매한가지였다. 금군이 자객을 찾아 대궐을 이 잡듯이 뒤지고 있었다. 궐 안 어디든지 사람들은 있었고 굶주린 짐승처럼 두 눈을 희번덕거리고 다니는 자들은 늘 존재했다.

연옥이 금군에게 발각되기라도 하면 그녀를 죽이는 것 외에는 도리가 없었다. 왕을 시해하려다 잡힌 자객인 것으로도 모자라 지난날, 도망친 대역 죄인의 손이었으니 반드시 그리해야만 했다. 철퇴를 휘둘러야 할 때 휘두르지 못하는 왕은 힘의 균형에서 밀릴 수밖에 없었다.

"전하, 저것은!"

박 내관이 바닥에 나뒹구는 목패를 발견하고 다가가 집어 들었다. 곤의 눈빛이 매서워졌다.

"궐문을 출입하는 자들이 지니고 다니는 패가 아니냐?"

유심히 목패를 살핀 박 내관이 고개를 갸웃했다.

"궐내 각사의 각 관원들은 물론 높게는 대소 신료와 가장 천하게는 무수리나 각심이들까지 이러한 출입패를 차고 다니기는 하옵니다만 이것은 그들의 것과 다른 것이옵니다."

"다르다니?"

"궁인들만이 지닐 수 있는 출입패가 따로 있사온데 평상시는 상급의 상궁이나 각 전의 주인이 가지고 있다가 궐문을 출입할 일이 생긴 궁인에게 내려 주는 것이옵니다. 환궁 후에는 반납을 해야 하는 것으로 이 출입패가 바로 그러한 것이옵니다."

곤의 시선이 연옥을 향했다. 그녀의 몸이 뜨거웠다.

"출입패에 무어라 기록되어 있느냐?"

"궁인 개심이라 적혀 있나이다."

"주부 조웅래는 들으라."

한편으로 비켜나 곤과 박 내관의 대화를 듣고 있던 조웅래가 고개를 조아렸다.

"가회방에 태평관이라는 기방이 있다. 아느냐?"

"가 보지는 못했으나 들어는 보았사옵니다."

"존재하되 존재하지 않는 길이 있다."

곤이 등 뒤의 일월오봉병을 보았다. 박 내관이 병풍을 치우자 벽이 나타났다. 손으로 벽을 더듬은 박 내관은 얼핏 보면 아무도 모를 미세한 홈을 찾아냈다. 벽이 덜컹하더니 옆으로 벌어졌다.

벌어진 어둠이 조웅래를 쏘아보았다. 연옥의 상처를 살피느라 잠시 잊고 있었던 조웅래는 제 눈으로 다시금 보면서도 믿기지 않는 눈치였다.

내가 꿈을 꾼 것이 아니구나. 비밀 통로가 진정 존재했던 게야!

"또다시 전란이 날 것을 우려하신 부왕의 뜻이었다."

곤은 어둠을 등지고 앉았다.

"이곳을 설계한 자는 모다 죽임을 당하고 아는 자라고는 부왕과 부왕을 곁을 지킨 판내시부사뿐이었다. 나 역시 몰랐던 것을 판내시부사가 말해 주어 이리 유용하게 쓰는구나. 이제 이곳을 아는 자는 나를 비롯해 박 내관과 내금위장, 그밖에 내가 신뢰하는 친병 몇이 전부니라."

조웅래는 소매를 들어 이마에 흐르는 식은땀을 닦았다. 예로부터 왕가의 안전을 위해 구중심처 어딘가에 비밀 통로를 만들어 놓는다는 이야기가 있기는 했지만 그저 옛말인 줄로만 알았다. 박 내관을 따라 저 암로를 지나 왔으면서도 여전히 어안이 벙벙했다. 알아서도, 보아서도 안 될 것을 접한 기분이었다.

곤이 시선을 내려 연옥을 보았다.

"여기 이 아이를 데리고 통로를 따라가거라. 길이 너를 궐 밖으로 인도할 것이다. 태평관으로 가서 행수, 설로화를 찾아라."

"무어라 전하오리까?"

"아이의 이름은 서연옥이다."

듣고 있던 박 내관의 눈이 커다래졌다.

난데없이 봉인해 두었던 초상을 찾고 건영헌의 호위 별감을 내금위에 들이시더니 역시 어렴풋이나마 알아보셨음인가!

박 내관은 금원에서의 산책 이후 곤이 심란해하던 까닭이 완전히 이해되었다.

"이번에는 잃어버리지 말라 하라."

"명을 받잡나이다."

절을 하는 조웅래 역시 박 내관과 마찬가지로 서연옥이란 이름에 적잖이 놀랐다. 무술년 옥사가 있고 난 뒤, 한동안 곡기를 끊다시피 하고 시름시름 앓던 세자 시절의 왕이 무의식중에 반복해 부르던 이름이 서연옥이었다.

이록에게 그 이름의 주인이 야생 곰에게 쫓겨 곤과 함께 절벽에서 떨어졌던 어린 소저라는 사실을 알게 된 조웅래가

"회심병일세."

지나는 투로 말하자 박 내관이 사람 잡을 소리 말라며, 대전의 노화에 세자께서 경을 치시는 꼴을 봐야겠느냐고 펄쩍 뛰던 기억이 났다.

"조웅래는 어서 길을 나서라."

곤의 채근에 조웅래가 서둘러 연옥을 등에 업었다.

"죽이지 말고 필히 살려라. 자네를 믿을 것이니 금야의 일은 영원히 묻어 둘 것이요, 아이의 존재 또한 세상에 드러나서는 아니 될 것이다."

아직은.

곤은 마지막 말을 입 속에 삼켰다.

"걸음을 빨리하라. 신열이 나는구나."

조웅래와 연옥이 일월오봉병 뒤로 사라지고 나자 곤은 일어난 일들에 대해 골몰히 되짚었다.

누가 연옥에게 출입패를 주었을까? 대비가 직접 주었을 가능성이 컸다. 아니면 왕을 죽이고 싶어 하는 제삼의 세력이 도사리고 있거나.

어쨌거나 금야, 자신들의 정체가 들통 나지 않기를 바라는 누군가들로부터 궐문을 지키는 수문군들은 밀명을 받았을 것이 틀림없었다. 파루가 치기도 전에 궐문을 나서는 이가 있다면 고이 보내 주는 대가로 돈푼깨나 받고서 말이다.

"가원아"

"하명하시옵소서."

"수문장청으로 가서 금야에 각 궁문을 지키고 선 수문군들과 수문장이 누구인지 알아 오거라. 또한 개심이라는 궁인이 어느 전각의 소속이었는지도 알아보아라."

"분부 거행하겠사옵니다."

곤은 금침 위로 누웠다. 연옥이 흘린 피로 금침은 축축했다. 숨을 크게 들이쉬면서 비릿한 피 냄새를 들이마시고 또 들이마셨다. 연옥의 냄새였다. 소녀에게서 은은히 풍기던 화향은 피비린내가 되어 그에게 되돌아왔다.

물러나 있던 궁관들이 돌아왔는지 특유의 조심스러운 발소리들이 장지문 밖에서 들렸다. 북풍은 쉼 없이 지창을 뒤흔들었다. 자객을 잡는다고 궐 안을 휘젓고 다니는 금군과 별감들의 소리가 요란했다. 가장 내밀한 곳에 있는 곤에게까지 그들의 소리가 선명히 들렸다. 저마다의 소음들이 뒤섞여 머리를 울렸다. 빙그르르 어지럼증이 일었다. 곤은 혼몽한 상태가 되었다.

흐릿한 허공에 나풀거리며 떠도는 붉은 색의 제비부리댕기가 어여뻤다. 잡힐 듯 잡히지 않는 것을 향해 손을 들었다. 꽃처럼 새빨갛게 물든 넓은 소맷자락이 펄럭였다. 비릿한 피 냄새가 익숙하게 코끝을 찔렀다.

엉망이 된 침방이 수습되고 조웅래가 연옥을 태평관으로 데려가는 사이 파루가 쳤다. 동야를 만끽하느라 게으름을 피우는 해는 언제 떠오를지 기약도 없었다.

〈다음 권에 계속〉